第五十六回江戸川乱歩賞受賞作

# 再会

YOKOZEKI DAI

横関 大

講談社

著者近影
講談社にて

撮影／村田克己
Katsumi murata

# 受賞のことば

横関　大

祖父の本棚が好きだった。祖父の本棚には古今東西のミステリーが集結していた。日本国内の作家はもちろんのこと、海外のミステリーまで揃っていた。ドイルやクリスティの名前を知ったのも、祖父の本棚だった。高校生だった私は、貪るようにミステリーを読んだ。今思えば物語に飢えていたのかもしれない。小説家という職業を、この頃から意識するようになった。

毎年一本の長編小説を書き上げて、江戸川乱歩賞に応募する。そう決めたのは今から八年前のことだ。思えば長い助走だった。しかし遠回りをしたとは思っていない。最終選考で落選したこともあったが、不思議と悔しさは感じなかった。むしろ、鍛えられているという感覚すらあった。

スタート地点として、これ以上ないほどの場所に立ったことは自覚している。不安はある。とてつもない不安だ。しかし挑戦できるという喜びも同等にある。

自分自身が読みたいと望む、そして読者の皆さんが読みたいと望む物語を書きたい。丹念に書き続ければ、いつか叶うかもしれないと思っている。

# 再会

目次

装　幀　百足屋ユウコ（ムシカゴグラフィクス）
カバー写真／アフロ

# 再　会

# 第一章　殺意

人の髪を切るという行為は、命を切る行為に等しい。そんな台詞を美容専門学校時代の先生が話していた。事実、髪は女の命と言われているし、毎日少しずつ伸びていく生き物だといえる。それだけの緊張感を持って臨《のぞ》めという教えだと思うが、今でも岩本万季子《いわもとまきこ》は客の髪に鋏《はさみ》を入れる最初の一瞬に、胸が締めつけられるような緊張を覚える。

その電話が鳴ったのは、まさにそうした一瞬だった。電話の音に遮《さえぎ》られ、万季子は指の動きを止めた。

「もしもし、美容室〈シーズン〉でございます」

電話に出たのは従業員の多村美帆《たむらみほ》だった。危なっかしい敬語で美帆が喋り始める。

「ええ、そうですけど。ええと店長ですか。はい、いますけど。もしもご予約のお電話でしたら、私が承りますけど」

少し困惑した表情で、美帆がこちらに視線を送ってきた。万季子はいったん鋏をウェストポーチにしまい、鏡越しに客に笑みを送った。

「申し訳ございません。少し失礼させていただきます」

電話のもとに向かう。誰なの？　口の動きだけで美帆に尋ねたが、美帆は困惑気味に首を捻《ひね》るだけだった。美帆から受けとった受話器を耳に当てる。「はい、お電話替わりました。店長の岩本でございます」

「久し振り。サクマだけど」

佐久間《さくま》という名前にいくつか心当たりはあった。しかし声音からして、この電話の佐久間はどう考えてもこの店に電話をかけてくる用などない。

「ちょっとさ、今から来てくれるかな」

「えっ、ちょっとお待ちください。それってどういう……」

「とにかくね、すぐに来てよ」

いきなり電話をかけてきて、半ば命令口調で話す不遜《ふそん》さ。この時点で万季子は怒りに似た感情を覚えていた。

「申し訳ございません。どのような用件かわかりかねますが、今は接客中でございますので」

「息子さんいるだろ、あんた。名前何だっけ？　おい小僧、お前の名前は……」

息子。正樹《まさき》のことだ。どうして正樹が佐久間と一緒にいるのだろうか。疑念と不安が同時に湧き起こった。

「まったく近頃のガキときたら、自分の名前も満足に言えねえのかよ。とにかくだ、今すぐこっちに来てくれ。〈フレッシュサクマ三《み》ツ葉南店《ばみなみてん》〉。場所はわかるな。店の裏手に搬入口がある。そこで待ってるから。詳しい説明はこっちに来てからだ」

電話の主は今にも会話を終わらせそうな雰囲気だった。万季子は慌てて言った。

「ちょっと待ってください。いったい正樹は何を……」

「あんたの息子はな――」

続けられた言葉を聞き、万季子は頭の中が真っ白になった。今、この男は何て言った？　本当だろうか？　本当に正樹は……。

「店長、大丈夫ですか？」

美帆の声で我に返った。通話はとうに切れていた。受話器を置いてから、万季子は腰に手を回してウェストポーチを外した。

「ちょっと美帆ちゃん」小声で呼んで、美帆の耳元で囁く。「すぐに出かけないといけないの。あのお客さん、よろしく頼むわ」

横目で客の姿を窺《うかが》う。年齢は二十代半ばぐらい。飛び込みで入ってきた新規の客だ。注文はカットとカラーリング。新規の客はできるだけオーナーである万季子が担当する。そんな暗黙の了解があるが、今は悠長なことを言っている場合ではない。

万季子の顔から何かを敏感に嗅ぎとったらしく、美帆は力強くうなずいた。

「任せてください、店長」

美容専門学校を卒業して二年。すでに美帆はどこに出しても恥ずかしくないスタイリストに育っている。万季子は小走りで客の前に向かい、片膝をついた。

「申し訳ございません、お客様。スタイリストを変更させていただいてよろしいでしょうか？

もしもご不満でしたら、後日改めてご予約を入れさせていただくこともできますが」

雑誌に目を落としたまま、女の客はうなずいた。

「いいですよ、別に」

「ありがとうございます」

その場を離れて、美帆に目配せを送る。美帆は軽くうなずき、客のもとに歩み寄った。「よろしくお願いいします。スタイリストの多村と申します」

レジ台の下からハンドバッグをとる。中身を確認した。携帯電話、財布、自転車の鍵。大丈夫だ。必要なものはすべて入っている。

店のドアを開ける瞬間、窓のフロートガラスに自分の顔が映るのが見えた。その顔は別人のように強張っていた。

店を出る。店の前に停めてある自転車の鍵を外す。あの男の声が耳元でよみがえった。

――あんたの息子は万引きしやがったんだ。


神奈川県三ツ葉市。神奈川県の北端に位置しており、横浜市の中心部に、また都内に通勤するサラリーマン家庭のベッドタウンとして開発が進んだ市だ。人口は二十万人強。近年も増加の一途を辿っているが、北部には手つかずの自然も残っており、中心部にも田園などが多く見受けられる。

万季子は国道脇の舗道を自転車で走っていた。アスファルトから熱気が立ち昇っている。九月に入ったばかりだが、まだまだ暑い日が続いている。

だがペダルを漕ぐ足が重いのは、まとわりつくような暑さやなだらかな上り坂が原因ではなかった。

正樹が万引きをした。たしかに佐久間はそう言った。あの正樹が……あの正樹が万引きをしたなんて……。今も万季子は信じられなかった。

正樹は十二歳。私立の小学校に通う六年生だ。やや人見知りをする傾向があるが、明るい元気な男の子で、万季子の自慢の一人息子だ。

小遣《こづか》いも十分に与えている。学校でも問題らしい問題を起こしたことがない。ペダルを漕ぎながらずっと考えているのだが、あの子が万引きをする理由を何一つ見い出せずにいた。強いていえば母子家庭に育ったというのが考えられるが、それが万引きをする直接的な理由になるとは思えない。

やはり警察沙汰になるのだろうか。もしも警察に通報されてしまったらどうなるのだろう。まさか逮捕されたりしないだろうが、それでも正樹の将来に影を落とすのは避けられないはずだ。そんなことを考えると、暗澹《あんたん》たる気分になってしまう。

大型トラックが脇を通り抜けていく。撒き散らされた排気ガスに顔を背け、万季子は小さく咳をした。

国道沿いには大型の店舗が立ち並んでいる。飲食店、カラオケ屋、レンタルショップなど。どの店もテレビのＣＭで見かけるチェーン店だ。決して特徴的な町並みとは言い難く、地方ではおなじみの光景といったところだ。

見慣れた看板が遠くに見えてきた。白い背景に青いSのアルファベットが躍っている。〈フレッシュサクマ〉のロゴマーク。三ツ葉市内に三店舗、神奈川県内に合計して十店舗ほどの店を構えている老舗のスーパーだ。店内はそれほど広くないが、その分商品を探し易いと主婦には好評だった。

信号が赤に変わった。ペダルを漕ぐ足を止めながら、やはり誰かに相談してから出て来るべきだったかと自分の迂闊《うかつ》さに気づいた。しかし息子が万引きしたなどと、誰かに軽々しく相談できる問題ではない。

ハンドバッグから携帯電話が顔を出している。真っ先に思い浮かぶのは元夫の清原圭介《きよはらけいすけ》だ。しかし都内で働く圭介に、今さら相談しても無駄だろう。それに先月電話で話したとき、大きな仕事が始まって忙しくなったと話していた。電話に出るかどうかも微妙なところだ。

次に思い浮かぶのは佐久間直人《なおと》だ。電話をかけてきた佐久間秀之《ひでゆき》の腹違いの弟。万季子とは同級生にあたり、中学までずっと一緒だった。〈フレッシュサクマ〉の実質的な経営者だと聞いているし、直人なら相談に乗ってくれるかもしれなかった。

携帯を摑む。直人の番号を呼び出し、通話ボタンを押す。呼び出し音が鳴っている間に信号が青に変わる。五回ほどコールしたあと、電話は留守電に切り換わった。溜め息をついて携帯を切る。携帯をバッグに戻し、再びペダルを漕ぎ出した。

正樹のことを思う。今は正樹のことを第一に考えなくてはならないのだ。そう自分に言い聞かせた。

正樹は来年の春から、横浜市内にある名門私立中学に通うことが決まっていた。推薦枠での入学だった。大学までのエスカレーター式。就職にも有利だと聞いていた。さらに推薦入学者は特待生扱いとなり、学費が大幅に免除されるのも大きな魅力だった。正樹が小学校に進学した頃から、ずっと夢見ていた推薦枠だった。

入学のことを知人に話すと、誰もが驚いたように言った。立派なお子さんじゃない、将来が楽しみね。万季子自身も正樹の進学を自分のことのように喜んでいた。

もしも正樹が本当に万引きをしたのならば、この進学にどう影響が出るのだろうか。ことが公になってしまえば、進学を取り消されたりするのだろうか。それだけは絶対に避けたい。正樹のためにもだ。

〈フレッシュサクマ〉の看板が、視界の中で大きくなっていく。近づくごとに、緊張が増していくように感じた。

ほとんど往来のない舗道。障害物に遮られることもなく、快調に進んでいく自転車のスピード感が、たまらなく物悲しかった。

自転車置き場に到着した。腕時計を見ると、午後四時になろうとしていた。夕方の買い物客のラッシュにはまだ早い時間だった。

スーパーの裏の搬入口で待っている。佐久間は電話でそう言っていた。正面入口を横切り、裏手に向かおうとしたところで、背後から声をかけられた。

「あら？　岩本さんじゃない」

振り返ると、四十代の女性が立っていた。青いエプロンをつけて、空の段ボールを抱えている。〈シーズン〉の客だった。先月パーマを当てたばかり。たしかここでパートをしていると耳にしていた。

「こんな時間にお買い物？　珍しいじゃない」

あまりここに来たことは目撃されたくなかった。それでも万季子は笑顔を装い、会釈《えしゃく》をしてみせた。「こんにちは、奥様」

立ち話になるのは避けたいところだった。幸い店内に箱を運んでいく途中らしく、女性が足を止めることはなかった。

「またよろしくね。来月になったら予約するわ」

「こちらこそ。お待ちしております」

女性が店内に入っていくのを見送ってから、万季子は店の裏手に向かって歩き始めた。

クリーム色の外壁に沿って歩く。建物の老朽化が進んでいて、外壁もくすんでいた。万季子が物心ついたとき、すでにこのスーパーは営業していた。幾度かの改装を繰り返し、現在に至っている。万季子も頻繁に利用していたが、ここ最近は足を運ばなくなった。理由は一つ。これから会う男、佐久間秀之が店長になったと噂に聞いたからだ。

店の裏手に出た。裏手は商品の搬入口になっており、トラックが数台停まっている。その男はシャッターの前に座り込み、煙草《たばこ》を吸っていた。

「悪いね、仕事中に」

そう言って男は立ち上がった。万季子は男のもとに歩み寄り、深々と頭を下げた。「この度は息子がご迷惑をおかけして、申し訳ありませんでした」

「まあガキのしたことだからさ、俺も大目にみたいところなんだけど」

佐久間はそう言って煙草を投げ捨てた。揉み消そうともしない。アスファルトに捨てられた吸い殻から煙が立ち昇る。佐久間の背後に大きな換気扇があり、そこから惣菜を作る油の臭いが流れ出ていた。

「とにかくこっちに来てよ」

佐久間に続いて、搬入口からスーパーの店内に足を踏み入れた。段ボールが積み置かれたスペースを横切り、奥へ進んでいく。従業員の姿はない。一枚のドアの前で佐久間は足を止め、ドアを押して中に入っていく。万季子もあとに続いた。

小さな部屋だった。棚に食器用洗剤などの日用品がぎっしりと置かれていた。在庫を置く部屋のようだ。その部屋の真ん中に置かれたパイプ椅子に、正樹が座っていた。

「正樹……」

名前を呼んだきり、言葉が続かなかった。一度万季子の方に目を向けた正樹だったが、すぐに視線を背けるように壁に目をやった。隣にいた佐久間が、万季子の前に右手を差し出した。

「盗んだものはこれ。二百円もあれば買えるっていうのにな、こんなもの」

四角い小箱だった。パッケージには流行りのアニメキャラクターが描かれている。おそらくフィギュアつきのお菓子だろう。

「ここじゃあれだから、俺のオフィスで話そうか」

そう言って佐久間は部屋から出て行こうとした。万季子は佐久間に呼びかけた。「ちょっと待ってください。正樹はどうしたら……」

「この部屋は滅多に人が寄りつかない。反省するにはうってつけの場所だ。おい、坊主」

佐久間は正樹に向かって言った。

「お母さんと話をしてくるから、ちゃんと反省しておくんだぞ」

屈辱だった。なぜこんな男に父親顔で息子に注意されなければならないのだ。

部屋を出る間際、正樹に目をやった。正樹は壁の一点を見つめたまま、膝の上で拳を握り締めていた。


搬入口から外に出た佐久間は、スーパーの建物から離れるように歩き出した。何も言わず、万季子は佐久間の背中を追った。

駐車場を横切って、佐久間は歩いていく。正面玄関から離れているせいか、駐車スペースにはまばらに車が停まっている程度だった。

ちょうど敷地の最南端に当たる場所に、小さなプレハブの建物が建っていた。こんな建物が建っていることに、今の今まで気づかなかった。プレハブの向こうには田んぼが広がり、そろそろ頭が重たくなった稲穂が風になびいていた。

鍵を開けてから、佐久間はプレハブ小屋に入っていく。佐久間と密室で二人きりになる。躊躇《ちゅうちょ》はあったが、何とかこらえて建物内に足を踏み入れた。

汚い部屋だった。スチール製の机が一台置かれていた。棚には雑誌が乱雑に押し込まれている。机の上の灰皿から吸い殻が溢れていた。佐久間がパイプ椅子に座り、扇風機を回した。白い灰が宙を舞うのがはっきりと見えた。

「狭いけど、ここが俺のオフィスね。まあ座ってよ」

佐久間が指差す先に、薄汚れたソファーがあった。ソファーの上には雑誌が一冊。卑猥《ひわい》なポーズをとった女の表紙。佐久間を見ると、下卑《げび》た視線で万季子を舐めるように見上げていた。

これ以上奥には入らない方がいい。万季子はそれを肌で感じた。

「ここで結構です。それより正樹のことですけど……」

「一応ね、証拠じゃないけど見せておこうか」

佐久間は身を屈めて、床に置かれたビデオデッキに一本のテープを差し込んだ。机の上の小さなテレビに、映像が流れ始めた。店内の防犯カメラの映像だろう。男の子が一人、商品を物色するようにしゃがんでいた。間違いない。正樹だった。

「今どきビデオはないだろ。このご時世にさ。昭和時代じゃあるまいし。なあ、笑えるだろ」

佐久間の言葉は耳に入ってこなかった。目の前の映像から視線をそらすことができなかった。

周りの様子を窺うように、正樹は忙しなく首を動かしていた。やがて正樹は手にしていた箱を、小動物のようなすばしっこさで、めくったシャツの中に入れた。何の言い訳もできない、決定的な瞬間だった。

「本当に偶然だったんだ。暇で仕方なくてな、店の裏のモニター室で煙草吸ってたら、偶然目に入った。驚いて店の表に回ったら、あのガキが店から飛び出してきたんだ。案の定、シャツの下に商品を隠していやがった。問い詰めても素性を白状しない。財布も持っていないようだったしな。どこか見憶えのある顔だなと思ってよく見たら、子供の頃にそっくりだった。あんたじゃないぞ、旦那の方な。清原な」

たしかに正樹は圭介の面影《おもかげ》を色濃く残していた。佐久間が勘づいても不思議はなかった。

「親父の名前は圭介だろ。俺がそう言った途端、あのガキの表情が固まった。間違いないと思ったね。それであんたに電話を入れたってわけだ」

佐久間はリモコンを操作し、映像を巻き戻した。同じ映像が再生された。万季子は唇を噛んだ。

情けなかった。自分の息子が万引きをした瞬間を目の当たりにして、たまらなく情けなかった。そして同時に、悔しかった。なぜよりによってこの男に現場を見られてしまったのだ。

「たかが万引きだけで、目くじら立てることはない。そういう意見もあるだろうさ。でも万引きだって立派な犯罪だ。それに俺はこの店の店長だ。立場ってもんがある」

そこまで話したところで、佐久間は煙草に火をつけた。狭い部屋に煙草の煙が充満する。万季子は改めて佐久間の顔を見た。

佐久間秀之。直人の腹違いの兄ということもあり、子供の頃から知っていた。

名門佐久間家の落ちこぼれ。出来の悪い長男坊。昔からそんな風に言われていた。ずっと町を離れていたが、二ヵ月ほど前にふらりと戻ってきて、この店の店長に収まった。東京でやくざまがいの仕事に手を染めていたと、〈シーズン〉の客が眉をひそめて話していた。

「警察には通報していない。通報したらどうなるか、あんただって想像できるよな?」

万季子はうなずいた。おそらくこういう展開になるだろうと、頭のどこかで思っていた。二度としないように息子を叱っておけ、今日のところは大目にみてやるから。そんな風に解放されるはずはないと思っていた。

「あんたの誠意をみせてくれたら、警察への通報は控えてやってもいい。このテープもあんたにくれてやろう」

「誠意?」

「とりあえず今日中に三十万円」煙を吐き出しながら、佐久間は言った。「息子の将来を考えれば、安いもんだろ」

三十万円。用意できない金額ではない。しかし一回払って終わる問題なのだろうか。この男のことだ。徐々に金額がエスカレートしていくとは考えられないか。

万季子の胸の内を見透かしたように、佐久間は言った。

「テープはちゃんと渡す。ダビングなんてしないから心配するな。それにダビングするデッキもないからな」

三十万円払えば、正樹の将来に傷はつかない。来春に控えた進学にも影響は出ない。この男の要求を飲むしかないのかもしれない。

できれば考える時間が欲しかったが、この男はそれを許さないだろうと思った。今ここで結論を出すしかない。迷った末、万季子は決断した。

「わかりました。お支払いいたします」

「おっ、さすが話がわかるねえ」

佐久間は煙草を灰皿で揉み消し、立ち上がった。

「あまり金の受け渡しを人に見られたくないのはお互い様だ。今晩十一時。金を持ってここに来てくれ」

「正樹を連れて帰っても？」

「ああ。勝手に連れていけ。たっぷり叱ってやった方がいいぞ」

万季子は頭を下げてから、プレハブの建物から出た。外に出た瞬間、自分が尋常ではない量の汗をかいていることに気づいた。

底の見えない泥沼に、一歩足を踏み出した気がしていた。

「二度と万引きなんてしない。そうお母さんと約束して。正樹、約束できるわよね？」

隣を歩く正樹に言った。正樹は前を見たまま、小さくうなずいた。

倉庫から正樹を連れ出して、家まで送っていくことにした。五時からなじみ客の予約が入っているため、正樹と一緒にいてやることはできなかった。

自転車置き場で自転車の鍵を開けているとき、さきほど会ったパートの女性に、再び姿を見られてしまった。女性は入口付近のカートの整理をしているところだった。女性と目が合ってしまい、万季子は力なく会釈をした。

「直人って知ってるでしょ？　お母さんの友達の直人。さっきの店長さんね、直人のお兄さんなの。今日は許してもらえたけど、次からは容赦しないって言ってたわよ」

話を聞いているのか、いないのか。正樹は前を見つめたまま、万季子の歩調に合わせて歩いていた。

二年ほど前から、正樹は母親と一緒に外に出ることに躊躇《ためら》いをみせるようになっていた。男の子としての自我が芽生える年頃なのだろう。万季子はそう解釈していた。それ以前は正樹を自転車の後ろに乗せて、買い物や外食に行ったものだ。寂しく思うこともあったが、正樹が自立し始めている証拠だと、万季子は自分を納得させていた。

厳しくしつけてきたつもりだった。父親がいない分、悪いことをしたときには心を鬼にして叱りつけた。しかし今日に限っては、そうできずにいた。

万引きをして、それが他人に見つかってしまう。薄暗い部屋に閉じ込められ、素性を明かせと強要される。おそらく正樹にとっては恐怖以外の何物でもなかったはずだ。今はそっとしておいた方がいい。万季子はそう思っていた。

国道を左に曲がる。しばらく進むと、住宅街が見えてくる。十二年ほど前に分譲された、世帯数は五十ほどの住宅街だ。

この住宅街の一番奥に、万季子と正樹が住む家がある。三十坪ほどの木造家屋だが、設計の段階から万季子も口を出したこともあり、とても気に入っていた。

「正樹、今日のことはやっぱりお父さんにも……」

そう言いながら隣を見ると、正樹の姿が見えなかった。振り返ると、少し後ろで正樹が立ち止まっていた。

「正樹……」

立ち止まった正樹は、声を押し殺して泣いていた。やがて正樹は搾《しぼ》り出《だ》すように言った。

「……ごめんなさい。お母さん」

万季子は自転車を停めて、正樹のもとに向かった。正樹の肩を抱いて言う。

「大丈夫よ、正樹。大丈夫だから」

その言葉は正樹に対してのものというより、自分に言い聞かせているようにも感じられた。

「もうここでいい。ちゃんと帰るから」

正樹はそう言った。万季子はうなずいた。

「じゃあお母さん、仕事に戻るから。帰りは七時くらいになると思う。お夕飯はできてるけど、急いで帰るから待っててくれる?」

正樹は小さくうなずいて、歩き始めた。その背中を見送りながら、万季子は思った。生意気なことを言うようになったけど、まだまだあの子は子供なのだ。あの子の将来は私が守らなければならない。絶対に。

午後六時半を回り、最後の客が帰った。今日はもう予約は入っていない。〈シーズン〉の営業時間は午前十時から午後七時まで。今日はそろそろ店を閉めてもいいかもしれない。レジの金を精算しながら、万季子はそんな風に思った。

美容室〈シーズン〉は三ツ葉駅前の繁華街から、少し奥まったところにある。美容椅子は三台だけのこぢんまりとした店構えだ。

八階建てのマンションの一階に、テナントとして入っていた。テナントは全部で三店舗。〈シーズン〉はパン屋と雑貨屋に挟まれている格好だ。

「そろそろ閉めましょう、美帆ちゃん。片づけは私がしておくから、あなたはもう帰ってくれていいわ」

「いいですよ、店長。私も最後までいますから」

「いいのよ、美帆ちゃん。今日は金曜日。彼氏とデートなんでしょ」

万季子の言葉に、美帆は小さく舌を出した。

「じゃあ店長。お言葉に甘えて」

「そうだ、美帆ちゃん。〈金龍《きんりゅう》〉の餃子と唐揚げ、一人前ずつ頼んでおいてくれるかな? 帰りにとりに行くから」

「もしかして正樹君、テストでいい点とったりしたんですか?」

〈金龍〉とは駅前通りにある中華料理屋だ。ここの餃子と唐揚げが正樹の好物で、たまにテイクアウトで買って帰ることがある。テストでいい点をとったり、運動会で頑張ったときなど、テイクアウトで持ち帰るのがお決まりとなっていた。

「まあそんなところかしら。よろしく頼むわ」

「はい、店長。お先に失礼します」

跳ねるように店を出て行く美帆の姿を見送ってから、万季子は壁のスイッチを押して、外看板の電気を切った。それから携帯をとり出して、清原圭介に電話を入れた。万季子の予想に反して、すぐに圭介は電話に出た。

「もしもし、私。今ちょっと話せる？」

「ああ。少しくらいなら」

電話の向こうは騒々しかった。まだ会社にいるようだった。しばらくして喧騒が消えた。無人の会議室にでも飛び込んだのかもしれない。

「どうかしたのか？」

「実はね……正樹のことなんだけど」

今日起こった出来事の一部始終を、圭介に話した。

最初のうちは相づち程度だった圭介の反応も、徐々に真剣なものに変化していった。圭介に話しているうちに、万季子は少しずつ心の緊張が解《ほぐ》れていくのを感じていた。自分だけで抱え込むより、やはり誰かと共有していた方が気が楽だ。その相手が別れた夫であっても。

「取引場所は〈フレッシュサクマ〉のプレハブ小屋。時間は今晩十一時よ」

最後まで話し終えた。しばらくの間、圭介は何も言わなかった。言葉を失っているというのが正解なのかもしれない。長い沈黙のあと、圭介は言った。

「それで正樹はどうしてる？　反省しているのか？」

「あの子なりに落ち込んでいる様子だったわ。今から帰ってご飯を食べるところなの」

「本当に取引に応じるつもりなのか？」

「それ以外に方法はないわ。あの子の将来がかかっているのよ。それにほかに方法があるというの？」

電話の向こうで圭介は押し黙った。やがて圭介が言った。

「金は用意できるのか？　もしあれだったら俺が……」

「もう銀行でおろしてきた。これで正樹の将来が買えるのなら安い買い物よ」

圭介は何かを思案しているようだった。しばらくしてから意を決したように圭介が言った。

「今からそっちに向かう」

「仕事は大丈夫なの？」

圭介は建築事務所で働く一級建築士だ。オフィスは渋谷にある。知人の建築士とともに共同経営しており、詳しいことは知らないが業界でもそれなりに名前を知られた建築事務所のようだ。

「ああ。今から向かうから、そうだな……八時過ぎには着くだろう。俺も少し冷静に考えたい」

あなたが冷静に考えたところで、状況が好転することはない。そう思ったが口にするのは止めにした。それに圭介が来てくれるということで、万季子自身が安堵しているのも事実だった。

「なあ、万季子。直人に相談してみるってのはどうだ？　直人は佐久間の弟だろ。力を貸してくれるんじゃないか」

「それは私も考えた。直人に電話をしたけど、留守電に切り換わってしまうのよ。もう一度かけてみるつもりだけど」

圭介と直人も同じ小学校の同級生だった。それに最近では仕事絡みで二人には接点ができたようだ。小学校跡地に複合施設を建設する事業があり、その事業に圭介は建築士として、直人は施工主として関わっているらしい。そんな話を前に圭介から耳にしたことを思い出した。

「ねえ、あの廃校が潰されちゃうんでしょ？　タイムカプセルはどうなるの？」

唐突に思い出し、圭介に訊いた。しかし圭介は問いに答えず、早口で言った。

「とにかく今から向かう。あとで会おう」


圭介と結婚したのは万季子が二十二歳のときだった。お互いに若く、金もなかったため、身内だけのささやかな結婚式を挙げた。故郷の三ツ葉市にいい分譲地があることを知り、ローンで土地を購入して、すぐに家を建てた。それが圭介が建築士として手がける初の物件となった。

出会いはずっと時を遡《さかのぼ》る。いつであったか正確には万季子も憶えていない。おそらく圭介も同様だろう。気がつくと圭介が隣にいたという感じだった。

小学校時代は同じ時間を過ごし、別れは唐突にやってきた。中学への進学を控えた春、圭介が家の都合で突然引っ越すことになったのだった。

圭介たちは慌しく町を出て行った。お互いを好いていた。そんな風に思っていたが、それを言葉にして確認するには幼過ぎた。圭介を乗せたトラックを仲間とともに見送りながら、もう二度と圭介には会えないかもしれないと思い、わんわんと泣いた。隣では直人も泣いていた。

それから八年後、二十歳《はたち》のときに横浜の町で圭介と再会した。当時、万季子は横浜市内の美容専門学校に通っていた。週に四日ほど、カレーパンで有名な下宿先近くのパン屋でバイトをしていた。

ある日の夜のことだった。バイトを終えた帰り道、後ろから声をかけられた。「岩本万季子さんですよね?」

振り返ると、一人の青年が立っていた。その青年の面影が、小学校時代の清原圭介のものに重なるのに、さして時間はかからなかった。「圭介……だよね?」

二人で近くのハンバーガーショップに入った。ハンバーガーを食べながら、互いの近況を教えあった。圭介は国立大学の二年生で、建築を学んでいるという。

「実はね、万季子」ハンバーガーを食べ終えてから、圭介は話し始めた。「あの店で万季子を見かけたのは、一週間くらい前になるんだ」

「どうして? すぐに声をかけてくれたらよかったのに」

「だって確信がなかったし、人違いだったらどうしようと思って」

「じゃあどうして今日声をかけようと思ったの?」

「あの子に声をかけるのに絶好のチャンス」

「えっ？」

「占いだよ、占い。朝のテレビ番組でそう言ってた」

「へえ、そうなんだ。今日の獅子座は好運だったわけね」

そう言いながら、自分が圭介の星座を憶えていることに万季子は驚いた。

「いや、好運なのは蟹座だって」

「何それ、意味ないじゃん」

互いに顔を見合わせて、笑った。連絡先を交換して、その夜は別れた。家に帰ってしばらくすると、アパートの電話が鳴った。圭介からだった。そのまま夜が明けるまでいろいろなことを話した。小学校時代の昔話や近況について。次の週末、映画を観に行く約束をした。電話の最後で、圭介が言った。

「淳一《じゅんいち》や直人とは会っているのか？」

「いいえ、全然。二人とは連絡が途絶えてしまっているわ」

その夜の電話で唯一の沈黙が訪れた。受話器を置いてから、万季子は圭介との未来を早くも想像していた。

万季子の想像は現実のものとなった。二年後に結婚。結婚した翌年、長男が生まれた。正樹と命名した。正樹が保育園に通うようになってから、圭介と二人で三ツ葉市内のテナントを物色した。美容室をオープンさせるためだ。

圭介の知り合いの不動産屋が仲介となり、一軒の空き物件を見つけた。駅に近いがそれほど繁《はん》雑《ざつ》な町並みではなく、いい物件だと思った。すぐに契約を済ませ、圭介が働く建築事務所で改装のための打ち合わせが始まった。半年後、念願の美容室をオープンした。店の名前は〈シーズン〉に決めた。すべてが思った以上に順調だった。

正樹が私立の小学校に進学した頃、圭介がずっと働いていた横浜の建築事務所を辞めた。大学時代の先輩に誘われ、新たに建築事務所を起《た》ち上げるとの話だった。

圭介の新しい事務所は渋谷にあった。開業したばかりの忙しさもあり、圭介が家に帰らない日々も多く続いた。一方、万季子も仕事と育児に追われ、すれ違いが増えていった。

圭介から唐突な提案を受けたのはちょうどその頃だった。家を引き払い、東京に引っ越したいというのが圭介の提案だった。〈シーズン〉にもなじみの客がつき始めたばかりだった。万季子が激しく反発しても、圭介はこともなげに言った。

「また都内でテナントを物色すればいいじゃないか。家も売り払い、マンションを買おう。今の給料ならローンだって支払っていけるはずだ」

そういう問題ではなかった。〈シーズン〉のことだけではなく、正樹のことも万季子の念頭にあった。すでに横浜市内の名門私立中学に目標を定め、塾にも通い始めていた。

話し合いは平行線を辿った。妥協を許さないという、二人の似たような性格が災いした。たまに顔を合わせても、出てくるのは互いを否定する言葉だけだった。

正樹が小学二年生になった春、合意のうえ、離婚することに決めた。離婚の条件は残っている住宅ローンと正樹の養育費を圭介が支払うことだった。あの夜、パン屋の前で再会してから十年がたっていた。今となってしまっては、離婚に至った決定的理由を、万季子自身もうまく説明できない。

月に一度、圭介は正樹に会いに来る。取り決めではなく、暗黙の了解のようなものだった。しかし最近は圭介も忙しいようで、二ヵ月に一度の割合に減っている。

今、圭介がどのように暮らしているか、万季子は知らない。わかっているのは、相変わらず忙しい日々を送っているということだけだ。

夜九時を少し回ったとき、玄関のチャイムが鳴った。ドアを開けると圭介が立っていた。圭介は神妙な面持ちだった。

「正樹は寝てるのか？」

靴を脱ぎながら、圭介が訊いてきた。万季子は答えた。

「まだだと思う。二階の自分の部屋にいるわ」

圭介はそのまま階段を上っていく。追っていこうと思ったが止めにした。男同士でしかできない会話もあるかもしれない。そう思った。

五分ほどしてから、圭介は降りてきた。リビングのソファーに座りながら、圭介はネクタイを外した。

「どうだった？　正樹とどんな話をしたの？」

万季子が訊くと、圭介は首を振った。

「あいつもあいつなりにいろいろと悩んでいるみたいだ。そのことは今度ゆっくり話す。それより何か冷たいものをくれないか」

冷たい緑茶をグラスに注ぎ、テーブルの上に置いた。

「珍しいわね、スーツを着てるなんて」

建築士という職業柄か、あまりスーツを着た圭介を見たことはなかった。万季子が出したお茶を一口飲んでから、圭介は言った。

「一応は共同経営者に名前を連ねているもんでね、フォーマルな格好をしないといけないときもある」

グラスを置いて、圭介は溜め息をついた。

「ずっとここに来るまでの間、正樹をひっぱたいてやろうと思ってた。それをするのが男親の仕事だろうと思ってね。でもいざ正樹と顔を合わせてしまうと、俺にはできなかった。情けないよ、まったく」

圭介なりに正樹を心配してくれていたことに、万季子は安堵を覚えた。

「夕飯まだなんでしょ？　簡単なものなら用意できるけど」

「いや、食欲はない。それより万季子」圭介が顔を近づけてきた。「本気か？　本気で佐久間の取引を受け入れるつもりか？」

「だってしょうがないじゃない。それしかあの子を救う方法がないんだし」

絶対に正樹に聞かれてはならない会話だ。どちらともなく顔を近づけ、押し殺した声で喋った。空いていた右手でテレビのリモコンをとり、音量を少し上げた。

「本当に金を渡しただけで、あの男が引き下がると思うのか？」

「テープは渡してくれる。そう言ってたわ」

「ダビングされていたらどうするんだよ」

「ダビングはしない。そう言ってた」

「そんな口約束、あってないようなものじゃないか」吐き捨てるように圭介は言った。「冷静になれ、万季子。あいつの誘いに乗ったら絶対に駄目だ」

圭介の言うことも一理あると思った。ダビングはしないと佐久間は言っていたが、確証があるわけでもなかった。あのときは冷静さを失い、その場で取引を了承してしまった。急に不安が募り始めた。

「じゃあどうするっていうの？　金を渡さなければ、あいつは警察に通報するって言ってたわ」

「ここに来る車中、電話で知り合いの弁護士に話を聞いた。一般論ということでな。たとえ万引きを警察に通報されたところで、正樹に直接的な罰が与えられることはない。あいつはまだほんの十二歳の子供なんだ」

「もし万引きのことが中学校にバレたら？　絶対に進学が取り消されることはない。あなたにそれが断言できるっていうわけ？」

圭介はすぐに反論しなかった。やがて歯切れの悪い口調で答えた。

「それはわからない。もしかしたら取り消される可能性もあるし、そうならない可能性だってある。たとえ進学が取り消されたとしても、中学校なんていくらでもあるだろ」

「絶対駄目。私は確実な方法を選びたいの。あいつに金を渡してテープを返してもらう。それが一番の方法だと思う」

圭介は知らない。どれほど苦労して私と正樹が推薦枠を摑んだかを。何とか家計をやり繰りして、正樹の塾の費用を捻出した。すべては正樹の将来を思ってのことだ。

「仕方ない。万季子がそこまで言うなら」

ようやく圭介も折れたらしく、力なく首を振った。

「念書を書かせよう。金を受けとったという証拠が必要だ」

「どういうこと?」

「一度金を受けとってしまえば、それは恐喝罪だ。今度はあいつの尻尾《しっぽ》を摑んだことになる。警察に通報されて困るのはあいつの方になる。紙とペンを持っていって、あいつに書かせるんだ」

「わかったわ」

万季子は立ち上がり、棚の中から便箋をとり出し、ハンドバッグの中に入れた。ボールペンは常にバッグの中に入れてあるから問題ない。

「それと俺も一緒に行くから。俺があいつと話す。だから万季子は心配するな」

後ろで圭介が言った。万季子は振り向いた。「本当なの?」

「当たり前だ。じゃなかったら、車を飛ばしてここまで来たりはしない」

それを聞いて、全身を覆っていた緊張が幾分和《やわ》らいだような気がした。昼間に足を踏み入れたあのプレハブ小屋。たった一人であそこに入るなんて、想像するだけで鳥肌が立つ思いだった。

「少し仮眠をとらせてくれ。ここ最近忙しくてね、あまり寝てないんだ」

そう言って圭介は横になった。クローゼットからタオルケットをとり出し、圭介の腹部にかけた。圭介はすでに目を閉じていた。

時計を見る。午後九時半になろうとしていた。取引の時間まであと一時間半。

〈フレッシュサクマ〉の駐車場は、チェーンで封鎖されていた。とうに営業時間を終えて、明かりはまったく灯っていない。運転席から降りた圭介の姿が、ヘッドライトに浮かび上がった。やがて圭介はチェーンを外した。フック式の簡単なものだったのだろう。

無人の駐車場をゆっくりと進んだ。スーパーの脇に回ると、前方に小さな明かりが見えてきた。

「あれか?」

「ええ」

佐久間のプレハブ小屋から光が洩《も》れていた。小屋の五メートルほど前で圭介は車を停めた。車から降りて小屋に向かって歩き始めた。圭介が前を歩き、万季子がその背中を追う形だった。

ドアの前でいったん立ち止まり、圭介が振り返った。お互いの顔を見つめた。心配するな。そう言わんばかりに大きくうなずいてから、圭介はドアをノックした。

「すみません、佐久間さん。清原という者ですが」

ゴソゴソという音が聞こえ、間もなくしてドアが開いた。あの男が立っていた。シャツに短パンというだらしのない格好。やや顔が赤らんでいるのはすでに酒を飲んでいるからか。

圭介を一瞥《いちべつ》してから、佐久間は鼻で笑うように言った。

「ふん、怖《お》じ気《け》づいて旦那を連れてきやがったか」

プレハブの中から、テレビの音声が聞こえてきた。圭介の背後から中を見ると、机の上にビールの空き缶が転がっていた。昼間一杯だった灰皿は、さらに吸い殻が積み上げられているように感じられた。

「まあいい。金は用意したか」

万季子はハンドバッグから三十万円入った封筒を出し、圭介に渡した。圭介は毅然《きぜん》と言った。

「金を渡す前に話したいことがある」

「先に金を渡せ。別に俺は取引を中止してもいいんだぜ」

圭介の肩が小刻みに震えていた。怒りを押し殺しているのだろう。仕方なくといった形で、圭介は封筒を佐久間に手渡した。佐久間は受けとった封筒から札束をとり出し、その場で勘定を始めた。耐え切れなくなって、万季子は思わず口を出していた。

「疑わなくてもちゃんと用意したわよ」

「こりゃ失敬。疑り深い性格でな」

金を勘定するのを止めた佐久間は、そのまま封筒を背後の机に向かって放り投げた。ビールの空き缶に当たり、空き缶が床に落ちた。乾いた音が聞こえた。

「それよりテープをよこせ。例のテープだ」

　圭介が言った。

「まあそんなに急ぐなよ。それより男同士で話をしないか？」

　にやつきながら佐久間が言う。圭介が万季子の方を振り向いた。ハンドバッグからペンと便箋を出し、圭介に渡した。圭介は何も言わず、小屋の中に入っていった。ドアが閉ざされた。


　車に戻った。助手席に座り、圭介を待つことにした。

　周囲は闇に包まれている。プレハブ小屋の向こうは、一面の田んぼが広がっている。蛙の鳴き声が聞こえた。

　不安だった。圭介のことが心配だった。あの男のことだ。いきなり圭介に暴力を振るわないとも限らない。

　もしも圭介が暴力を振るわれたらどうしたらいいだろうか。警察に通報するのが当然の選択だと思うが、それをしてしまえば正樹の万引きが明るみに出てしまう。今は取引が成功するのを祈るしかないのかもしれない。万季子は汗ばんだ手で携帯電話を握りしめた。

　プレハブ小屋のドアが開いた。随分長い時間が経過したように感じたが、携帯の時計を見ると三分ほどたっただけだった。小屋から出てきた圭介が、運転席に乗り込んできた。

「どうだったの？」

万季子が訊いても、圭介は答えなかった。すぐにキーを回してエンジンをかけ、Uターンして車を発進させた。月明かりに照らされた圭介の顔は、別人のように蒼白だった。この人がこういう顔をするとき。それはとてつもない怒りを抱え込んだときだ。

駐車場を出て、国道に合流した。そのまま車を走らせて、五百メートルほど進んでから、コンビニの駐車場に入った。店舗から一番離れた駐車スペースに車を乗り入れた。

「ねえ、いったいどうしたの？」

再び尋ねたが、圭介は黙ってフロントガラスを睨みつけるだけだった。

おそらく交渉は失敗したのだろう。万季子はそう察した。その証拠に圭介がテープを持ってきた様子はない。

「すまない、万季子」前を見たまま、圭介が言った。「あいつ、テープを渡そうとしなかった。別の条件を出してきたんだ」

「別の条件？」

「ああ」

そこで圭介は言葉を切った。大きく呼吸をしてから、搾り出すように圭介は言った。

「奴は……奴は君の体が目的らしい」

言葉を失った。寒気が込み上げると同時に、妙に納得している自分もいた。今日の昼間、最初に佐久間に会ったときから、そういう取引もあるだろうと思っていたからだ。金か体。きっとどちらかを要求してくるだろうと。

「明日の同じ時間。君一人であそこに行く。来なかった場合、取引は中止。昨日渡した金も俺たちに返し、すぐに学校に連絡するそうだ」

「何よ、それ。佐久間はお金を受けとったじゃない。恐喝しているのはあいつなのよ。それになぜ警察じゃなくて、学校なのよ」

「学校に連絡されたら、俺たちも困る。あいつはそう計算しているんだ」

突然、圭介がハンドルを叩いた。二度、三度と繰り返し、そのまま顔を覆って言う。

「つくづく腐った男だ」

元夫を介して要求を突きつける。その辺りに佐久間の陰湿さを感じずにはいられなかった。圭介のプライドをとことん傷つける。あの男のやりそうなことだ。

「もう終わりだ、万季子」圭介は携帯を手にしていた。「警察にすべて話そう。あんな男の言いなりになるのはごめんだ」

「ちょっと待って。少し考えさせて」

圭介が驚いたように万季子を見た。

「まさか……お前……」

「違うわ、それは絶対にない」

万季子は即座に否定した。あの男に抱かれるなんて、死んでも嫌だった。しかし警察に通報してしまえば、正樹の万引きも明るみに出てしまうのだ。何か方法はないだろうか。すべてを闇に消せる方法が。

佐久間の言動を振り返ってみる。もしも私の体が目的だったのなら、昼間会ったときにそう言えばよかったのだ。最初に金を要求したということは、やはり佐久間が欲しいのは金に違いない。いろいろな噂は聞いている。仕事もろくにせず、雀荘《ジャンそう》に入り浸っていること。金を要求した理由は、借金絡みではないだろうか。

「もっとお金を払う。それしか方法はないわ」

「金を？」

「そうよ。あいつはお金が欲しいのよ。もっとお金を払えば、あいつも納得するかもしれないわ」

「そんなのは堂々巡りだ。一生あいつに金を払い続けることになるぞ」

「あと一回、あと一回だけ。明日の夜、お金を渡して交渉するの。それで駄目だったら私も諦めるわ」

正樹の将来に関わる問題なのだ。一縷《いちる》の望みがあるなら、それに賭けるべきだ。万季子はそう思った。

「交渉の余地はない。今日あいつと話して、俺はそう感じた。でも万季子がそこまで言うなら、あと一回だけ付き合ってみてもいい。問題は金額だ。幾らにする？」

「百万円。そのくらいが妥当だと思う」

「百万……か」圭介がつぶやいた。「金は俺が用意しよう。明日までに必ず用意するから心配要らない」

「お金は私が……」

「俺に用意させてくれ。俺が正樹のためにしてやれることは少ないしな。それより直人と連絡をとろう。身内のあいつなら、佐久間を説得できるかもしれない」

圭介の意見に賛成だった。ただし直人が佐久間を説き伏せてくれる保証はない。むしろ今でも直人は佐久間を持て余しているはずだ。それでも身内の直人ならば、何らかの方策を考えてくれるかもしれなかった。

今日も二度ほど携帯を鳴らしてみたが、いずれも留守電に繋がってしまった。明日になったらもう一度電話をしてみよう。万季子は胸の中にそう書き留めた。

そのとき携帯が鳴った。圭介の携帯だった。運転席から降りて、圭介は携帯で話し始めた。圭介の背中を見ながら、万季子は思った。

もしも最初から体を要求されていたら、自分はどうしただろうか。正樹の将来のために、あの男に抱かれることを選んだだろうか。

あの男に抱かれる。考えただけでも鳥肌が立つ。しかし確実に言えることは、迷っている自分がいるということだ。

「悪い、会社からの電話だった」

そう言って圭介が車に乗り込んできた。圭介はエンジンをかけ、車を発進させた。万季子の自宅は目と鼻の先だ。再び国道に出る。赤信号に捕まったとき、圭介がぽつりと言った。

「いっそのこと殺してしまいたいな、あんな男」

同感だった。万季子もそう思っていた。

翌日は落ち着かない一日だった。土曜日ということもあり、予約も多く入っていたが、仕事に没頭することができなかった。それでも何とか仕事をこなし、閉店時間の午後七時を迎えた。昼に圭介から連絡があり、三ツ葉駅近くのファミレスで待ち合わせをすることになっていた。平塚で打ち合わせがあるため、その帰りに寄るとの話だった。圭介は電車で来ると言っていた。車は万季子が出すことになった。

慌しく店内を片づけて、店を出たのは午後七時十五分。自転車で自宅に帰り、車に乗り換えてから待ち合わせのファミレスに向かった。すでに圭介は窓際の席でコーヒーを啜《すす》っていた。圭介の向かいの席に座る。すぐに店員が注文をとりに来た。温かい紅茶を注文した。店員が去るのを待ってから、圭介が押し殺した声で言った。

「金は用意した」

圭介は背広の内ポケットを叩いた。そこに封筒が入っているのだろう。万季子は言った。

「私が持っておこうか？」

少し思案してから、圭介はうなずいた。

「そうだな。万季子が持っていた方がいいかもしれない。落とすんじゃないぞ、大金だからな」

圭介から受けとった封筒を、ハンドバッグの奥にしまった。

「正樹はどうしてる？」

「実家に預けたわ。今日の朝、連れていったの。明日まで預かってもらうことにしたのよ」

「そうか……その方がいいかもしれないな」

あまり母親が夜な夜な出歩いていては、正樹だって不安に思うだろう。そう考えて川崎の実家の母に頼んだ。母は二つ返事で了承した。今頃、正樹は祖母が作った手料理を食べていることだろう。おそらく母のことだ。孫のために張り切っているに違いない。

「お義父《とう》さんとお義母《かあ》さん、何か言ってたか？」

「いいえ。むしろ正樹とのんびり過ごせることを喜んでいたわ」

万季子はずっと父と母の三人で三ツ葉市内の市営住宅に住んでいた。万季子が高校生のとき、父方の実家がある川崎市内に一戸建ての中古住宅を買った。実家といっても、万季子にはなじみのない家だった。高校時代の一時期を過ごしただけで、その後は一人暮らしをして、そのまま圭介と一緒になった。今では数ヵ月に一度、正樹を連れて立ち寄る程度だ。

「もし腹が減っているなら、何か頼んだらどうだ？」

圭介に水を向けられたが、万季子は首を振った。

「食欲がないの。朝からほとんど何も食べてないわ。それより正樹のことなんだけど……」

「正樹のこと？」

「今回の件もそうだけど、やっぱり正樹の教育にはあなたの協力が必要だと思うの。忙しいのはわかるけど、最低でも月に一回はあの子と会ってくれないかしら？　ほら、男同士じゃないとできない会話ってものもあると思うし」

母子家庭だから正樹が万引きをした。そう考えるのは早計だと思う。しかし男親の役割を母親だけが担うのは難しいと感じ始めていた。〈シーズン〉の客でも何人か離婚経験者がいるが、絶対に父親に会わせないという協定を結んでいるケースも多々あるらしい。万季子の場合、離婚後も圭介とは友好的な関係が続いている。だったらそれを利用しない手はない。そう思っていた。

「実はな、万季子」圭介がテーブルの上に身を乗り出した。「昨晩のことだ。俺と正樹は二人きりで話しただろ？」

圭介が自宅を訪れたときのことだ。圭介は真っ先に二階に向かい、正樹と何やら二人きりで話していた。

「なぜ万引きをしたのかと尋ねたら、最近むしゃくしゃしていたと話していた。あいつは深く語ろうとしなかったが、おそらく原因は俺にあるんじゃないかと思ってる」

「圭介に？」

「ああ。ここ最近は仕事が忙しいのを理由にして、毎月あいつに会ってあげられていない。六月の父親参観日も出席できなかった」

それなら万季子もよく憶えていた。仕方なく万季子が出席したが、やはり正樹はどことなく淋しそうだった。

「今回の件が片づいたら、正樹ともっと話をしてみるよ。実は小学校の跡地の件だけど、近々工事が始まるんだ。俺もこっちに来ることが多くなるし、ついでと言ってはあれだが、正樹と遊ぶことにするから」

なぜ万引きをしたのか、正樹を厳しく問い詰める気はなかった。しかし圭介の想像もあながち間違ってはいないと感じた。ここは圭介の気持ちをありがたく受けとることにした。

「ありがとう。ところで小学校の跡地って……」

「官民共同で運営する複合施設だ。完成は来年の夏を予定している。全国的にも珍しくてね。いろいろな意味で注目を浴びてるんだ」

「それを設計するのがあなたで、施主が直人ってわけね」

「すべてを俺一人で設計するわけじゃないよ。設計チームの一員なだけだ。直人に関していえば、あいつの会社である〈サクマ産業〉が施主であることは事実だ。そういえば直人とは連絡とれたか？」

「駄目だったわ」

万季子は首を振った。今日も何度か電話をかけたが、繋がらなかった。圭介が思い出したように顔を上げ、携帯を操り始めた。

「どうかしたの？」

「たしか〈サクマ産業〉の担当者の番号が入っていた。その人に聞いてみるよ」

圭介は携帯を耳に当てた。すぐに相手と繋がったらしい。圭介が喋り始める。

「もしもし、〈SKS建築事務所〉の清原ですけど。ちょっとですね、折り入ってお聞きしたいことがございましで……」

〈SKS建築事務所〉。圭介が起ち上げた建築事務所の名前だ。名前の由来は共同経営者のイニシャルらしい。

「わかりました、そういうことでしたか……突然すみませんでした。失礼いたします」

電話を切った圭介は、やや落胆した様子で言った。

「韓国に出張中のようだ。そろそろ羽田に着く時間らしい。携帯の着信を見て、あいつから電話をかけてきてくれればいいがな」

ようやく紅茶が運ばれてきた。土曜日の食事時ということもあってか、店内は満席に近い。子供を連れた家族も多く目立つ。また三人で食事をするのもいいかもしれない。万季子はそんな風に思った。

「これからどうする？」

圭介に訊かれ、万季子は腕時計を見た。八時半になろうとしていた。

「私は特に予定はないわ。ここで時間を潰しても構わないけど」

「俺はいったんホテルにチェックインしたいんだ。シャワーも浴びたいしな」

「泊まっていくの？」

「ああ。どうせ会社の経費で落ちるからな」

泊まっていくなら、うちに泊まっても構わなかった。しかし圭介なりに気を遣っているのだろうし、無理強いするのもどうかと思った。

「じゃあ二時間後、十時三十分にここで待ち合わせでどう？　私は〈シーズン〉に戻ってちょっと帳簿を整理してくるわ」

「わかった。二時間後だな」

コーヒーを飲み干し、圭介は立ち上がった。そのまま店内を横切り、圭介は店を出て行った。

紅茶を一口飲んでから、万季子はハンドバッグを膝の上に置いた。

圭介から渡された百万円の封筒が入っている。普通なら持ち歩くのも躊躇したくなる大金だが、今は何も感じない。神経が麻痺しているのかもしれなかった。封筒の下を手で探ると、細長い物体に手が触れた。ナイフだった。家を出て来るとき、護身用にと忍ばせたものだ。

いっそのこと殺してしまいたい。昨日つぶやいた圭介の言葉が、耳から離れなかった。


「頑張れ、万季子」

「万季子、絶対勝て」

みんなの声援は万季子の耳にも届いていた。せっかく決勝まで進んだのに、ここで私が負けたら敗退が決まってしまう。万季子は肩で息をしながら、対戦相手の動きを見つめた。

市民体育祭の剣道少年の部の団体戦。みはる台少年少女剣道教室。それが万季子が属するチームの名前だ。教室といっても通っている子供は十名程度。圭介の父親であり、駐在警官である清原和雄《かずお》が趣味で教えている教室だった。月謝も無料。万季子にとっては教室というより、遊び場に近い感覚だ。

「来るぞ、万季子」

背後で圭介の声が聞こえた。圭介の言葉通り、対戦相手が飛び込んできた。相手の竹刀をかわし、反撃の面を打つ。浅かった。審判の旗は上がらない。

五対五の団体戦。すでに先鋒《せんぽう》と次鋒《じほう》は敗退していた。次鋒の直人は負けた悔しさからか、泣き顔で声援を送っていた。

冷静なリーダー、圭介。お坊ちゃんの直人。悪ガキの淳一。そしてお転婆の万季子。なぜか気の合う四人組は何をするのも一緒だった。学校の休み時間も一緒に遊び、放課後は剣道教室で一緒に遊び、教室が休みの日は森や原っぱで一緒に遊んだ。

「あと三十秒だぞ、万季子」

淳一の声が耳に飛び込んできた。あと三十秒。両者ともに一本ずつとった互角の勝負。次の打ち込みが勝敗を分けるかもしれない。

去年は準決勝で敗退していた。来年こそは絶対に優勝しようと四人で誓い合った。四人は小学六年生。今年が優勝を狙える最後の年だ。

何としてでも勝つ。万季子は自分にそう言い聞かせた。私が勝てば、優勝は決まったも同然なのだから。圭介と淳一。あの二人が負けるわけがない。

相手が先に動く。面だった。万季子はとっさに竹刀を出して、面を防いだ。そのまま鍔《つば》迫《ぜ》り合《あ》いになった。

相手の力が強かった。押され気味だった。前に出ようとする相手の力を利用し、万季子は小手を下げた。一瞬、相手の胴が見えた。その隙を見逃さなかった。

気合とともに後方に飛びながら、胴を払った。引き胴。手応えがあった。審判の旗がまっすぐに上がる。制限時間ぎりぎり。勝負ありだ。

背後でみんなの歓声が聞こえた。開始線に戻って相手に礼をしてから、みんなのもとに戻った。面を外すと、隣の圭介が言った。

「よくやったぞ、万季子」

大きく息をしながら、万季子はVサインをした。面越しに圭介はうなずいた。副将は圭介、大将は淳一だ。午前中に行われた個人戦の優勝者と準優勝者なのだ。誰にも負けるはずがない。

圭介が立ち上がった。後ろから淳一が圭介の背中をバンバン叩いていた。気合を入れているのだ。二人の様子を監督である圭介のお父さんが見守っている。万季子の視線に気づいたらしく、圭介のお父さんはにっこりと笑ってくれた。万季子も嬉しくなり、笑ってお辞儀をした。

「副将、清原圭介君」

「はい」

大きな返事をして、圭介が開始線まで進んでいく。ようやく呼吸も収まってきた。気がつくと直人が隣にいた。

「ありがとう、万季子ちゃん。勝ってくれて」

「何言ってんのよ、直人。それより応援しないと」

直人はうなずいてから、声を張り上げた。万季子も負けじと圭介に声援を送った。

夜の十一時。昨日と同じ光景が、万季子の目の前で繰り広げられていた。車から降りた圭介が、駐車場への侵入を防ぐチェーンを外していた。ちょうど〈フレッシュサクマ〉に到着したところだった。

相変わらず夜の駐車場に人の気配はない。ハンドルを左に切って奥に向かうと、佐久間のプレハブ小屋が見えてきた。

小屋の手前で車を停めた。圭介が右手を差し出した。

「俺が行ってくる」

「でも……」

「いいんだ。俺が話をつけてくる。万季子はここで待ってろ」

圭介の強い口調に押され、万季子はハンドバッグから封筒をとり出し、圭介に手渡した。大きく息を吐いてから、圭介は助手席から降りた。

スモールライトにした。前方に圭介の背中が見えた。プレハブ小屋に近づいた圭介が、ドアをノックした。

応答がない。圭介は何度かドアを叩いたが、ドアが開くことはなかった。痺れを切らしたのか、圭介はドアのノブに手をかけて、手前に開いた。内側から洩れた光が、圭介の姿を鮮明にする。

圭介の動きが止まった。微動だにしなかった。その場で硬直してしまったかのようだ。時間にして五秒ほど過ぎただろうか、ようやく圭介が動き出した。ゆっくりとプレハブ小屋の内部に足を踏み入れていく。やがて圭介の体が完全に見えなくなった。

いったい圭介は中で何をやっているのか。それを考えると不安が募った。万季子はハンドバッグの紐を強く握り、懸命に不安を抑え込んだ。

圭介が小屋から出てきた。その歩調が少し覚束《おぼつか》ないように見えるのは気のせいだろうか。圭介が助手席に乗り込んできた。

「エンジンを止めろ」

「えっ?」

「いいからエンジンを止めろ、早く」

万季子は慌ててエンジンを切った。圭介はシートから身を乗り出して、周囲の様子を窺っている。その表情は険しかった。

「どうしたの?　いったい何があったのよ」

「死んでたんだ……」

「……どういう……こと?」

「死んでたんだよ、佐久間の奴」

「死んでた?」

「そうだ。胸から大量の血を流していた。明らかに死んでるとわかる顔をしていた。一応脈をとってみたが、反応はなかった。佐久間の奴、誰かに殺されたんだ」

そこまでまくし立ててから、圭介はポケットからとり出したハンカチで両手を拭いた。暗いのではっきりと見えなかったが、ハンカチに黒い染みのようなものが見えた。佐久間の血なのかもしれない。

怖かった。一刻も早く、この場から立ち去りたかった。

「……どうするの？」

万季子は訊いた。圭介は前方を見つめたまま、眉間《みけん》に皺《しわ》を寄せて何かを深く考え込んでいた。やがて圭介が口を開いた。

「警察に通報するか、それともこのまま逃げるか。二つに一つだ」

もしも警察に通報してしまえば、二人がここにいた理由について追及されるだろう。今までの努力がすべて水泡《すいほう》に帰《き》す。

圭介と視線が合った。別れたといっても長年一緒に過ごした仲だ。圭介が自分と同じことを考えていることを察した。

「昨日万季子があの小屋に入ったとき、部屋の中のものを触ったりしたか？」

「ドアのノブを摑んだ。それ以外はないと思う」

「ハンカチを貸してくれ」

ハンドバッグからハンドタオルをとり出し、圭介に渡した。

「周りを見ていてくれ。誰かが俺たちのことを見ていないか。それを気にしてほしい」

そう言って圭介は車から降りて、再びプレハブ小屋に向かっていく。万季子は息をつめて周囲を見渡した。

国道からは距離が離れているため、走る車から顔を見られることはまずないだろう。小屋の向こうは一面の田んぼが広がっている。当然、そこにも人の気配はない。問題となるのは隣接した百円ショップだが、とうに営業時間を終えているため、建物自体の明かりも落ちているし、ここから見える範囲では駐車場にも車は一台も停まっていない。

せわしなく周囲を見渡しながら、時折圭介の方に視線を向けた。圭介はドアのノブを丁寧にタオルで拭いていた。指紋を拭き終えた圭介が、再び車に戻ってきた。助手席に乗り込んで、万季子に言う。

「テープが見当たらない。探しても見つからないんだ」

「本当にちゃんと探したの？　どこかに隠してあるんじゃ……」

「下手に探し回ると指紋が残ってしまう。一通り見たがテープは見当たらなかった。とにかくこれ以上ここにいるのは危険だ。奴は誰にも見つからない場所にテープを隠したんだ。早く行こう。誰かに見られてしまう前に」

圭介に急《せ》かされて、万季子はエンジンをかけた。Uターンして、駐車場を走る。隣で圭介は注意深く周囲に視線を走らせていた。

国道に合流した。そのまま車を走らせる。隣で圭介が言った。

「今晩は万季子の家に泊まらせてほしい。何かあったとき、二人でずっと一緒にいたことにした方がいい。リビングで勝手に寝るから心配するな」

圭介の言葉が耳を素通りしていった。ハンドルを持つ両手が、小刻みに震えていた。

「万季子、しっかりしろ」

「……ええ。わかってるわ」

そう返事を返したが、駄目だった。手の震えはいつまでも止まることがなかった。

# 第二章　邂逅

目が覚めた。胸のあたりが苦しかった。飛奈淳一《とびなじゅんいち》は吐き気をこらえながらベッドから抜け出した。そのままトイレに駆け込む。便器に顔をうずめた。嘔吐《おうと》。ウィスキーの臭い。鼻水も同時に出た。涙で視界が霞んだ。

洗面所で顔を洗い、口をゆすぐ。マウスウォッシュを口に含んだ。刺激の強い酸味が口内に広がる。このまま飲み干してしまおうか。馬鹿げた想像と一緒に、液体を吐き出した。茶褐色の痰《たん》が混じっていた。

リビングからパンの焼ける香ばしい匂いが漂っている。リビングに行くと、博美《ひろみ》が背を向けてキッチンに立っていた。レタスを手でちぎっていた。サラダでも作る気なのだろう。

「何時だ？　博美」

淳一がそう尋ねても、博美は振り返らなかった。嫌な予感が頭をかすめる。まただ。また俺はやってしまったのかもしれない。不安を抱きながら博美の背後に近づく。博美の両肩を持ち、半ば強引にこちらに向けた。

唇に赤紫色の痣《あざ》。わずかに血がにじんでいる。博美は一瞬だけ淳一の顔を睨みつけてから、何も言わずに顔を元に戻した。再びレタスをちぎり始める。氷を浮かべたボウルの上に、大量のレタスが浮かんでいた。

淳一は寝室に戻った。激しい後悔に襲われていた。テーブルの上のティッシュの箱を摑み、壁に向かって投げつけた。

酔うと博美を殴ってしまうことが、数ヵ月に一度は必ずあった。淳一自身に博美を殴っている記憶はまったくない。朝起きてから初めて気づく。博美の顔を見たときに。

酒の量が関係しているのでは。そう推測したこともある。今日は日曜日で、非番ということもあり、昨晩は随分深酒したのも事実だ。しかしどれだけ酔っても博美に手を出さない夜もある。強いて挙げるとすれば、博美を殴った夜は決まって悪い夢にうなされているように感じる。

スウェットを脱ぎ捨て、ジーンズをはいた。シャツに腕を通し、財布と携帯をポケットに入れる。寝癖のついた髪を隠すため、ベースボールキャップを目深《まぶか》に被った。

寝室を出て、リビングを横切った。下駄箱の上に手を伸ばし、車のキーを摑んだ。博美に短く告げた。

「少し出てくる。帰りはわからない」

玄関のドアを開け、外に出る。廊下を歩いて、階段を小走りで駆け下りた。アパートの前に駐車した軽自動車に飛び乗った。運転席で大きな溜め息をついた。

ドメスティック・バイオレンス。カウンセリングに通おうと思ったこともあるが、刑事という職業柄、そういうわけにもいかなかった。酒を断とうと決意したこともあったが、仕事から戻るとついつい酒に手が伸びてしまう。それに酒を断ったところで、悪夢が自分を解放してくれることはない。そんな言い逃れで自分を騙し続ける日々。

エンジンをかける。ダッシュボードの時計は午前九時を示していた。陽射しが目に眩しい。今日も残暑の厳しい一日になりそうだった。サングラスをかけて、淳一はゆっくりとアクセルを踏んだ。


目当てもないまま国道を走った。たまたま目に入った郊外のパチンコ屋に車を入れた。外の自販機で冷たい缶コーヒーを買って、一息で飲み干した。そのまま店内に入る。カードを買ってから、特に吟味することなく空き台に座った。

騒々しい電子音が二日酔いの頭に響いた。パチンコ玉を両耳に突っ込むと、幾分楽になった。三千円のカードが切れる頃、一度目の当たりを引いた。確率変動だった。隣に座っていた中年の男が、羨ましそうに淳一の台を見つめていた。

売り子を呼び止めてコーラを買う。コーラを一口啜ったところで、ポケットの中で携帯が震え始めた。着信は署からだった。舌打ちを一つ打った。

開放中の台を放置して席を立った。ホールを抜けて外に出た。耳からパチンコ玉をとり出して、同時に通話ボタンを押す。「もしもし、飛奈ですが」

「悪いな、非番のところ」

声の主は係長だった。盛田《もりた》昭二《しょうじ》警部。淳一の直属の上司に当たる。彼からの電話は、すなわち緊急招集を意味していた。

「何かありましたか?」

「殺しだ。スーパーの店長が遺体で発見された。すぐに署に来てくれ」

「わかりました。十五分ほどで着くと思います」

電話を切って店内に戻る。席に戻って、隣の男の肩を叩いた。振り返った男に指を五本立てた。男は首を振った。四本にすると男は喜色満面の笑みを浮かべた。交渉が成立した。男から四千円を受けとり、淳一は店を出た。

車に戻った。こういう非常時に備えて、車のトランクには常にスーツを常備している。ドアに隠れるようにして素早く着替え、運転席に乗り込んだ。すぐに車を出す。

淳一が三ツ葉警察署の刑事課強行犯係に配属されたのは、今年の春のことだ。まだ半年もたっていない。それ以前は県内の別の警察署の刑事課にいた。

刑事課に配属されたのは五年前、三十歳のときだった。刑事としてはまだ駆け出しで、前にいた警察署でも、そして三ツ葉警察署でも係では最年少。先輩刑事に雑用を押しつけられる孫請けのような役回りだが、それでも生まれ故郷であるという土地勘もあることから、これといった苦労もなく仕事をこなす毎日だった。

国道を快調に飛ばす。赤信号に捕まったわずかな時間でネクタイを締める。スーパーの店長殺し。四月に配属されて以来、初めての殺人事件だ。だからといって特別な気負いを感じることもなかった。執着心。おそらく刑事に最も必要とされる資質が、自分には備わっていないのではないか。淳一はそんな風に自分を冷静に分析していた。

三ツ葉警察署の建物が左手に見えてきた。鉄骨の三階建て。隣には消防署が見える。淳一はゆっくりとハンドルを左に切った。


署内に足を踏み入れた。階段で一人の男とすれ違った。淳一は頭を下げた。男の名は小杉房則《こすぎふさのり》。三ツ葉署の署長であり、階級は警視だ。一介の警官から署長の座まで上りつめた小杉は、異例の出世と言われていた。

「でかい事件だぞ、飛奈」

小杉が言った。淳一は首を振った。

「自分は呼び出されただけで、まだ何も……」

「殺されたのは佐久間の息子らしい」

思わず息を飲んだ。佐久間の息子? ということは殺されたのはまさか……。

「長男の方らしい。たしかお前は次男とは……」

「佐久間直人。自分の同級です」

淳一が子供の頃、小杉はこの町の警官だった。ある事件で面識があったことから、四月に配属されてからも気さくに声をかけてくれた。今のアパートを斡旋《あっせん》してくれたのも小杉だった。

「そうか。まあ頑張りなさい」

小杉を見送ってから、再び淳一は階段を駆け上った。佐久間秀之。直人の腹違いの兄だ。子供の頃からいけ好かない奴だった。些細《ささい》なことが原因で、何度かやり合ったことがある。

あの男が死んだというのか。佐久間がこの町に戻ってきている。たしかそんな話を生活安全課の誰かから耳にした。あれは二週間ほど前のことだったか。

三階に到着した。刑事課は閑散としていた。在席しているのは盛田係長を含めて三名だけだ。強行犯係は総勢七名。あとの三人は鑑識とともに現場に向かったということだろう。

「遅くなりました」

盛田のもとに向かった。顔を上げた盛田が言った。

「すまんな。せっかくの非番のところ」

そのまま盛田は状況説明を始めた。

「殺されたのは佐久間秀之、四十歳。〈フレッシュサクマ三ツ葉南店〉の店長だ。現場は同敷地内のプレハブ小屋。被害者の事務所だった場所らしい」

遺体の第一発見者はスーパーの従業員。今朝の九時過ぎ、金庫の鍵を借りるため、被害者のプレハブ小屋に向かい、そこで遺体を発見した。すぐに一一九番通報。七分後に駆けつけた救急隊員により、死亡が確認された。

「たった今現場から入った連絡によると、拳銃で撃たれて殺害されたようだ。まだ現場から凶器は見つかっていない」

拳銃。暴力団絡みか。いずれにしても捜査本部が立ち上がることは間違いない。

「現在、県警の捜査一課がこっちに向かっている。課長は署長室に向かったところだ。捜査本部の立ち上げについて、これからミーティングが行われるようだ。県警が到着次第、合同で捜査に入る。それまでお前は総務と連携して捜査本部の準備に立ち会え」

「はい。了解しました」

踵《きびす》を返そうとしたところで、盛田に呼び止められた。「そういえば飛奈、お前はこの町の出身だろ。佐久間家については知っているか？」

佐久間家はこの近隣でも有数の名士として知られていた。昭和の初期には助役《じょやく》を輩出したこともある家柄だと耳にしている。

「ある程度は知っています。死んだ被害者の弟、佐久間直人とは同級でした。といっても中学校までの話ですが」

「現在、当主である佐久間秀正《ひでまさ》は入院中だ。昨年暮れに脳溢血《のういっけつ》で倒れ、今も退院できずにいるようだ。実質的には次男の直人が佐久間家を切り盛りしているらしい。肩書きは〈サクマ産業〉専務だ」

あの直人が専務。父親の代わりに〈サクマ産業〉を率いているということか。

直人とは中学校を卒業して以来、一度も顔を合わせていない。淳一の記憶に残っている直人の面影は、頼りなく、吹けば飛んでいきそうな線の細い少年のものだった。大人へと成長した直人を思い浮かべようと努力してみても、どうにもうまく像を結ばなかった。

「県警が到着したら、連絡を入れる」

淳一はうなずき、刑事課をあとにした。とりあえず総務課へ向かえばいいだろう。会議室の準備から物品の手配。やることは山ほどあるはずだ。

それにしても……。階段を降りながら淳一は思った。直人の兄貴が殺され、その事件に関わることになろうとは。運命の皮肉を感じずにいられなかった。


三ツ葉市みはる台。そこが淳一の生まれ育った地域だった。三ツ葉市の中心を見下ろすなだらかな丘陵地で、自然も多く残されていた。みはる台には百戸ほどの市営住宅が立ち並ぶ地区があり、淳一はそこで生まれた。

四月にここに配属されて以来、みはる台に足を運ぶ事件も発生していなかったため、この地域に足を踏み入れるのは久し振りだった。中学校を卒業して以来だから、およそ二十年振りか。市営住宅の一群が見えてくると、淳一の胸に感傷が広がった。

「いやあ、昭和の匂いがしますね。バラックといっては悪いかもしれませんが」

後部座席で呑気な感想を言っているのは、神奈川県警捜査一課の刑事だった。名前は南良《なら》といったか。到着した県警捜査員の中でもおそらく最年少。刑事というより、理科系の大学院生といった面立ちだった。

バラックか。淳一は内心苦笑した。今では入居しているのは半分ほどだと耳にしている。それでも軒先に干された洗濯物や乱雑に置かれた自転車から、そこはかとない生活感が漂っている。バラックというのは言い得て妙かもしれなかった。

県警の捜査員が到着したのが今から一時間前。午後の捜査会議に先駆けて、早くも捜査が始まった。まずは全員で現場検証をしたのち、関係者への聞き込みへと捜査は進んだ。家族、職場関係と割り当てが決まり、淳一は南良という刑事を連れて、直人の実家に向かうことになった。

「窓を開けてもいいですか？」

「どうぞ。自分のことは気にせずに」

南良という刑事は窓を開けて、大きく息を吸い込んだ。

「空気が美味しいですね、やはり」

どこか摑みかねる男だった。年は三十に届くか届かないか。県警の捜査一課にいる以上、それなりの実力を兼ね備えているはずだが、現時点ではその片鱗《へんりん》すら垣間見えない。不思議な雰囲気の男だった。

市営住宅群を通り過ぎて、カーブの続く山道を進むと、今度は大きな邸宅が並んだ地区が見えてくる。淳一が子供の頃、山の手と呼んでいた一帯だった。そこに直人の実家はあった。

地図は要らなかった。何度も足を運んだ家だ。淳一は佐久間家の前に車を寄せた。

「着きました。南良さん」

「そうですか」

車を降り、石造りの門の前に立った。門の向こうに洋風の邸宅が見えた。幼い記憶と見事に重なった。俺は今、直人の家の前に立っているのだ。淳一はそう実感した。

直人との関係をあらかじめ南良に告げた方がいいのか。車の中でずっと逡巡していたのだが、結局言い出せずにいた。すでに南良はインターホンを押し、自らを名乗っていた。「神奈川県警の者です。ご家族にお話を伺いに参りました」

「どうぞお入りください」

スピーカーから聞こえたのは男の声だった。直人の声のようにも聞こえたが、確信は持てなかった。南良に続いて、門をくぐる。

玄関まで続く石畳の両脇は、手入れの行き届いた庭が続いている。たしか奥には池もあり、鯉が泳いでいたはずだ。その鯉を釣ろうとして、直人の親父さんにこっぴどく叱られたのを憶えていた。鯉を釣ろうと言い出したのは淳一だったのか、それとも圭介だったのか。そこまでは憶えていなかった。

玄関のドアが開かれた。中からワイシャツ姿の男が一人、二人を出迎えるように顔を出した。

「ご苦労様です、刑事さん。僕が秀之の弟、佐久間直人です」

最初に直人は南良を見て、それから後ろにいる淳一を見た。直人の視線が止まった。訝《いぶか》しげな表情だった。少しずつ、その表情が驚愕の色に変わっていく。やがて直人がつぶやくように言った。

「淳一……か？」

何も言わず、淳一はうなずいた。南良が怪訝《けげん》そうな表情で、二人の顔を交互に見つめていた。

淳一は言った。

「言いそびれましたが、彼とは小中学校時代の同級生です。だからといって捜査に支障はありません」

「なるほどね」

南良は納得したようにうなずいている。直人が言った。

「中で話しましょう。どうぞお上がりください」

「それではお言葉に甘えて」

南良はそう言って中に入っていく。淳一もあとに続いた。

案内されたのはリビングだった。ソファーに座って、直人への事情聴取が始まる。聞き役は南良だ。淳一は膝の上で手帳を広げた。

「この度はご愁傷様でした。いろいろとお忙しいとは思いますが、捜査にご協力くださり感謝しております」

「いえいえ、こちらこそ。一刻も早く兄を殺した犯人を見つけ出してください。僕も協力は惜しまないつもりです」

「お兄さんはこちらに住まれていたんですよね？」

「あそこの離れに住んでいました。といっても二ヵ月前からでしたけどね」

直人が指を差した窓越しに、小さな離れが見えた。あれは淳一が小学校三年か四年だった頃だ。あの離れが建てられ、佐久間秀之はそこに移り住んだ。秀之が中学生だった頃だ。

「こんなに広いお宅なのに、わざわざ離れに？」

「独立心が強いというか、子供の頃からなんです。二ヵ月前にふらりと帰ってきた兄は、何も言わずに昔と同じようにあそこで暮らし始めました」

佐久間家の事情については、あとで南良に説明した方がいいだろう。淳一はそう思った。秀之は前妻の息子だった。後妻である直人の母親が家に入ることにより、秀之の居場所がなくなったのではないか。想像の域を出ないが、淳一はずっとそう思っていた。噂によると秀之の母親、つまり前妻は別の男を作って忽然《こつぜん》と姿を消したという。駆け落ちだった。

噂というものは人の耳に入る。当然、息子である秀之の耳にも。中学生になった頃から秀之の素行は悪くなる一方だった。秀之の置かれた環境が、彼の人格形成に大きな影響を及ぼした。そう言っても過言ではないだろう。

「ところでお兄さんはずっと東京で暮らしていたようですが、連絡はとり合っていたのでしょうか？」

「お恥ずかしい話ですが」直人は首を振った。「ほとんど連絡はありませんでした。どこに住んでいるのかもわからない始末でして。たまに連絡があるときは……」

そこで直人は言い淀んだ。

「まあ……身内の恥を晒《さら》すようで心苦しいですが、金を送ってくれとか、そういう内容の連絡はありました」

おそらく秀之が父や母に金を無心することはないだろう。あるとすれば直人だ。長きにわたり、秀之は直人に金をせびってきたのだろう。

「怨恨《えんこん》の線が強い。それが我々捜査員の印象です。お兄さんを恨んでいた人物に心当たりは？」

「兄はこちらに帰ってきてまだ二ヵ月足らずです。兄の交友関係も知りませんし、参考になるような人物に心当たりはないですね」

あの男のことだ。叩けばいくらでも埃が出てくるに違いない。

「昨夜のことですが、佐久間さんはどちらにいらっしゃいました?」

アリバイの確認。被害者の家族といっても怠ることはできない作業の一つだ。特に気分を害した様子はなく、直人は話し始めた。

「ここ一週間ほど韓国に出張していましてね、昨日の夜に帰国したばかりです。羽田に着いたのは午後九時のことでした。順調なら一時間もあればここまで帰ってこられるのですが、ちょっと渋滞に巻き込まれて……たしか帰宅したのは十一時前だったと思います。母が出迎えてくれたので、あとで確認していただければ」

「乗った便を詳しく教えていただけますか?」

「たしかあれはコリアンエアラインの……」

直人の乗った便を手帳に記した。現在、佐久間秀之の遺体は解剖に回されており、正確な犯行時刻は特定できていない。もしも犯行時刻が午後九時以前であれば、直人のアリバイは成立するだろう。機上にいた直人に佐久間を殺害することは不可能のはずだから。

「兄とは関係ないことなんですが……実は最近、脅迫を受けていまして」

「脅迫ですか。それは穏やかではありませんね」

南良がわずかに身を乗り出した。

「ええ。複合施設の建設を推し進めたら、天罰が下る。まあそんな内容の手紙なんですが」

「複合施設？　それはどういう？」

「ある場所に市と共同して大きな施設を作る予定なんです。公民館とショッピングモールが一体化した施設なんですが。おそらく送り主は建設に反対する地元の小売業者だと思うんですけど」

「その脅迫状は何通ほど届きましたか？　できればお預かりしたいのですが」

「二通届きました。申し訳ありませんが、気持ち悪くて手紙は捨ててしまいました。まあ兄の件とは無関係だと思うんですが」

そこまで話したところで、不意に直人は淳一に話を振った。

「憶えてる？　淳一。僕たちが通った小学校」

「小学校？　みはる台小学校のことか？」

「そうだよ。あの学校だよ」

みはる台小学校。ちょうど淳一が卒業すると同時に、廃校になった小学校だった。

当時、第二次ベビーブームの影響もあって、みはる台小学校は手狭になっていた。近隣の小学校と統合し、より大きな小学校が建設されることになったため、みはる台小学校は廃校となった。淳一たちが出席した卒業式は、廃校式も兼ねた式典だった。

「今度の複合施設、あそこに建てるんだよ。あの土地、十年くらい前に僕の父が市から買いとってね、ずっと計画していたんだ。不景気の影響もあって、なかなか計画は進まなかったけど、やっと着工することになった」

胸の辺りがざわついた。あの廃校跡地に大きな複合施設が建設される。それも直人の手によって。ということはつまり、あのタイムカプセルも……。

「脅迫状の件に関しては、検討してみる必要があるでしょう。まだ手掛かりはない状態です。どんな些細なことでも、事件に繋がっている可能性がありますから」

南良が冷静に言った。直人は神妙な面持ちでうなずいていた。そのときリビングに入ってくる人の気配を感じた。振り返ると、直人の母親がお茶を運んでくるところだった。

「この度はわざわざご足労いただいて、申し訳ございません」

直人の母親はお盆をテーブルに置いてから、深々と頭を下げた。

「母さん、憶えてる？　淳一だよ。飛奈淳一。奇遇だろ。今は刑事なんだぜ」

直人が自慢げに言う。まじまじと淳一を見た直人の母親は、口に手を当てて言った。

「憶えてるわよ。まあ大きくなって」

「ご無沙汰しております」

淳一は立って一礼した。おそらく直人の母親は還暦を過ぎた年齢のはず。頭にも白いものが混じっていた。あまり顔色がよくない。血が繋がっていないとはいえ、息子の死にショックを受けているのだろう。

「母さん、休んでていいから。すみません、実はここ最近母の体調が悪くて。入院中の父の看病を任せきりなもので、疲労が出ているようなんですよ」

それを受けて、南良が言った。

「お母さん、息子さんの言う通り、お休みになっていてください。また日を改めて、お話をお聞かせくだされば結構ですから」

「それではお言葉に甘えて。淳一君、今度はゆっくり遊びにいらっしゃい。チーズケーキ焼いて待ってるから」

彼女の中では、いまだに自分は子供のままなのだろう。苦笑しながら、淳一は直人の母親を見送った。

「葬儀のことで細かい打ち合わせがあって、そろそろ行かなければなりません。ほかに何かお話はありますか?」

淳一は時計を見た。時刻は午後三時を過ぎたところだった。捜査会議は夕方の五時から予定されている。

「いずれまたお話を聞かせていただくことになると思います。最後に秀之さんが住んでいた離れを見せていただきたいのですが」

「わかりました。こちらにどうぞ」

直人に先導されて、リビングを出た。靴をはいて玄関から外に出る。庭をぐるりと回る形で、秀之の住んでいた離れに向かった。鍵は開いていた。南良に続いて中に入った。

質素な部屋だった。六畳ほどの部屋だった。奥にベッドが一台置いてあった。南良が白い手袋をはめて、いろいろと観察していた。

淳一は土間に立って、室内の様子を眺めた。ぱっと見た限りでは、印象に残るようなものは何もない。どちらかというと、死体が発見された事務所の方が生活感が漂っていた。

肩に手を置かれるのを感じた。視線を向けると、背後に直人が立っていた。言葉を交わさなくても、心で会話をしたような気がした。

元気そうだね、淳一。ああ、お前も元気そうじゃないか。

「詳しい検分は鑑識に任せることにしましょうか。そろそろ行きましょう、飛奈刑事。佐久間さん、本日はお忙しいところをありがとうございました」

「こちらこそ。何か進展がありましたら、また教えてください」

南良とともに佐久間家を辞した。車に乗る間際、家の敷地に目をやると、直人が玄関先でこちらを見ていた。淳一の視線に気づいたのか、直人が小さく手を振った。

「さきほど話していた小学校の跡地なんですが、ちょっと寄ってもらえますか？」

車を走らせてしばらくしてから、南良が唐突に言った。

「小学校……ですか。何か問題でも？」

「特に深い理由はありませんよ。飛奈刑事の母校を拝見したい。そう思っただけです。それより久し振りの再会はどうでした？」

「申し訳ありません。先に話しておくべきでした」

ハンドルを握りながら、淳一は頭を下げた。

「実は佐久間の家の事情について、南良さんにお話ししておきたいことがあります」

そう前置きして、淳一は佐久間家の事情について説明した。秀之と直人の関係。前妻の出奔《しゅっぽん》。佐久間家における秀之の微妙な立場。淳一の説明を聞き終えると、南良は後部座席で言った。

「なるほど。それで合点がいきました」

「どういうことですか？」

「大抵、死者を出した家庭には、それ相応の悲愴感が漂っているものです。ましてや殺されたとあったら、犯人に対する憎悪もあるはずでしょう。佐久間家において、そういった類《たぐ》いの匂いは一切ありませんでした。被害者が家族内で疎まれていたとわかれば、納得できる話です」

たしかに南良の言う通りだった。直人からも、そして直人の母親からも、悲しみや憎しみといった負の感情を感じとることはできなかった。ずっと一家に迷惑をかけてきた長男の死。穿《うが》った見方をすれば、むしろ解放感に近いものすら、直人らは感じているかもしれなかった。

「それにしても本当にのどかなところですね」

バックミラーで南良の表情を窺うと、目を細めて窓の外の風景を眺めていた。端正な顔立ち。刑事という職業とはかけ離れた雰囲気。歌舞伎役者の隠し子だと言われても驚かないだろう。

「何もないところですよ。遊ぶのは森や原っぱの中。同じ三ツ葉市でも、町の連中には田舎者だと馬鹿にされていました」

「飛奈刑事はずっとこの町に？」

「中学校を卒業するまでです。定時制の高校に進学するため、町を出ました」

物心ついたとき、すでに淳一の父親は他界していた。建設現場の作業員だったという。淳一が生まれたばかりの頃、現場で働いていた父は、重機に挟まれるという不幸な事故に遭って死亡したらしい。

淳一は母親の手によって育てられた。贅沢《ぜいたく》とはほど遠い、質素な生活。生まれつき病弱だった母は、パートタイムの仕事をこなすのが精一杯だった。そんな母親の姿をずっと見続けてきた淳一は、中学を出たらすぐに働くつもりだった。しかし母が猛烈に反対した。高校だけは卒業しなさい。それが母の口癖だった。

母の説得に折れる形で、淳一は横浜市内の定時制高校への進学を決めた。せめて昼間は働いて、母の負担を軽減したいと思ったからだ。母と二人、長年住んだ市営住宅を出て、横浜市内の安アパートに引っ越した。淳一が十五歳のときだった。

「羨ましい限りですよ。ずっと横浜で育った私にとって、田舎での生活は憧れでした」

バックミラーを見ると、南良は屈託のない笑みを浮かべていた。

「暮らしてみると不便なものですけどね」

淳一はハンドルを切った。このカーブを曲がれば見えてくるはずだった。

田んぼに囲まれた小学校だった。春に苗を植え、秋に稲刈りをするのが授業の一環だった。視界が開けると同時に、小学校の跡地が目に入った。

木造の校舎は取り壊されているようだ。それでもいくつかの建物は今も残っていた。あの黒い屋根は体育館か。その隣の赤い屋根が音楽室。懐かしさが込み上げた。

「あれですよ、南良さん。あれがみはる台小学校の跡地です」

南良が身を乗り出して、前方を見つめた。淳一はブレーキを踏んで、スピードを落とした。対向車もないし、後続車もない。

すでに小学校の敷地は工事用の柵で囲まれていた。体育館にも鉄骨の足場が組まれている。解体作業が始まるのかもしれない。体育館の向こう側、校庭に当たる場所に桜の木が並んでいた。

「ありがとうございます。飛奈刑事の母校を拝見できて光栄でした。署に戻りましょう」

「ええ、了解しました」

そう返事をしたものの、南良の言葉の半分以上は耳から抜けていた。淳一の目は桜の木に釘づけになっていた。奥から数えて三本目だ。今もあの木の下に、タイムカプセルが埋まっているのだろう。

濃い緑が目に眩しかった。一面の青空を背景にして、桜の緑は一段と深みを増していた。

二十三年前の記憶が、淳一の中で鮮やかによみがえった。

校舎は闇に包まれている。夜の九時を過ぎたところだった。さきほど職員室の明かりが消えた。淳一は息をひそめて、闇の中で目を凝らしていた。

駐車場に人影が見えた。距離があるので顔までは判別できない。そのシルエットからして男性の教師であろうと推測できた。車のエンジン音が鳴り響く。駐車場を出て行くテールランプを見送った。これで駐車場に停まっている車はゼロだ。淳一は素早く立ち上がり、校庭に向かって走り始めた。

夜の校庭は静寂に包まれている。二宮金次郎の銅像が月明かりに照らされていた。鉄棒の前に三つの人影が見えた。そこに向かって淳一は全力で走った。

「どうだ？　先生は全員帰ったか？」

人影の一つが淳一にそう訊いてきた。圭介の声だった。

「今、最後の一人が帰った。心配要らない。さっさと始めようぜ」

足元にはスコップが転がっていた。一つを手にとり、肩に担いだ。同様に圭介もスコップを担ぐ。突然、顔を光で照らされた。

「何やってんだよ、直人。早く消せったら」

直人が懐中電灯を点《つ》けたのだった。圭介に言われ、直人が慌てて懐中電灯を消した。言い訳するように直人が言う。

「もし淳一じゃなかったらどうしようと思って……」

「俺に決まってるだろ。声でわかるだろ、声で」

「よしなさいよ、二人とも」万季子が言った。「とにかく早く始めましょう。あまり遅くなるとお父さんたちが心配するもの」

四人で歩き始めた。校庭を横切り、桜の木の下に向かう。埋める場所は決めてあった。奥から三本目の木の根元だ。

タイムカプセルを埋めよう。そう発案したのは直人だった。直人のアイディアに三人は乗った。廃校となる小学校の校庭にタイムカプセルを埋める。魅力的な計画だった。そして何よりも四人にはどうしても埋めてしまいたいものがあった。

今、直人が持っている四角い箱がタイムカプセルだ。市販のクーラーボックスを改良したものだった。直人が暗証番号式のダイヤル錠《じょう》をつけ、容易に他人には開けられない仕組みになっていた。

「よし、ここにしようぜ」

圭介が言った。まずは圭介がスコップを地面に突き刺した。続いて淳一もスコップを突き刺す。思った以上に土が固かった。

「ちゃんと見張ってろよ、二人とも」

淳一がそう言うと、直人と万季子が神妙にうなずいた。穴を掘るのは圭介と淳一。万季子と直人は見張り役。あらかじめ決めた段取りだ。夜の小学校に侵入してくる者などいないと思うが、用心に越したことはない。それに非力な直人や万季子にスコップを持たせるより、圭介と二人で掘った方が効率的だと思った。

圭介と交互にスコップを突き刺していく。まだ二十センチも掘り下げていないというのに、痺れから両手の感覚がなくなっていた。額から汗が流れ落ちた。

タイムカプセルは約五十センチ四方の正方形だった。最低でも七十センチは掘り下げる必要があった。

「明日、何時に出るんだ？」

掘りながら圭介に訊いた。圭介は穴から目を離さずに短く答えた。

「夕方かな、多分」

明日は卒業式だった。明日をもって廃校となるため、例年よりも盛大な式典が予定されていた。卒業式が終わったら、圭介は町を出て行くことになっていた。東京の親戚のもとに引っ越すのだった。

「連絡先、まだわからないのか？」

「着いたら連絡する。手紙書くから」

半年前の事件を機にして、圭介は大人になったと淳一は思う。圭介だけではなく、淳一にも、そして万季子と直人にもあの事件は何らかの影響を及ぼしていた。

スコップの先が何かに当たった。いったん手を止めて、穴の中を探る。細い木の根だった。

「万季子、ハサミ」

淳一は万季子から家庭菜園用のハサミを受けとり、根を切断した。すぐに作業を再開した。何年後かに集まって、このタイムカプセルを開けよう。そういった具体的なプランは決まっていない。そういう話すら四人の中で交わされることもなかった。

このタイムカプセルは未来に繋がっているわけではなく、忌まわしい記憶を封印するためのもの。淳一自身はそう思っているし、おそらくほかの三人も同様だろう。未来永劫、このタイムカプセルはずっと埋まったままであってほしい。それが淳一の偽らざる思いだった。

頬に当たる三月の風が冷たかった。淳一は一心不乱にスコップを地面に突き刺し続けた。

「……拳銃で胸部を撃たれた模様。射入口の周囲から検出された煤暈《ばいうん》からも、比較的近距離で撃たれたものと断定して間違いないでしょう。直腸内温度や死斑、遺体の硬直状況からみても、死亡推定時刻は午後八時から十時の間。なお遺体から検出された弾丸については、現在、前科がないかどうかライフルマークなどを鑑定中。明日中にも詳細をお伝えできると思います」

第一回目の捜査会議。三ツ葉警察署三階の特大会議室。三十名ほどの捜査員が集まっていた。うち八名は神奈川県警捜査一課の刑事たち。残りは三ツ葉警察署の捜査員だ。刑事課だけではなく、ほかの部署から駆り出された面々もいる。

これまでの経過説明から始まり、ちょうど鑑識の報告が終わったところだった。これから今日一日の捜査報告が始まろうとしていた。

「現場近くで聞き込みをしたところ、現場の隣に位置する百円ショップの店長が、銃声らしき音を耳にしたとの情報を得ました」

報告を始めたのは神奈川県警の捜査員だった。

「男は建物内で残業中で、タイヤがパンクした音だと思ったと証言しています。時刻は午後十時前だったと話しています。鑑識からの報告も含め、被害者が撃たれたのは夜十時前と断定して間違いないかと思われます」

大きな前進だった。犯行時刻が特定されたとなると、捜査の焦点も絞られるというものだ。淳一は手帳に『夜十時』と大きく記した。

次に立ち上がったのは南良だった。飄々《ひょうひょう》とした口調で、南良は報告を始めた。

「被害者家族に当たってみた結果ですが、犯人に心当たりはないとのことです。ただし被害者の腹違いの弟、佐久間直人が最近脅迫を受けていた模様です」

捜査員たちがざわめいた。南良は笑みを浮かべながら続けた。

「事件に関係あるかどうかは不明です。脅迫の内容は佐久間直人が推し進める事業についてのものです。現在、佐久間氏は大きな複合施設を建設する事業を進めていて、開発に反対する小売業者による嫌がらせを受けていたようです。現時点では犯行との結びつきはないように思われますが、事実関係だけは確認しておいた方がいいかもしれません」

南良の報告が終わった。続いて立ち上がった捜査員の口から、勤務先での佐久間秀之の行状について報告された。

「まあ評判はよくありません。というよりも悪口以外は出てこないという有り様でして」

形だけの店長。それが佐久間秀之の置かれた立場だったらしい。無断欠勤は当たり前。仕事中にも頻繁に雀荘やパチンコ屋を訪れていたという。

「雀荘で負けた借金もかなりの金額だったようです。店に借金とりが現れるのも日常茶飯事。こう言っては被害者も浮かばれませんが、ろくでもない男というのが佐久間秀之の評判です」

捜査員が報告を終えた。以降も報告が続いたが、捜査員の口から出るのは佐久間の悪質な素行ばかりだった。

犯罪者を逮捕する。そのために設置されるのが捜査本部だ。しかしこれほど被害者の悪評ばかりが耳に入っては、捜査員の士気も下がるというものだ。

最後に本部の方針が発表された。拳銃が使用された点から考慮し、暴力団絡みの可能性が高い。特に被害者は二ヵ月前まで都内で暮らし、暴力団との繋がりもあったとされるため、何らかの怨恨による犯行とみられる。よって被害者の交友関係を徹底的に探り、被害者に恨みを抱いていた人物を洗い出すこと。以上が捜査方針だった。

捜査の割り振りが告げられる。被害者の交友関係の洗い出し、それから現場周辺の聞き込みが主な任務とされた。南良と淳一が聞き込んできた直人に対する脅迫については、別の班が確認に当たることになった。

南良とは引き続き行動をともにすることになる。前方に座る南良が振り返って会釈をよこしてきた。淳一も思わず頭を下げていた。

署に戻ったのは午後十時を過ぎた頃だった。南良とともに現場周辺の聞き込みをしたが、成果らしい成果はほとんどなかった。南良は横浜の自宅に戻った。明日の朝、再び合流して捜査を再開することを約束していた。

捜査本部が立ち上がれば、原則的に捜査員は署に泊まり込みになる。一度自宅に戻って着替えなどを持ってきたいところだったが、その気にはなれなかった。博美の顔を見るのが苦痛だった。自分のせいでできた痣を、直視する自信がなかった。

コンビニで弁当と下着を買い、刑事課の自分のデスクに持ち込んだ。弁当を食べていると、背後から肩を叩かれた。振り返ると盛田係長の姿があった。

「お疲れ様です」

「ああ、お疲れさん。何か出たか？」

「いえ、成果は何も」

「県警の南良とかいう刑事、どんな奴だ？」

盛田は煙草に火をつけた。淳一は灰皿を盛田の前に差し出した。

「どうと言われましても……まだ初日ですしね。係長、南良さんについて何かご存じで？」

「多少はな。かなり優秀な男のようだ。少し変り種でな。アメリカの何たら大学で犯罪何たら学を学んでいた男らしい。県警の捜査一課でも浮いた存在の男らしいが、頭は切れるって評判だ。今回の事件でも自らの希望で遊軍を買って出たという」

「遊軍……ですか？」

捜査本部が設置された場合、基本的には県警の刑事と所轄署の刑事がペアとなる。当然、捜査の担当も割り当てられることになる。遊軍というのは聞いたことがない。

「要するに好き勝手やらせてくれと言いたいのさ。周囲の目もあることだし、名目上は地取り班になっているがな。一人で動かれてもあれだから、所轄で一人つけろと言われたもんで、仕方ないからお前をあてがった。悪く思うな」

県警の捜査一課でも浮いた存在。好き勝手に動き回る遊軍。捉えどころのない南良の顔が脳裏に浮かんだ。

「佐久間の次男坊に会ったらしいな」

盛田に訊かれ、淳一はうなずいた。「ええ、会いました」

「さっきの会議の報告だと、死んだ佐久間秀之はかなりの厄介者だったらしい。家族にだって動機は十分ある。始末におえない兄を疎ましく思っていただろうしな。そっちの線はありそうなのか？」

昼間、直人と会ったときのことを思い出す。悲愴感の欠如。たしか南良はそんな風に表現していた。

「昨日の夜、佐久間直人は韓国からの出張の帰りでした。羽田に着いたのが午後九時。そこから自家用車で帰路につき、自宅に戻ったのが午後十一時とのことでした」

「ウラは？」

「現在照会中です」

すでに航空会社に電話を入れてある。早ければ今夜中、遅くとも明日には搭乗者名簿の照会結果が届くはずだ。照会結果を待つまでもなく、直人が嘘などつくわけがない。しかしそう思うのは自分の先入観でしかなく、捜査に予断は禁物だった。

「とにかく南良という刑事とうまくやってくれ。俺たちはこれから道場で軽く一杯やるつもりだが、よかったらお前も顔を出せ」

「ありがとうございます」

刑事課を出て行く盛田を見送ってから、淳一は携帯を手にとった。メールくらいは送っておいた方がいいだろう。今日は署に泊まる。簡単な内容のメールを博美に送信した。送ってから後悔した。せめて謝罪の一言くらいは打っておくべきだったと。

翌日。署で南良と合流して、捜査に向かった。行き先は〈フレッシュサクマ三ツ葉南店〉。死んだ佐久間秀之の勤務先だった。

現場となったプレハブ小屋は封鎖されていた。黄色いテープで立ち入りが制限されている。鑑識の捜査が続いているようだった。

昨日は一日だけ臨時休業の措置がとられていたが、店は今日から営業が再開されていた。南良と二人、店の従業員に話を聞いて回った。

「亡くなった人を悪く言うのもあれだけど、早く辞めてほしかったというのが正直な気持ちだったわ。だって仕事もしないで遊び惚けてばかり。まあ社長さんの息子さんだから仕方ないかもしれないけど、弟の専務さんは頑張っているわけだし」

従業員の口から出るのは辛辣《しんらつ》な批評ばかりで、事件解明の糸口になりそうな証言は得られなかった。

兄の秀之に比べ、弟の直人の評判は上々だった。気のいい好人物というのが概《おおむ》ねの評価だった。父親の佐久間秀正が倒れたときは、会社の存続を危ぶむ声もあったという。しかし直人の人柄の良さから、古参の社員も誰一人会社を辞めようとせず、今も堅実な経営が続いているらしい。社員の一人からそんな話を聞いたとき、淳一は素直に嬉しかった。

収穫がないまま昼になった。スーパーを出ようとしたところで、一人の女性に声をかけられた。青いエプロン姿。レジ係の女性だ。さきほど事情聴取を終えたばかりの女性だった。

「ちょっと思い出したことがあって……事件とは関係ないことかもしれないですけど……」

女はそう前置きして話し始めた。事件の前日、市内で美容室を経営する女性が店を訪れたという。彼女は特に買い物をするわけでもなく、どことなく怯えた様子だったらしい。

「その女性の名前をお聞かせ願えますか?」

南良が訊くと、レジ係の女性が答えた。

「岩本万季子さんです。美容室〈シーズン〉の店長さんです」

心臓がどくんと跳ねた。岩本万季子。思いがけない名前を聞いて、淳一は動揺した。

「岩本万季子さん……ですか。その方について何かお気づきになった点でも?」

「以前はこのお店にもよくいらしていたんですけど、最近は姿を見なかったから珍しかったんです。そういえばお帰りの際には息子さんを連れていたわ」

「息子さん?」

「ええ。たしか小学校六年生かしら。とても優秀な息子さんらしいですよ。事件とは関係ないとは思いますけど、気になったことは全部警察の方に話しなさいってマネージャーに言われているもので」

そう言って女性はレジに戻っていった。南良と二人、スーパーを出た。駐車場に停めた覆面パトカーまで歩く。

「一人で店に来た女性が、帰りには息子さんを連れていた。飛奈刑事、どういうことだと思います？」

「さあ……どういうことですかね」

生返事を返してから、淳一は車の鍵を開けた。

あれは三ヵ月ほど前のことだったか。窃盗事件の聞き込みをしていた際、小学校時代の同級生に出くわした。淳一の記憶は定かではなかったが、向こうは淳一のことを憶えていた。一方的に昔話をされ、半ば辟易《へきえき》気味に相づちを打っていると、最後に男が言った。

知ってるか、飛奈。清原と岩本が離婚したんだぜ。えっ、知らなかったのかよ。マジで？ 結婚していたことも知らなかった？ そいつは意外だな。お前ら仲良かったから、今でもつるんでるのかと思ったぜ。

万季子が連れていた子供というのは、もしかして圭介との間にできた子供だろうか。そんなことを考えながら車のエンジンをかける。アクセルを踏み込んだところで、助手席に座る南良が言った。

「美容室〈シーズン〉でしたっけ？ ちょっと行ってみましょう」

「今からですか？」

「私は署に電話を入れて所在地を調べてみます。少し待っていてもらえますか？」

南良は携帯を耳に当てて、署に電話を入れた。電話帳で調べたのか、すぐに美容室〈シーズン〉の場所が明らかになった。三ツ葉駅近く。ここから車で五分足らずの距離だ。

走り始めてから、淳一は南良に告げた。

「実は南良さん。今から会う岩本万季子ですが、私の小中学校時代の同級生なんです」

「それはまた」南良は嬉しそうに笑った。「佐久間直人氏に引き続き、再会第二弾といったところですか」

昨日は直人、そして今日は万季子。このまま行けば明日あたり圭介と顔を合わせることになりそうだ。心の中で苦笑しながら、淳一はアクセルを踏んだ。


「いらっしゃいませ」

店内に足を踏み入れると、若い女の店員が顔を上げた。掃除中らしく、手に長い箒《ほうき》を持っている。入ってきたのが背広を着た男の二人組とあってか、笑顔の中にも警戒の色が浮かんでいた。

「神奈川県警の者です。岩本万季子さんはいらっしゃいますか？」

バッジを見せながら、南良は女の店員に言った。神奈川県警という単語に反応したらしく、緊張気味に女が言った。

「店長なら買い物に出かけています。伝言があるなら私が承りますが」

そのとき、店のドアが開いた。ドアの前に立っていた淳一は、とっさに体を捻って振り返った。入ってきた女と鉢合わせになる。

「あっ、すみません。気づかなかったもので」

女と視線が合う。しばらく見つめ合った。なぜか気恥ずかしくなり、淳一の方が先に視線を逸《そ》らした。やがて女が言った。「もしかして……淳一じゃない？」

やや遅れて、淳一はうなずいた。「ああ、俺だよ。万季子」

「この人たち、刑事さんらしいです。店長に用事があるらしくて」

女の店員の言葉に、万季子が淳一を見上げて言った。

「刑事って……淳一が？」

淳一はうなずいた。

「そうだ。ちょっとある事件のことで万季子に話を聞きたくてね。こちらは神奈川県警の南良さんだ」

南良が会釈をした。万季子は女の店員に向かって言った。

「美帆ちゃん、先にお昼を済ませてきたら？　私が店番してるから」

美帆と呼ばれた女は、やや警戒した表情で淳一たちを見ながら、店から出て行った。奥のソファーへと案内される。

「それでお話というのは？」

「〈フレッシュサクマ〉の店長、佐久間秀之さんが殺害された事件ですが、ご存じですか？」

「ええ。テレビのニュースで見ました」

南良の質問に答える万季子を観察した。

綺麗な女になった。下世話ではあるが、それが率直な感想だった。とても小学生の子供がいるとは思えないプロポーション。美容室の経営者という仕事柄か、メイクも服装もどことなく垢抜けている。意志の強そうな瞳は、今も変わっていなかった。

「実は〈フレッシュサクマ〉の従業員の方が、あなたを目撃していましてね、ちょっとお話を伺いにやって来た次第です。こちらの飛奈刑事とは同級生に当たると聞きまして、これも何かの縁だろうと思いましてね」

南良は快活に笑った。その表情だけ見ていると、とても刑事のそれとは思えない。やり手の営業マンと言われた方がしっくりくる。

「金曜日の夕方のことです。岩本さんは〈フレッシュサクマ〉に何をしに行かれたんですか？」

「金曜日……ですか」万季子は考え込むようにあごに手をやった。「ええとたしか……正樹から、正樹というのは私の長男なんですが、財布を失くしたという電話が入ったものですから、お金を渡しに行ったんです」

「なるほど。そういうことでしたか」

「お恥ずかしい話です」

万季子は小さく頭を下げた。

「それでお財布は見つかったんですか？」

「ええ。というよりも家に忘れてきただけだったんです。まったく人騒がせな息子でしょ」

正樹。圭介と万季子の子供。どんな男の子だろうと、淳一は勝手に夢想した。二人の子供だ。きっと聡明な子供に違いない。

「ところで息子さんは携帯をお持ちになっているんですか？」

「携帯ですか？　いえ持たせておりません。中学生になったらという約束をしていますけど、それが何か？」

「特に深い意味はありません。実は姪《めい》っ子に携帯を持たせようか私の妹が迷ってましてね、ちょっと参考までにお聞きしただけです」

突然、携帯の着信音が鳴り始めた。南良の携帯だった。

「ちょっと失礼します」

そう言って、南良は携帯片手に店から出て行った。万季子が淳一に向き直って言った。

「刑事になったなんて知らなかったわ。ていうか何やってんのよ、淳一。連絡の一つもよこさないで。中学の卒業式以来だから……二十年振り？」

昔から姉御肌を吹かせるところがあり、万季子といるとペースを狂わされた。何も変わっていない万季子を見て、淳一は少し可笑《おか》しかった。

「でも淳一が刑事になったなんて知ったら、圭介のお父さんが喜ぶね。だって淳一が圭介のお父さんの跡を継いだわけだし」

「跡を継いだなんて大袈裟だな。特に深い理由はないよ。ほかに仕事がなかっただけだ。それより正樹というのはあれだろ、圭介の……」

万季子はうなずいた。少し照れた様子だった。

「そうよ、私と圭介の子供。圭介とは四年前に別れたけどね。どこかで耳にした？」

「ちょっとな。名前も憶えていない同級生に出くわして、一方的に教えられた。息子さんはどんな子だ？」

「いい子よ、とても。でも最近、圭介の仕事が忙しくてね。月に一度は面会することになっているんだけど、あまり遊んでもらってないの。去年の誕生日にキャッチボールをするためにグローブをプレゼントされたんだけど、いまだに新品のまま」

万季子は唇を尖《とが》らせた。文句を言うときの仕草も昔と変わっていない。

「ところで淳一は？　もう結婚してるの？」

「俺はまだだよ。なかなかいい相手に巡り合えなくてな」

一瞬だけ博美の顔が脳裏をよぎった。昨日送ったメールに返事はない。

「神奈川県警だっけ？　横浜あたりに住んでるわけ？」

「いやこの町に住んでるよ。今年の四月に三ツ葉署に赴任した」

「本当に？　ますます水臭い男ね。早く連絡をくれたらよかったのに」

「連絡先を知らなかったから仕方ないだろうが。そういえば直人には会ったぞ。昨日、捜査の関係で」

「そう……直人に会ったんだ」

万季子の表情がわずかに曇る。淳一は訊いた。「直人がどうかしたか？」

「いえ……お兄さんが死んでしまったわけだし、いろいろと大変かなと思って……」

ドアが開いて南良が入ってきた。南良は淳一に向かって言った。

「飛奈刑事、ちょっとよろしいですか？」

南良のもとに向かう。南良は淳一の耳元で言った。

「緊急招集がかかりました。急いで署に戻りましょう」

「何か動きがあったんですか？」

「詳しいことはまだ。凶器に関することのようです」

不安そうにこちらを見ている万季子と視線が合った。淳一は万季子に言った。

「署に戻ることになった。突然押しかけて申し訳なかったな」

「岩本さん、我々はこれで失礼いたします」

店を出る間際、スーツの後ろを引っ張られた。振り向くと万季子が立っていた。右手に名刺を持っていた。淳一は何も言わずに名刺を受けとり、南良を追って外に出た。

すでに南良は助手席に座っていた。淳一が乗り込むと、南良が言った。

「彼女、明らかに嘘をついていますね」


十分ほどで署に到着した。すぐに三階の会議室に向かう。会議室に集まっている捜査員は二十人程度。残りは佐久間の過去を洗うため、都内に出向いているということか。

南良と並んで席に座った。南良の言葉が気になっていた。万季子が嘘をついている。たしかに南良はそう言った。あの短い会話の中で、万季子のどんな嘘を見抜いたというのか。

万季子との会話を反芻《はんすう》していると、五人ほどの幹部が会議室に入ってきた。騒々しかった会議室は途端に静まり返る。どの捜査員も興味津々といった表情を浮かべている。

「捜査中に呼び出して申し訳ない。緊急を要する事案が発生したため、諸君らを招集した次第だ」

　幹部の一人が言った。彼は県警の刑事課長だ。実質的に捜査を指揮する立場にある。

「なおこれから話す内容については、いかなる理由があろうとも口外を禁ずる。非常にデリケートな問題のため、マスコミへの公表も含め、その取り扱いに関しては県警の上層部で議論がなされているところだ」

　会議室の緊張が増した。誰もが固唾《かたず》を飲んで、幹部の言葉に聞き入っている様子だった。口外厳禁。デリケートな問題。果たして何が起こったというのだろうか。

「被害者である佐久間秀之の遺体から検出された弾丸について、鑑識から報告があった。検出された弾は三八口径。回転式拳銃から発射されたものと断定された。ライフルマークを神奈川県警のデータベースと照合したところ、驚くべき結果が出た」

　そこで幹部は言葉を切り、捜査員を見回した。幹部は続けて言った。

「佐久間の遺体から検出された弾は、ニュー・ナンブM六〇から発射されたものとして間違いないとのことだ」

　大きなどよめきが洩れた。口を開けたまま絶句している捜査員もいた。無理もなかった。ニュー・ナンブM六〇。言わずと知れた日本警察の制式拳銃だ。

「すでに該当する拳銃も特定されている。今から二十三年前、紛失したままになっている殉職警官の拳銃であると特定された」

　頭の中が真っ白になった。目の前の光景さえも霞んで見えた。二十三年前に紛失した拳銃。間違いない、つまりその拳銃とは——。

「我が警察の制式拳銃であるニュー・ナンブM六〇が、民間人を殺害した凶器として使用された。これは大変由々しき事態だ。諸君にも理解できると思うが」

脇の下に冷たい汗が流れた。膝の上の拳が小刻みに震えていた。淳一は周囲を見渡し、誰かが自分を見ていないか確認した。まるで犯罪者になったかのような気分だった。

「捜査方針を変更する。凶器の発見と回収に捜査員を動員。詳細については追って指示を与える。二十三年前の事件については、現在報告書を作成しているため、夕方までには配付できる手《て》筈《はず》になっている。私からは以上だ」

緊急招集は解かれた。それでも会議室は気温が上昇したかのような熱気に包まれていた。

スーパーの店長殺し。被害者は素行に問題があり、過去には暴力団とも関係があった。単純な構造だった事件が、一転してとんでもない方向に転がり始めたことに、捜査員の誰もが興奮を隠し切れない様子だった。

「飛奈刑事、行きましょうか」

背後から南良に声をかけられた。淳一は冷静を装い、うなずいた。

「了解しました。トイレに行ってから、下に降ります。車を回しますからお待ちください」

そう南良に告げてから、淳一は足早に会議室を出た。そのままトイレに入って、個室に飛び込む。内側から鍵をかけて、壁にもたれた。

ライフルマークが一致したということは、佐久間を殺害した拳銃は、間違いなくあの拳銃なのだろう。

ライフルマーク。線条痕《せんじょうこん》ともいう。拳銃の銃身、そのバレルの内側には螺旋状《らせんじょう》の溝が走っている。溝を刻む工具、もしくは刻まれる側の材質によって、まったく同じ溝が刻まれることはない。したがって拳銃を特定する有力な証拠となり得るのだ。

日本の警察はすべての制式拳銃を配備前に試射し、あらかじめそのライフルマークを登録している。それが今回の特定に結びついたというわけだろう。

それにしてもなぜあの拳銃が……。淳一は頭をかきむしった。なぜ今頃になってあの拳銃が姿を現したのだ。それもよりによって佐久間を殺害した凶器として。

殉職警官が紛失した拳銃。殉職した警官とはほかでもない、圭介の父親のことだ。二十三年前、凶弾に斃《たお》れた清原和雄巡査。淳一にとっても大切な存在だった人だ。

畜生、何がどうなってる？　壁を殴りたい衝動を抑えつけ、淳一は何度も何度も便器の水を流した。

現時点でわかっていることは一つだけ。誰かがあのタイムカプセルを掘り起こしたということだけだ。

「それにしても急展開ですね」

車が走り始めると、南良はどこか他人事といった感じで言った。淳一は前方を見つめたまま、小さくうなずいた。「そのようですね」

「ところで飛奈刑事はその二十三年前の事件について、何かご存じですか？」

ご存じも何も事件の当事者の一人だった。しかしすべてを南良に話してしまうわけにもいかない。難しいところだった。

「話せば長くなるんですが……」

そう前置きして淳一は語り始めた。南良は興味深そうに淳一の話に耳を傾けていた。淳一の話を聞き終えると、南良は驚いたように言った。

「つまり飛奈刑事は事件の第一発見者。そういうことですね？」

「まあ、そういうことになりますね。といっても私は小学校六年生で、ほんの小さなガキでしたしね。もしも今回の佐久間殺しに繋がるようなことを思い出したら、南良さんにもお話しいたしますから」

〈フレッシュサクマ〉に到着した。駐車場に車を停め、店内に入る。南良はマネージャーを呼び出し、何やら質問していた。

さきほど明らかになった拳銃のことで頭が一杯だった。二十三年前の亡霊のようなものに、淳一の思考は占拠されていた。

「どう思います？」

突然南良に声をかけられ、淳一は我に返った。

「何がでしょうか？」

「ですから飛奈刑事の同級生、岩本万季子さんについてですよ。息子さんに財布を渡しに来たという話です。スーパーに息子を迎えにやって来る。忘れた財布を届ける以外に、何か思いつくことはありませんか？」

マネージャーに先導されて、フロア内を歩いた。店の奥の一室に案内された。暗い室内にモニターの画面が見えた。

「こちらがモニター室です。店内には六ヵ所、防犯カメラが取り付けてありまして、すべてここで録画しています」

「録った映像はどこに保管してあるのでしょうか？」

南良の質問にマネージャーが答えた。

「そちらのキャビネットに保管しています。一週間保管して、その後は重ね録りすることになっています。私はこれで失礼いたしますので、ご自由にお調べください」

南良と二人、モニター室に残された。モニターの画面にはリアルタイムで店内の映像が映し出されている。テープが回る音が耳についた。

南良の真意に気がついた。万引きだ。万季子の息子が万引きをしたのではないかと疑っているのだ。

わざわざ仕事を抜け出し、財布を忘れた息子に金を届ける。万季子の証言は理に適《かな》っているように思えるが、あまりにも過保護に見えなくもない。それに万季子の息子はたしか小学校六年生だ。財布を忘れて親に助けを求めるような年齢ではない。息子だって万季子が仕事中であることくらい承知しているはずなのだから。

「飛奈刑事、三番のモニターはどこを撮っていますか？」

キャビネットをチェックしている南良にそう言われ、淳一は三番のモニターを見た。

「ちょうど店の奥から売り場を撮っています。多分……お菓子売り場でしょうか」

お菓子売り場。言っていて自分で怖かった。想像が現実のものになろうとしていた。

「三番のＶＴＲ、金曜日の午後の分のテープが見当たりません。となるとやはり……。飛奈刑事、マネージャーを呼んで、電話帳を借りてきてもらえますか？」

南良の指示にモニター室を飛び出した。フロアに出てマネージャーを探す。生鮮食品売り場にいたマネージャーを捕まえ、電話帳を持ってきてくれと頼んだ。マネージャーはスタッフルームに入っていき、すぐに電話帳を持ってきた。電話帳を持って南良の待つモニター室に向かった。

「南良さん、電話帳です」

淳一から受けとった電話帳を、南良がめくり始めた。やがて南良の手が止まる。南良の背後に回って電話帳を覗き込むと、赤鉛筆で囲んである電話番号が見えた。店の名前は美容室〈シーズン〉。万季子の経営する美容室だ。

「すべては想像に過ぎません」南良が語り始めた。「金曜日の夕方、息子さんの万引きが見つかり、岩本さんはここに呼び出された。呼び出したのは死んだ佐久間秀之。息子さんを引き渡され、二人で帰宅。紛失した防犯カメラの映像。電話帳の赤い丸。二点から導き出せる想像です」

南良の推理に破綻はなかった。決定的な証拠がないとはいえ、状況証拠は揃っていた。気になることが一つ。万季子が嘘をついたと南良は話していた。その根拠が気になった。

「南良さん、一つお聞きしてもよろしいですか？」

淳一が口にした疑問を耳にして、南良は小さく笑った。

「このお店には公衆電話が見当たらないんですよ」

「公衆電話？」

「ええ。昨今は携帯電話の普及により、公衆電話の数が激減しています。この店も例に洩れず、店内のどこを探しても公衆電話がありません。昨日、岩本さんに話を伺った際、息子さんには携帯電話を持たせていないとの話でした。財布を忘れてしまった息子さんは、どうやってお母さんに連絡をとったのか。私が気になったのはそこでした」

南良の観察眼の鋭さに、淳一は内心舌を巻いた。たしかに頭は切れるようだ。

「刑事さん、何かわかりましたか？」

マネージャーがモニター室を覗いて言った。南良がマネージャーに質問した。

「店長の佐久間さんですが、このモニター室にはよく出入りしていたんですか？」

「そうですね。基本的に暇な方でしたから、よくこの部屋で煙草を吸ったりしてましたよ。あの方が来られる以前は、このモニター室は禁煙だったんですけどね」

皮肉混じりにマネージャーはそう語った。

佐久間はこのモニター室によく出入りしていた。状況証拠がまた一つ揃ったことになる。マネージャーに礼を言ってから、モニター室を出た。

「万引きした子供を見つけた場合、飛奈刑事ならどうします？」

フロアを歩きながら南良に訊かれた。

「親を呼びつけて叱る。悪質な場合が警察に通報。こんなところですかね」

「しかし佐久間秀之という人物像からすると、ただで解放するとは思えない。そう思うのは私だけでしょうか」

「同感です。私もそう思います」

あの男のことだ。説教だけで万引きを許すとは思えない。かといって警察に通報するというのもないだろう。取引を要求したと考えるのが妥当だ。要求は金か、それとも……。

いずれにしても万季子が佐久間秀之と接点を持っていたことに驚いた。この接点が佐久間殺しにどう繋がっているのか。問題はそこだった。

店を出た。駐車場の覆面パトカーまで歩く。二人で車に乗り込む。行く先は言われなくてもわかっていた。さきほど再会した万季子の面影が脳裏に浮かんだ。


店に万季子の姿はなかった。夕方四時を過ぎたところだった。従業員の女の話では、美容師の勉強会に行ったという。今日はこのまま店を閉めるらしい。

従業員の女から万季子の自宅住所を聞き出し、その足で万季子の自宅に向かう。すでに出かけたあとかもしれないが、自宅の場所を確認しておく必要があった。閑静な住宅街の一番奥に万季子の自宅はあった。

木造の瀟洒《しょうしゃ》な造りの一軒家。インターホンを鳴らしても、万季子が姿を現すことはなかった。

署に戻ることにした。その車内で南良に訊いた。

「岩本万季子が事件に関与している。南良さんはそうお考えなのですか?」

「現時点では何も」南良は首を振った。「まだ想像の域を出ていませんからね。岩本さんの息子さんが万引きをしたことも、それを餌に佐久間から脅迫されていたことも私の想像に過ぎません。それに岩本さんが犯人だとして」

そこでいったん南良は間を置いた。

「彼女がどのようにして凶器の拳銃を入手したのか。問題はそこに尽きます」

南良の言葉が胸に突き刺さった。凶器の拳銃。それを手に入れることが、万季子には可能なのだ。しかし万季子に限ってそんなことは……。

「二十三年前の事件ですが、殉職した清原巡査を射殺した犯人は捕まっているんですよね?」

南良にそう訊かれ、淳一は答えた。

「はい、一応は。被疑者は死亡していますが。しかし解決に至っているとは言い難いです。犯人が奪った金は今なお発見されていませんし」

記憶の蓋が少しずつ開け放たれようとしていた。銃声。万季子の悲鳴。圭介の親父さんの変わり果てた姿。

「いずれにしても佐久間殺しの真相解明が、二十三年前の事件の真相に繋がるはずです」

自信に溢れた口調で南良はそう断言した。淳一は思わず尋ねていた。

「その根拠は?」

「考えてもみてください。二十三年間も行方がわからなかった拳銃です。長い年月を経て、その拳銃が今になって姿を現したことには、きっと何らかの意味があるはずですから」

背筋が凍る思いだった。ちらりと南良の横顔を窺う。この男ならタイムカプセルの存在まで辿り着いてしまうのでは。不意にそんな危機感を覚えた。


午後の八時。この日の捜査を終えた。さすがに二日連続で着替えないわけにもいかず、アパートに戻ることにした。気が重かった。

結局、万季子を捕まえることはできなかった。夜の七時過ぎ、もう一度万季子の自宅に向かうと、家の電気が灯っていた。インターホンを押すと、やや警戒した表情を浮かべて一人の少年が顔を覗かせた。

「お母さんはいるかな？　おじさんはお母さんの友達で、ちょっと用事があるんだけど」

淳一は腰を落として少年にそう告げた。少年は圭介の幼い頃によく似ていた。間違いない。あの二人の子供だ。淳一はそう実感した。

「母はまだ帰ってきていません。今日は遅くなるって言ってました」

やや神経質そうな声色だった。

「何時くらいに帰ってくるのかな？」

「月に一回、美容師の集まりが東京であって、それに行っているはずです。帰りは九時を過ぎると思います」

この子が万引きをしたということか。まだ確定したわけではなかったが、どうしても先入観が先に立った。利発そうな顔つきの子供だった。

万季子と会うことは諦め、南良とともに署に戻って捜査会議に出席した。凶器の行方を追う方針が改めて確認されただけで、めぼしい報告は特になかった。

二十三年前の事件について、簡潔にまとめた資料が捜査員全員に配付された。誰もが食い入るように資料に目を通して、意見を交わしていた。淳一も読んでみたが、すべてが知っている内容だった。

自宅のアパートに到着し、ドアをノックせず、自ら鍵を開けて中に入った。博美はキッチンで料理を作っているところだった。

何も言わずにリビングを素通りして、そのままバスルームに向かった。シャワーで汗を洗い落として、髪を拭きながらリビングに戻る。テーブルの上に食事が並んでいた。二人分あった。すでに博美は食べ始めている。

椅子に座った。会話のない食事が始まった。秋刀魚《さんま》の塩焼きと冷奴と筑前煮。どれも旨かったが、博美の顔色を窺いながらの食事は、どこかせわしなく感じられた。

三年前のことだ。当時、淳一は横浜市内の警察署に配属されていた。先輩刑事に連れて行かれたキャバクラで、ホステスとして働く博美と出会った。

茶色い巻髪。派手な化粧。今風の女というのが第一印象だった。淳一のことを刑事だと知った博美は、最近つきまとってくるストーカー紛いの客について相談してきた。下着を盗まれたり、郵便物が紛失するのも、すべてその男のせいだと博美は主張した。

翌日から捜査の合間を縫って、博美につきまとっている男の素行を調べた。すぐに男の顔は割れた。横浜市内に住む銀行員だった。妻子持ちだというのに、男は毎晩のように店の外で博美を待ち伏せて、尾行を繰り返していた。博美がアパートに帰宅してからも、外で博美の部屋を眺め続け、ときにはポストを覗いたりしていた。

ある日、淳一は背後から男に近づき、耳元で言った。これ以上博美につきまとうな。男が胸のポケットに手を忍ばせたため、淳一はとっさに男を殴っていた。ナイフを出すと予測したからだ。馬乗りになってさらに数発男を殴った。男は気を失った。男の右手を見ると、胸ポケットの中で財布を握り締めていた。

それから一ヵ月ほどたってから、博美から携帯に電話があった。例の男が姿を現さなくなったという。その日の夜、一緒に飯を食い、博美のアパートに泊まった。つかず離れずの関係が続いていたが、半年前に三ツ葉署に転勤することになったと告げると、一緒についてくると博美は言った。十歳以上も年下の女と同棲することに戸惑いはあったが、断る理由もなかった。博美との同棲が始まった。

現在、博美は週に三日ほど、近所の中華料理屋でバイトをしている。それ以外の日は家にいることが多いらしい。今風の外見とは裏腹に元々家事が好きな性格らしく、常に部屋の中は小綺麗に片づいている。女房にするにはいい女だと思うが、今はまだただの同居人でしかない。酔うと殴ってしまうという罪悪感が大き過ぎた。それを解消しないことには、プロポーズの台詞を口にできそうにない。

食事を終えた博美は、キッチンで洗い物を始めた。淳一は背後から博美に近づき、優しく肩に手を置いた。そのまま肩のツボを刺激した。長年剣道をやっていたこともあり、整体の腕には多少の自信がある。

肩を入念に刺激してから、博美を背後から抱き上げた。博美が慌てて濡れた手をタオルで拭いた。そのままベッドに連れて行き、うつ伏せに寝かせる。シャツを捲《まく》り上げてブラのホックを外した。白い背中。肩甲骨《けんこうこつ》の隆起。

背骨の両脇を肘で刺激した。博美は時折短い吐息を洩らした。スカートの下から手を入れて、尻の両脇のツボを押した。博美の体が少し跳ねた。なぜか万季子のことが頭をよぎった。美しく成長した幼なじみ。

一度考え出すと思考が止まらなかった。万引きしたかもしれない万季子の息子。佐久間を殺した拳銃。いったい誰がタイムカプセルを開けたのか。

淳一は顔を上げた。窓の外を見る。ベランダの物干し竿に風鈴がぶら下がっていた。

やはり確認するべきだ。そう思ったが、躊躇いがあるのも事実だった。これから自分が起こそうとしている行動は、刑事として許されるものではない。

迷った末、淳一は決断した。あのタイムカプセルを開けて中身を確認しなければならない。それも早急にだ。

博美の耳元に口を近づけた。軽く耳たぶを噛んでから、小さく言った。

「すまない。電話をかけてくる」

「大きな事件なの？」

博美が身をよじってそう訊いた。

「殺人事件だ。ニュースで見なかったか？　しばらく忙しくなりそうだ」

ベッドから降りて、リビングに向かう。財布から一枚の名刺を抜きとる。万季子からもらった名刺だった。裏には万季子の自宅の電話番号がメモしてある。署を出てくる間際に電話帳で調べたものだ。

時刻は午後九時を過ぎたところだ。自宅の番号を携帯に入力した。長いコールが続いた。そろそろ切ろうと思った矢先、通話が繋がった。

「もしもし、岩本ですが」

「俺だ、淳一だ」

「どうしたの？　こんな時間に」

「今から会えないか？」

「今から？」

驚いたように万季子が言う。ベッドで体を起こした博美がこちらを見ていた。別に疚《やま》しい電話をしているわけではないが、少し心苦しかった。

「そうだ。今からだ。できれば直人と圭介にも連絡をとってくれるとありがたい」

「急に何よ。もしかして淳一、久し振りに四人で会いたいなんて思ってるわけ？　だったら今度ちゃんと時間を決めて……」

「急を要するんだ。できれば今夜中に。ちなみに圭介は今どこに住んでいるんだ？」

「詳しいことは知らないけど、多分東京だと思う。職場は渋谷だしね。まさか淳一、本気で言ってるわけ？」

車だろうが電車だろうが、二時間もあれば十分だろう。淳一は万季子に告げた。

「今から二時間後。場所はみはる台小学校の校庭。二人にそう伝えてくれ」

「小学校の校庭って、淳一……」

「タイムカプセルを開ける。誰も来なくても俺一人で開けるつもりだ。詳しいことは会ってから話す。二人にもそう言ってくれ」

「ちょっと淳一、急にそんなこと……」

一方的に電話を切った。別にタイムカプセルを開けるくらい造作もないことだ。スコップ一本あれば、自分一人で掘り起こせるはず。しかしあのタイムカプセルは四人で掘り起こすべきもの。そんな思いにずっと囚われていた。

「誰に電話してたの？」

博美がリビングに入ってきた。淳一は答えた。「友達だよ、小学校時代のな。事件の関係で再会して、今から会うことになった。今夜中に話を聞いておきたいんだ。ちょっと出てくるから、先に寝ててくれ」

「珍しいね。滅多に友達の話なんてしないじゃない」

博美の口調に棘《とげ》はなかったが、どこか責められているような気がした。

窓の外で風鈴がカランと音を鳴らした。


最初に異変に気づいたのは圭介だった。昼休みが終わろうとしていた頃、六年一組の教室に飛び込んできた圭介が言った。

「ちょっと職員室の様子がおかしいぜ。先生が全員集まって、俺たちは中に入れなくなってる。もしかしたら五時間目は自習になるかもな」

圭介の予言は見事に当たり、チャイムと同時に教室に入ってきた担任教師から、五時間目は自習になることが告げられた。教室の子供の間で様々な憶測が飛び交った。児童の誰かが自殺したのではないか。もしかして誰かが誘拐されたのではないか。根も葉もない噂で教室は持ちきりだった。

「あれじゃないか、淳一。みはる台公園に変質者がいただろ。ほら、下半身剝《む》き出《だ》しで歩いていた男」

隣の席の圭介が話しかけてきた。

「あいつな。女子を見つけたらコートを開くって奴だろ」

「そうそう。あいつが出没したんじゃないか。だから職員会議を開いてんだよ」

「だったら万季子に竹刀を持たせて連れていけばいいのにな。万季子なら絶対勝てるし」

「淳一、それナイス。今度やろうぜ」

五時間目が終わろうとした頃、担任教師が教室に入ってきた。気のせいか担任教師の顔色が悪いように感じられた。

「みんな、ちょっと聞いてくれ。実はちょっと事件があって、これから集団下校することになった。今から運動場に出て、通学路ごとに分かれてもらう。お前たちは六年生だ。下級生の手本になって行動するんだぞ」

「先生、質問があります」

一番前の席で手が挙がった。クラス一の理論派として知られる学級委員だった。

「どんな事件が起こったか、教えてください、僕たちにはそれを知る権利があると思います」

喝采が上がった。手を叩いているクラスメートもいる。担任教師は困ったように鼻の頭をかいてから、静かにするようにと両手を上下に動かした。

「どうせ噂が広まるだろうし、市の放送もあるだろうしな。先生がわかっている範囲で説明するぞ。実はな……」

要約するとこうだった。三ツ葉東で銀行強盗が発生。犯人は金を奪って逃走。今もまだ市内を逃げ回っている模様。市内のすべての小中学校で集団下校を行うことになった。

「最新の情報だと、どうやら犯人はみはる台とは逆の南の方角に向かって逃げているらしいが、それでも帰宅してからは保護者と一緒じゃなければ外を出歩くのは禁止だ」

隣の圭介と顔を見合わせた。大変なことが起こった。そんな実感があった。

教師の指示で運動場に出て、集団下校の列が作られた。違うクラスにいる万季子と直人も合流した。教師とＰＴＡ役員に引率され、集団下校が始まった。

前を歩く万季子が、隣の圭介に訊いていた。圭介が振り向いて淳一と直人に言った。

「どうするの？　今日」

「行くに決まってるだろ。犯人は南に逃げたっていうし。二人とも大丈夫だよな？」

淳一はうなずいた。直人は少し戸惑ったような表情を浮かべていた。

今日は四人で森を探検する予定になっていた。先日、圭介と二人で森を探検していたら、森の奥に一本の清流を見つけた。そこで沢ガニを獲るのが主な目的だ。

「もしも強盗に会ったら、逆に捕まえてやるんだ。俺がかく乱《らん》するから、淳一が一気にとどめを刺せばいい」

市民体育祭の剣道団体戦で優勝したのは先月のことだ。個人戦でも圭介が準優勝、淳一が優勝を飾っていた。

個人戦の決勝で淳一に負けたことが圭介は悔しいらしく、夜に秘密の特訓を行っているようだ。でも圭介には悪いが、淳一は何度やっても圭介に勝てる自信があった。喘息《ぜんそく》を持つ圭介はスタミナに欠ける。長期戦に持ち込めば、断然こちらの有利になる。

「じゃあ三時に森の入口に集合ってことにしようぜ。三人ともそれでいいよな？」

淳一はうなずいた。万季子も大きくうなずいている。直人だけが不安そうに足元を見ながら歩いていた。

「心配ないって、直人。俺がついているんだからさ」

淳一が言うと、やや元気を取り戻したように直人がうなずいた。

さきほど運動場で列を作っているときに、市の緊急放送で事件について伝えられた。……市民の皆様はしっかりと戸締りをして、十分に注意して行動してください。なお中学生以下の生徒児童につきましては……。

市営住宅の家並みが見えてきた。足どりは軽かった。恐怖なんて微塵《みじん》もなかった。好奇心だけが先走っていた。

午後の十一時過ぎ。淳一はみはる台小学校の跡地に到着した。夜の廃校跡地は静まり返っている。路肩に車を停めて、後部トランクからスコップを二本とり出した。来るときに深夜営業の量販店で買ってきたものだ。スコップを肩に担いで、淳一は学校の敷地に沿って歩いた。

すでに工事の準備に入っているため、高さ二メートルほどの鉄製の柵で囲まれていた。しかし敷地南側の校庭にはまだ柵が設置されておらず、一メートルほどの石垣を登りさえすれば容易に侵入できるようになっている。

前に車が一台、停車していた。黒い人影が車の脇に見える。近づいていくと、声が聞こえた。

「本気なのか？　淳一」

直人だった。淳一は直人の前まで歩み寄り、短く答えた。

「ああ。そのつもりだ」

淳一は肩に担いでいたスコップを直人に手渡した。直人は受けとったスコップを無言のまま見つめていた。

校庭の中に入った。無人の校庭が目の前に広がっていた。記憶よりも狭く感じられるのは、自分自身が成長したせいだろう。隣の直人を見やると、直人はやや不安げな表情で、校庭に視線を落としていた。

車のエンジン音が聞こえた。視線を向けると一対のヘッドライトがこちらに近づいてきた。停車したSUVの運転席から、一人の男が降り立った。あれが圭介だろう。続いて助手席から降りてきた女のシルエット。万季子だ。これで四人が揃ったことになる。

先に圭介が石垣を登ってきた。上から万季子に手を伸ばし、万季子の体を引っ張り上げる。二人並んで淳一の元に歩み寄ってくる。

圭介の姿を観察した。ポロシャツにスラックスというラフな服装。髪が長かった。それでも一目見て圭介だとわかった。

開口一番、圭介が言った。

「何のつもりだ、淳一。タイムカプセルを開けるだと？　説明くらいしたらどうなんだ」

圭介の口調には苛立ちが含まれていた。二十三年振りに再会した友人同士の会話にしては、随分と面白みに欠けたものだ。淳一は内心苦笑した。

「話はあとだ。とにかくタイムカプセルを開けよう」

素っ気なく言って淳一は踵を返した。背後で圭介が言う。「待てよ、おい。淳一、気はたしかなのかよ」

気はたしかなのか。今の自分の行動は常軌《じょうき》を逸《いっ》していると頭では理解している。刑事として許されざる行為であるということも。しかし淳一は狂気にも似た熱情に突き動かされていた。一刻も早くタイムカプセルを開けなければならない。そんな熱情に。

桜の木の下に到着した。やや遅れてあとの三人も辿り着いた。淳一は胸ポケットからペンライトをとり出して、地面を照らした。光に浮かび上がった木の根元を見て、万季子がつぶやいた。

「どういう……こと?」

ペンライトの光に照らし出された地面は、周囲の砂を被せられていた。掘ったことを悟られまいという努力はみてとれたが、間近で見るとその形跡は明らかだった。

「まさか……そんなことって」

そうつぶやいたのは直人だった。淳一はスコップを握り締め、地面に突き刺した。やはり手応えも軽い。スコップを根元まで押し込んで、土を掘り出した。

続いてもう一本のスコップが地面に突き刺さる。直人だった。直人も真剣な表情を浮かべていた。

「直人、俺がやるよ」

後ろから圭介が直人の肩を叩いた。直人は何も言わずに圭介にスコップを譲る。圭介は足の裏を使ってスコップを地面深くに押し込んだ。

交互に掘った。二十三年前と一緒だった。いつかこういう瞬間が訪れるだろうと心のどこかで思っていたが、特別な感慨は湧かなかった。あるのは不安と疑念だけだった。

スコップの先が固いものに触れる感触があった。圭介と目が合う。淳一の意図を理解したのか、圭介は穴の中に手を入れて、タイムカプセルを引っ張り出した。二十三年振りの対面だった。

「暗証番号は?」

そう言って圭介が顔を上げた。淳一は直人と万季子に目をやった。二人とも小さくうなずいていた。忘れるはずがなかった。淳一が代表して言った。

「一〇二五」

一〇二五。死んだ圭介の親父さんの命日だった。圭介が数字を回転させて、暗証番号に合わせた。ダイヤル錠を抜きとってから、圭介がタイムカプセルを開けた。残りの三人も屈《かが》んで覗き込んだ。

圭介がカプセルの中を慎重にさぐっていた。いくつかの品物が見える。折り畳んだ紙片。あれは淳一が入れたものだ。記念すべき零点をとったテストの答案用紙。

「やはりな……」

淳一はペンライトを照らし、念を入れてカプセルの中身を確認した。予想通りだった。拳銃は見当たらなかった。

淳一は顔を上げて、三人の顔色を窺《うかが》った。三人とも驚愕の表情を浮かべていた。目の前の光景が信じられない。三人ともそんな顔つきだった。

淳一は立ち上がり、ペンライトを消した。

この場所にタイムカプセルを埋めたということ。そしてカプセルに取り付けた錠の暗証番号。それらを知るのはここにいる四人だけだ。

導き出せる結論は一つ。このうちの誰かがタイムカプセルを開けて、あの拳銃を持ち出したということなのだ。

淳一は心に誓った。誰がタイムカプセルを開けたのか。それだけは何があろうと俺自身が解き明かさなければならない。

# 第三章　疑心

子供の頃から清原圭介は父親の職業があまり好きではなかった。

父親の和雄は駐在所の警官だった。みはる台交番のお巡りさん。学校のクラスメートたちは父のことをそんな風に呼んでいた。

当時は刑事ドラマの全盛期だった。特に小学校五年生の頃だったか、横浜を舞台にした刑事ドラマが人気を博していた。かっこいい二人組の刑事が、サングラスをかけて横浜の町を走り回るのだった。外車を乗り回してショットガンをぶっ放し、鮮やかなキックで敵を叩きのめす。そんなドラマだった。

ドラマの中の派手な刑事に比べ、自分の父親の姿がどこか物足りないように感じていた。きちんと制服を着て、腰には特殊警棒。ドラマの中では脇役として出てくる程度のお巡りさんといった風情。父の姿を見るたびに、圭介は小さな不満を感じたものだった。

そんな父が死んだ日のことを、圭介は今でも鮮烈に憶えている。二十三年前の十月二十五日。そろそろ森に落ち葉が目立ち始めたあの日のことを。

外出禁止令を無視して、いつものメンバーが集まった。四人で森の中に入っていった。途中、強盗犯に遭遇した場合を想定して、おのおのが木の枝を竹刀代わりに武器として所持することにした。

先頭を歩くのは淳一だった。手にした枝を左右に払いながら、前に進んでいく。その後ろを歩く万季子が言った。

「ちょっと危ないじゃない、淳一。今、木の枝が飛んできたわよ」

淳一は万季子の声には耳を貸さず、何食わぬ顔で言った。

「そうだ、万季子。明日の放課後、竹刀持ってみはる台公園に集合な」

「みはる台公園？　いったい何の話？」

淳一は後ろを振り向くと、こちらを見てにやりと笑った。圭介も笑って親指を立てた。

けもの道というのだろうか、踏みならされた道が続いていた。釣り人や山菜狩りの人たちによって自然にできた道だった。百メートルほど奥に進むと、道は二叉に分かれていた。どちらの道を進んでも、川に達することは知っていた。先週、淳一と探検したときに歩いていたからだ。

ここで二手に分かれることにした。圭介と万季子が右の道を、淳一と直人が左の道を行くことになった。川に達したら、圭介たちは川を遡りながら、淳一たちは川を下りながら沢ガニを獲る。二組が出会うまで、どちらがたくさん捕獲できるかの競争だった。

「絶対負けないからな」

「俺だって負けないよ」

そんなことを言い合って、淳一たちと別れた。万季子とともに川を目指して歩いた。

「あっ、今何か聞こえなかった?」

「鳥だよ、鳥。万季子、大丈夫だって」

万季子はやや不安げな表情を浮かべていた。強盗犯が逃げているという状況なのだ。不安に感じるのも無理はない。それにしても万季子は度胸がある。その辺の女子ならとっくに泣き出していることだろう。

隣で万季子が小さな声を上げた。木の枝か何かに足をとられ、よろめいた様子だった。圭介は腕を伸ばして、万季子の背中を支えた。

「ありがとう」

万季子に礼を言われ、なぜか気恥ずかしくなった。圭介は言った。

「次に転んでも放っておくからな」

そのときだった。突然、空気を切り裂くような音が森にこだました。とっさにしゃがんで体を丸める。万季子と顔を見合わせる。万季子の顔は蒼白だった。

さらに轟音《ごうおん》が鳴り響いた。今度は立て続けに三発。圭介は確信した。銃声だ。銃声に間違いない。強盗犯と、それを追う警官たち。この森のどこかで追跡劇が繰り広げられているのだ。銃声の数からして、かなり激しい銃撃戦が行われているはずだった。しかも銃声の聞こえた方角は、淳一と直人が向かった山道の方だった。

遊びのつもりだった探検ごっこが、本物の危機に変わったことを圭介は直感した。淳一たちと合流して、一刻も早く森から抜け出さなくてはならない。

圭介は立ち上がろうとしたが、膝に力が入らなかった。思わずよろめいてしまう。自分が怯えていることに圭介は気がついた。

「戻ろう、万季子」

何とか踏ん張って、万季子の右手をとった。万季子もゆっくり立ち上がり、二人で歩いてきた道を引き返した。

鼓動がどんどん高まった。額から尋常でない量の汗が流れている。木の枝が風に揺れる音さえも、神経を大きく逆なでした。

淳一たちと別れた分岐点まで辿り着いた。圭介は万季子に言った。

「万季子は戻れ。戻って警察に通報するんだ」

「えっ？　私一人で？」

「そうだ。俺は淳一たちを捜してくるから」

「無理よ、一人でなんて。私も一緒に行く」

万季子は激しく首を振りながらそう言った。逡巡している余裕はない。圭介は万季子の手を摑んで、淳一たちが向かった道に一歩足を踏み出した。そのときだった。

銃声が鳴り響いた。間違いない。銃声は淳一たちが向かった道の先から聞こえてきた。

怖かった。このまま引き返してしまいたかった。しかしこの道の先に淳一と直人がいる。そう思うとここで引き返すわけにはいかなかった。とにかく淳一たちと合流する。逃げるのはそれからだ。

走り始めた。動悸《どうき》で胸が苦しかった。後ろから万季子も懸命についてきている。向こうから走ってくる小さな人影が見えた。直人だった。

「直人！」

走ってくる直人を抱きかかえるようにして止めた。圭介の顔を見た直人は、つぶやくように言った。

「警察を……呼びにいかないと」

直人は泣いていた。目も虚ろだった。何かにとり憑かれたように、同じ言葉を繰り返していた。「警察を呼びにいかないと。警察を呼びにいかないと……」

「淳一は？　しっかりしろ、直人。淳一はどこだ？」

直人の耳元で言った。圭介の言葉を理解したのか、直人は川の方向を指で差した。

直人を放した。直人は夢遊病者のように走り始めた。直人のことが心配だったが、早く淳一に合流したいという思いが強かった。それに直人のあのペースなら、すぐに追いつけるはずだ。

再び走り始める。しばらくすると淳一の姿を発見した。淳一は森の中で立ち尽くしていた。圭介は安心した。淳一は無事なのだ。

「淳一、逃げよう。早く逃げよう」

そう言いながら、圭介は淳一に近づいていった。振り向いて圭介の姿を見た淳一は、鋭い声で叫ぶように言った。「来るな、圭介。来るな！」

淳一の足元に人が倒れているのが見えた。青い制服。見慣れた警官の制服だった。倒れているのは父の和雄だった。

「来るな、圭介」

淳一の制止を無視して、圭介は父のもとに駆け寄った。仰向けに倒れた父は、目を見開いて虚空を睨んでいた。胸の辺りから大量の血が溢れ出ていた。死んでいる。一目でそうわかった。

背後で悲鳴が聞こえた。万季子だった。父の死体を見た万季子は、口に手を当ててその場で膝をついた。

「俺が来たとき、もう駄目だった。今、直人に警察を呼びに行かせた」

父が死んだ。その事実を受け止めることができなかった。まるで夢の中を彷徨《さまよ》っているかのようだ。悪い夢なら早く覚めてほしい。本気でそう思った。

「あっちに人が倒れている。男だ。さっき見てきたら死んでるみたいだった。圭介の父ちゃんが最後に撃ったんだと思う。多分あいつが犯人だろ」

淳一の言葉を耳にして、圭介はぼんやりと顔を上げた。淳一の視線の先に、人が倒れているのが見えた。ここから距離にして十五メートルほど。森から河原へ抜ける手前のあたりだった。銃撃戦の末、相撃ちになったということか。

父の足元に拳銃が落ちていた。父の備品のリボルバーだ。

圭介は拳銃を拾い上げた。グリップの底から吊り紐が伸びていた。電話コードのような紐の先は父の腰に繋がっている。フック式の留め金を外し、拳銃を手に立ち上がった。

まだ銃身は熱を帯びていた。シャツを捲り上げて、拳銃をベルトの間に挿し込んだ。

「おい、圭介……」

淳一と目が合う。本気なのか？　淳一の目がそう訊いていた。

圭介はうなずいた。改めて父の遺体を見下ろす。苦悶の表情を浮かべた父の死に顔。自分の両目から涙がとめどなく溢れていることに、圭介はようやく気づいた。

「どうしてだよ……どうして……」

パトカーのサイレンが遠くで聞こえた。


再びタイムカプセルを埋め戻した。周囲の砂を被せてから淳一が言った。

「とにかく落ち着ける場所に行こう。できれば人目につかない場所がいい」

淳一の提案に直人が答えた。

「うちの倉庫が近くにある。売りに出している物件だから、誰もいない。場所は……」

倉庫で合流することにして、校庭をあとにした。車に乗り込んでエンジンをかける。助手席に座る万季子も無言だった。

二十三年前のことを思い出す。拳銃を持ち出すなど、今思うと軽率なことをしたと思う。何としても父の拳銃を遺品として持ち帰りたい。あのときはそんな思いに支配されていた。一種のパニック状態だった。

前を走るテールランプは直人の車だった。バックミラーを見ると、淳一の車が追ってきている。二十三年振りに顔を合わせたというのに、淳一とはまだ会話らしい会話をしていなかった。

父が死んだ翌日には、すでに拳銃を持ち出してしまったことを後悔し始めていた。警察が全力で父の拳銃を探していることが、連日のニュースで報道されていた。まるで自分が犯人になったみたいで怖かった。

拳銃は机の引き出しに隠していた。警察に持っていこうか。葛藤《かっとう》もあったが結局ずっと机の奥に隠したままだった。

卒業を控えた二月の終わり。タイムカプセルを埋めるという直人の提案に、みんなが賛同した。カプセルに拳銃を入れることは、暗黙の了解として決まっていた。三人の心遣いがありがたかった。

直人の車が停まった。倉庫に到着したのだろう。売り物件であることを示す立て看板が見える。車から降りて、直人を先頭にして裏口から倉庫に入った。

電気は止まっているようだった。二十坪ほどの木造倉庫だ。暗闇の中、直人がパイプ椅子を用意していた。

四人でテーブルを囲んだ。闇にも目が馴れ、互いの表情くらいは判別できるほどになった。最初に口を開いたのは淳一だった。

「今から俺が話すことは、捜査の機密事項だ。俺がみんなに話すのは、俺たちが当事者であると判断したからだ。絶対に他言しないと約束してほしい」

そう前置きして、淳一は圭介に向かって言った。

「直人の兄貴、佐久間秀之が死んだのは知っているな？」

無言でうなずいた。淳一は続けた。

「昨日の朝、佐久間秀之は遺体で発見された。発見場所は〈フレッシュサクマ〉の事務所。敷地の奥に位置するプレハブ小屋だ」

佐久間の死。そしてタイムカプセルから消えた拳銃。この両者を結びつける点。まさか……そういうことなのだろうか。圭介は息を飲んで淳一の次の言葉を待った。

「死亡推定時刻は土曜日の夜十時。隣の百円ショップの店長が銃声らしき音を耳にしている」

佐久間の遺体を発見したときのことを思い出す。胸の辺りからおびただしい量の血が流れていた。そうなのだ。どこかで見たことがあるような既視感があった。佐久間の遺体は二十三年前、森で発見した父の遺体と酷似していた。

「重要なのはここからだ」淳一は身を乗り出した。「佐久間の遺体から検出された弾丸は、死んだ清原和雄、つまり圭介の親父さんの拳銃から発射されたものであると特定された」

「嘘でしょ？」

万季子が小さく言った。直人も信じられないといった表情を浮かべている。

「間違いない。つまりあのタイムカプセルに埋めたはずの拳銃が、直人の兄貴を殺害した凶器なんだ」

驚きで言葉が出なかった。万季子と直人も目を大きく見開いていた。淳一は続けた。

「あのタイムカプセルに拳銃が入っていたということは、俺たち四人以外に知る者はいない」

淳一の言葉が胸に響く。淳一の考えていることは、圭介にも手にとるようにわかった。それほど難しいことじゃない。ごく自然に考えれば、そういう結論にならざるを得ないからだ。

「それにカプセルにつけたダイヤル錠。その暗証番号を知っているのも四人だけだ」

「まさか淳一……」

万季子がつぶやいた。淳一は大きくうなずいた。

「そうだ。俺たち四人のうちの誰かがタイムカプセルを開け、あの拳銃を持ち出した。そう考えるよりほかにない」


沈黙に包まれた。万季子は驚愕の表情を浮かべ、瞬《まばた》きを繰り返していた。直人は俯いたまま、床の一点を見つめている様子だった。淳一はというと、三人の反応を観察するかのように、視線を動かしていた。

四人の中の誰かが拳銃を持ち出した。淳一はそう言った。しかし淳一はもう一段階先の可能性も視野に入れているはずだ。拳銃を持ち出した人間が、佐久間秀之を殺したという可能性まで。

「つまりこういうことか、淳一」圭介は思わず口にしていた。「名乗り出るなら今のうちだ。俺が逮捕してやるから、佐久間を殺した奴は手を挙げろ。そう言いたいわけだろ」

淳一が眉を吊り上げた。

「何もそこまでは言ってない。俺はただタイムカプセルを開けたのが誰か、純粋にそれを知りたいだけだ。下手をすればみんなだってただでは済まないんだ」

「本当に佐久間の遺体から検出された弾丸は、親父の拳銃から発射されたもので間違いないんだな？」

「ああ。それは間違いない。拳銃から発射された弾丸にはライフルマークというものがあってな……」

淳一の説明に耳を傾ける。説明を聞きながら、圭介は思案を巡らせた。万季子のことに警察が気づくのも時間の問題だろう。重要なのは、どのように切り抜けるかだ。しかも正樹の万引きもある。すべてを隠し通すことは不可能かもしれなかった。

「……というわけだ。俺も話を聞いたときは言葉を失った。しかしこれは厳然たる事実だ」

「私たちじゃなくて、別の誰かが開けたって考えられない？　偶然カプセルを掘り起こした人が、四人のほかにいるってことよ」

万季子が言った。しかし淳一は首を振った。

「偶然カプセルを掘り起こしたまではよしとしよう。問題はその先だ。さっき見た限りでは、錠を強引にこじ開けた形跡はなかった。偶然掘り起こした奴が、偶然錠の暗証番号まで知っていたと？　そんなことは有り得ないだろ」

そうなのだ。あの拳銃は二重にロックされていたのだ。タイムカプセルを埋めた場所と、錠の暗証番号。この二つを知る人間にしか、あの拳銃を持ち出すことはできないのだ。この四人のうちの誰か。淳一がそう考えるのは当然の帰結だった。

「確認したいことがいくつかある」

淳一が言った。

「まず一つ。神に誓ってあのタイムカプセルを開けていない。全員がそう言えるんだな？」

「俺は開けてない」

圭介は言った。万季子と直人もあとに続く。

「私も開けてないわ」

「僕もだ」

「じゃあ次だ。タイムカプセルを埋めた場所と錠の暗証番号。この二つを誰にも教えたことがない。これもいいな？」

三人ともうなずいた。淳一が続けた。

「それじゃ事件のあった土曜日の夜のことだが、アリバイを教えてくれるか？　できるだけ具体的にな」

「ちょっと待てよ、淳一。これは取り調べなのか？」

「そう思ってくれていい。生憎《あいにく》俺は刑事だからな」

開き直ったように淳一が言った。その物言いに腹が立った。

「ふざけるのもいい加減にしろ。本当に事情を聞きたいのなら、明日にでも会社に来てくれ。いくらでも話してやる」

ポケットの中で携帯電話が震えていた。圭介は携帯をとり出して、着信の主を確認してから言った。

「それとな、淳一。お前だってタイムカプセルを開けることができる人間の一人だ。刑事だからといって安全圏にいるわけじゃない。それを忘れるな」

携帯片手に立ち上がった。倉庫から出て携帯電話を耳に当てた。

「ああ……まだ少し時間がかかりそうなんだ。すまないな、大変なときに。申し訳ないがよろしく頼む」

背後でドアが開く音が聞こえた。振り返ると淳一が立っていた。圭介は携帯を切って、淳一に言った。「悪い、会社からだった」

「ちょっと歩かないか、圭介」

そう言って淳一は歩き出していた。圭介は淳一を追った。

「さっきはすまなかった」淳一が謝った。「少し焦っていてな、結論を急ぎすぎた。別にみんなを疑っているわけじゃない。でも状況が状況だしな」

「俺の方こそすまなかった。俺だってお前と同じ思いだ。急な話で驚いている。信じられないというのが正直な気持ちだ」

周囲の森から鳥の鳴き声が聞こえていた。鬱蒼《うっそう》とした木立を見ていると、それだけで吸い込まれそうになる。

淳一が立ち止まった。隣を見ると、淳一が真剣な表情でこちらを見ていた。淳一が言った。

「万季子の件だが、警察はもう勘づいているぞ」

一瞬にして心に緊張が走った。それを悟られぬよう、圭介はとぼけた口調で言った。

「万季子の件？　何の話だ？」

「先週の金曜日のことだ。お前の息子は佐久間の勤務先で万引きをしたらしい。息子を引きとりに来た万季子の姿を、店の従業員が目撃している」

「待てよ、淳一。いったい何の話をしてんだよ」

「県警に優秀な刑事がいる。そいつは万季子が佐久間から恐喝されていたんじゃないかと推測している。警察への通報と引き換えにな」

焦りを感じた。いずれ突き止められてしまうと思っていたが、ここまで早いとは予想外だった。

「万季子の件に関して、お前は何か知っているのか？　知っているなら何か教えてくれ。頼む、圭介。これは万季子のためでもあるんだぞ」

淳一が迫ってきた。圭介は首を振った。

「知らない。いったい何のことだよ。正樹が万引きだって？　馬鹿も休み休み言え」

「お前は知っているはずだ。万季子が一人で佐久間と取引をするわけがない。あいつの気の強さは認めるが、一人で取引に出向くほど迂闊な真似はしないはずだ。絶対に万季子はお前に相談した。そしてお前の性格なら、万季子を一人で行かせたりはしない。俺はそう睨んでる」

「そんな相談は受けていない。いい加減にしてくれよ」

「いいのか？　圭介。脅すわけじゃないが、警察を甘くみない方がいい。すぐにも真相を根こそぎ暴き出すぞ」

淳一の言う通りだった。事件発生からたった二日でここまで突き止められているのだ。警察が本気で捜査をすれば、自分と万季子の隠し事などすぐに明るみに出てしまうだろう。

仕方ない。圭介は覚悟を決めた。しかし万季子と話す時間が欲しかった。

「わかったよ、淳一。明日には話す。万季子も同席の上な。その優秀な刑事さんって奴を連れて来てくれても構わない」

「なぜ今じゃ駄目なんだ?」

「デリケートな問題なんだよ、淳一。特に万季子にとってな。先を急ぎたい気持ちもわかるが、真相が明らかになって傷つく人間がいることも忘れないでくれ」

淳一は反論しなかった。納得した様子ではなかったが、それでも明日という期限を得たことに収穫を感じている様子だった。

「戻ろう、淳一。もう夜も遅い」

すでに深夜零時を過ぎていた。倉庫に向かって歩き始めると、後ろから淳一が追ってくる気配を感じた。

「お前、本当に刑事になったんだな」

圭介はつぶやくように言った。隣に追いついた淳一が小さく笑った。

「まあな。一応な」

「明日、廃校跡地で打ち合わせがある。午前中だ。それが終わり次第、万季子の店で事情を話す。それでいいだろ?」

「ああ。それでいい。ちょっと二人を呼んでくる」

そう言って淳一は倉庫に向かって走り始めた。その背中を見つめながら、圭介は思った。

予想もしていない展開になってしまった。まさか佐久間を殺した凶器がタイムカプセルに入れた拳銃だったとは。まさに青天《せいてん》の霹靂《へきれき》といったところだ。やはりあの拳銃を埋めたのはあまりにも軽率な行動だった。

悔やんでも悔やみきれない今の状況に、苛立《いらだ》ちだけが募る一方だった。


倉庫で淳一たちと別れてから、万季子の自宅に向かった。東京に戻る前に、少し万季子と話をしておきたかった。さすがに平日の深夜とあって二階の正樹の部屋は電気が消えていた。リビングで万季子と話をした。

「すでに警察は万季子のことに勘づいている。さっき淳一に言われた。店の従業員に目撃されていたらしい」

圭介がそう言うと、万季子の顔が青ざめた。

「やはり佐久間とのことは警察に話すしかない。明日、万季子の店で事情聴取に応じると淳一に約束した」

「ちょっと待ってよ。全部話してしまったら、正樹はどうなるのよ。あの子の将来はどうなってしまうのよ」

「声が大きい、万季子。正樹が起きてたらどうするんだ」

正樹のことに話が及ぶと、万季子は冷静さを失ってしまう。女手一つで正樹を育てているというプライドもあるのだろう。少し行き過ぎだと思えるほど、正樹の進学に意固地になっている部分がある。

「幸いなことに淳一がいる。あいつが何とかしてくれることを祈るしかないだろう」

「もしも淳一が何もしてくれなかったら？　正樹はどうなってしまうのよ」

「冷静になれよ、万季子」圭介は声を押し殺して言った。「人が死んでいるんだぞ。このまま俺たちが口をつぐむわけにはいかないじゃないか」

万季子は目を伏せた。考え込んでいる様子だった。やがて万季子は顔を上げた。

「……わかったわ。圭介の言う通りね」

万季子の表情には、決意というより諦めに似た感情が漂っているように感じられた。

問題はどこまで話し、どこまで話さないかだ。それを今夜中に決めておく必要がある。すでに圭介の中では腹案が決まっていた。

「いいか、万季子。よく聞いてくれ」

圭介は話し始めた。万季子は真剣な表情で圭介の話に耳を傾けていた。

「つまり二度目の取引はすべて忘れるということね」

圭介の話を聞いた万季子は、あごに手をやって天井を見上げた。

「そういうことだ。細かい部分の口裏も合わせておかなければならない。今後、俺と万季子が別々に事情を聞かれたとき、つじつまが合わないといけないしな」

万季子が立ち上がり、キッチンに向かった。ヤカンから湯気が上がっていた。

やはり気になるのは拳銃を持ち出した人物の正体だった。あのタイムカプセルを開けることができるのは四人しかいない。いったい誰なのだろうか？　あれこれ思案しても容易に答えは見つかりそうにない。

目の前にティーカップが置かれた。紅茶だった。圭介は顔を上げて、万季子に尋ねた。

「一応確認させてくれ。万季子はタイムカプセルを開けていないよな？」

「私を疑っているわけ？」

万季子が驚いたように言った。

「そうじゃない。確認したいだけだ」

「開けてないわよ。それに私一人であの穴を掘り起こすことができると思うの？」

その通りだった。さっき掘った際は、掘り起こされた直後であり、土も柔らかかった。しかし数年もたてば、土は完全に固まる。女の万季子が容易に掘り起こせるものではないはずだ。

さらに一般的な女性ならば、拳銃という武器自体になじみがないはずだ。取り扱いもわからない厄介な武器を、軽々しく持ち出そうとは思わないだろう。共犯という線も考えられるが、万季子は対象から除外してもいいかもしれない。

「そういう圭介はどうなの？　想像したくもないけれど」

「忙しくてそんな時間はない。わざわざタイムカプセルを掘り起こすほどのな。普段は東京に住んでいるんだぞ。なかなかこっちに来ることもない」

「やめましょ、圭介。私たちが疑い合うこともないわ」

万季子はそう言って紅茶を口にした。

自分たち二人を除外するとなると、残りは淳一と直人の二人だ。しかしこの二人にもタイムカプセルを開ける動機も必然性もないように思える。となると四人以外の第三者と考えるしかないが、問題となるのが錠の暗証番号だ。誰かが暗証番号を洩らしたということなのか。

どこまで考えても堂々巡りだ。今はそれよりも万季子と口裏を合わせることが先決だ。圭介はそう思い直した。

「ところで淳一だけど、三ツ葉署の刑事なんだって。今年の四月に配属されたみたいよ」

「じゃあこの町に住んでるってことか？」

「だと思うわ。詳しく知らないけどね」

淳一の顔を思い出す。二十三年振りに再会した親友。粗野《そや》なところはそのままに、大人に成長したという感じだった。ただしどこか油断のならない雰囲気を持ち合わせていた。それは小学生の頃にはなかったものだ。

「あいつは少し変わったな」

圭介がそう言うと、万季子が小さく笑った。

「それはそうよ。私たちはもう三十五歳なのよ。それだけ年を重ねれば、誰だって変わるものよ。それに淳一は刑事なんだしね。いろいろと裏の世界も見ているわけだし」

やや淳一の肩を持つような物言いだったが、圭介は頓着しなかった。淳一のことを思い出していた。

淳一はかなり焦っている様子だった。急にタイムカプセルを掘り返すという提案一つとっても、明らかに淳一自身の焦りが感じられた。なぜ淳一はあそこまで焦っているのだろうか。そんな疑問を感じた。

やはり刑事という職業柄だろうか。たとえ子供の頃の仕業としても、拳銃を隠していたという事実は、淳一にとって後ろめたい所業なのだろう。できればタイムカプセルのことは明るみに出したくない。それが淳一の思惑なのかもしれなかった。

「そういえばね、ジャケットのボタンが見当たらないのよ」

突然、万季子がそう言って立ち上がり、部屋に戻って一枚のジャケットを持ってきた。

「それって、一昨日の夜に着ていた服じゃないのか？」

「そうなの。金曜の夜もこれを着て佐久間のところに行ったの。もしもあそこに落としていたらどうしようかと思って……」

「でも佐久間と話をしただけだろ。ボタンが落ちるわけないじゃないか」

「それもそうよね。どこか別の場所で落としたのよね」

万季子は自分を納得させるようにそう言った。圭介は冷めた紅茶に口をつけた。それから身を乗り出して万季子に言う。

「じゃあ最初から検討しよう。もっと細かく口裏を合わせておく必要がある」

「あの体育館と音楽室は今月中に解体されます。解体作業が終わり次第、整地されて基礎工事が始まる予定です。スケジュール通り、今月末には地鎮祭《じちんさい》を行いたいと思いますので、よろしくお願いいします」

現場での打ち合わせだった。出席しているのは圭介以外に五人ほど。一人は〈サクマ産業〉の担当者で、残りは施工業者の責任者クラスだった。まだ本格的な解体作業は始まっていないが、全員がヘルメットを着用している。

圭介が共同経営する〈SKS建築事務所〉は設計に携わっているだけで、実際に施工が始まってしまえば現場はオートマチックに流れていく。それでも全体を管理する指揮系統の中枢として、資材の管理から現場の進捗状況の確認など、細かい雑事に追われることになるだろうと予測できた。

「運搬車輌の駐車スペースに関してですが……」

質問してきたのは大手工務店の責任者だった。圭介は答えた。

「駐車場は、校庭の跡地を予定しています。あと運搬車輌の搬入口ですが、地図を見ればわかる通り……」

視界の隅に、黒い乗用車が見えた。小学校の敷地に沿うように、路肩に停車していた。二人の男の姿が見えた。遠いのでわからないが、おそらく淳一だろうと思った。

「近隣住民に配慮した形で、運搬車輌の経路を設定してあります。何かと不都合もあるかと思いますが、ご容赦ください。なお近日中に事務所兼休憩室となる建坪およそ二十坪のプレハブ建物を設置する予定です」

現場での打ち合わせは滞りなく進み、いくつかの質問に答えたあと、そのまま終了となった。車に乗り込む出席者を見送っていると、男が二人、こちらに向かって歩いてくるのが見えた。

「清原圭介さんですね？」

先頭を歩く男に声をかけられた。三十代前半の優男だ。この男が淳一の言っていた切れ者という刑事だろうか。

「ええ、僕が清原です」

「私は神奈川県警の南良と申します。話は飛奈刑事から伺っております。本日はお時間を割いていただけるということで、ありがとうございます」

物腰も柔らかい。刑事には見えない華奢《きゃしゃ》な風貌。南良の後ろに立つ淳一に視線を送った。淳一は小さくうなずいた。

「詳しい話は万季子の店でしましょう。彼女も待っていることですしね」

「では私どもの車でお送りしますよ」

車まで歩いた。運転するのは淳一で、南良は助手席に座った。圭介は後部座席に座ることになった。

「佐久間秀之さんが殺害された事件についてはご存じですね？」

車が走り出してしばらくたってから、助手席の南良がそう切り出した。圭介は答えた。

「ええ。新聞で読んだ程度ですが」

「実は捜査の過程で、元奥様の岩本万季子さんの供述をとったところ、いくつか不自然な点がありましてね、再度事情聴取をお願いしたいと考えていました。飛奈刑事から聞いた話によると、清原さんから我々に何かお話があるそうで」

「万季子から相談を受けました。死んだ佐久間とはちょっとしたトラブルがありまして、実は困っていたんです。この件はやはり警察にも話しておくべきだろうと思い至った次第です」

「それで飛奈刑事に相談を？」

「まあ、そういうことです」

これまでの経緯を、淳一がどのように南良に説明したのかはわからない。ここはあまり多くは語らない方がいいだろう。圭介はそう判断した。

「ところで話は変わりますが、清原さんのお父さんは二十三年前に殉職された清原和雄巡査で間違いないですよね？」

「はい。そうですが……父が何か？」

当然、南良は淳一が圭介に情報を流していることなど知らないはずだ。そのあたりのことについては、万季子とも昨日の夜に話していた。事前に淳一から拳銃について話を聞いていたこと。それを絶対に悟られてはならないと。

「まあ話はのちほど。それにしても面白い偶然ですね」

偶然。南良の言う偶然が何を指しているのか、気づいてはいたが、口に出すことはできなかった。淳一も同様らしく、バックミラーに映る淳一の表情は、昨晩に増して険しいものだった。

〈シーズン〉に到着した。店のドアには臨時休業の札がかかっており、圭介らを出迎えたのは万季子一人だった。

四人でテーブルを囲む。万季子の表情がやや強張っていた。昨晩の打ち合わせ通り、圭介が事情を説明した。

「先週の金曜日の夕方のことです。仕事中、僕の携帯が鳴りました。電話に出ると、緊張した万季子の声が聞こえてきました」

正樹が万引きをして、それを店長の佐久間秀之に見つかったこと。佐久間の要求。夜の取引。金曜日に起こった事柄については、包み隠さず正確に話した。

「金を受けとった佐久間は嬉しそうでした。息子の将来がかかっていました。取引に応じたのは軽率だったと思いますが、その判断に関しては間違っていなかったと今でも思っています」

取引は一度だけ。それが圭介の用意したシナリオだった。佐久間が万季子の体を要求し、翌日の取引で佐久間の遺体を発見したことは伏せることにした。事件への関与を疑われたくない。そう思っての判断だった。

「三十万と引き換えに、息子さんの万引きを警察に通報しない。そういうお話でしたが、テープはどうしたのでしょうか？」

話を聞き終えた南良が訊いてきた。この質問も想定済みだ。圭介はとぼけた感じを装った。

「テープ……ですか？」

「防犯カメラのテープです。息子さんが万引きしている現場が写っているテープですよ。そういう取引の場合、テープの受けとりやテープ自体の破棄などが行われるのではありませんか？」

「ああ、そういうことですか」圭介は思い出したかのようにうなずいた。「刑事さんのおっしゃる通り、テープは渡してもらえる手筈になっていたんですが、僕も少し興奮していたこともありまして、テープを受けとることを忘れてしまったんです。もう一度連絡をとろうと思っていた矢先に、今回の事件が起こりました。これは僕の方からお聞きしたいのですが、佐久間の周辺からテープは発見されたのでしょうか？」

南良は首を振った。

「私も捜索しているのですが、そういったテープは発見できていません」

テープは見つかっていない。その事実に内心驚いた。すでに警察によって押収されたものだとばかり思っていた。

「じゃあテープはどこにいったんですかね。佐久間が処分したと考えてよさそうですが」

そう言いつつも、佐久間に限ってそれはないと圭介は確信していた。万季子の体を手に入れるためのテープなのだ。絶対に見つからないような場所に隠してあるのだろう。

「お願いします、刑事さん」

圭介は頭を下げた。横目で窺うと、万季子も神妙な面持ちで頭を下げていた。

「どうか息子の不始末について、学校には内密にしていただけないでしょうか。息子も深く反省しています。どうかよろしくお願いします」

恥じ入る気持ちだった。特にこんな醜態《しゅうたい》を淳一に見られていることが耐えられなかった。正樹のためだ。あいつの将来のためだ。圭介は自分にそう言い聞かせた。

「お二人とも頭を上げてください」

南良が柔らかい口調で言った。

「私は佐久間秀之さん殺害事件を捜査しているんです。息子さんの万引きに関しては、その必要があると判断したときに限り、捜査本部に報告します。しかし息子さんが万引きしたことは事実です。ここは地元警察署の飛奈刑事の裁量に委《ゆだ》ねることにしましょう」

淳一の裁量に委ねる。その言葉にわずかな安堵《あんど》を覚えた。淳一を見る。心配するな。そう言わんばかりに淳一は大きくうなずいていた。

隣の万季子を見ると、安心したように胸に手を当てていた。万季子の瞳に光るものが見えた。

「ところで佐久間秀之さんが殺害された土曜日の夜のことですが、お二人のアリバイを聞かせてもらえますか?」

アリバイの確認。これも想定内の質問だ。圭介は答えた。

「二ヵ月に一度、僕は万季子と会うことにしています。まあ息子のことを話し合ったり、近況を語り合ったりするのが目的で、ちょうど土曜日がその日でした。息子の万引きのこともあったもので、息子の教育方針について話し合っていました」

万季子に目配せを送る。万季子が小さくうなずいて、ゆっくりと語り始めた。

「息子は実家に預けました。圭介と会うときはいつもそうしているんです。夜の八時に駅前のファミレスで待ち合わせて、その後圭介はチェックインの時間が迫っていたため、ビジネスホテルに行きました。私は仕事が残っていたので、ここに戻りました。それから……たしか二時間後に同じファミレスで待ち合わせてから、私の自宅に向かいました」

「夜の十時に再び落ち合ったわけですね？」

「十時半だったと思います」今度は圭介が答えた。「それから万季子の自宅に向かい、そこで朝を迎えました。酒を飲んでホテルに戻るのがおっくうになってしまったもので」

佐久間が殺されたのは夜の十時。淳一は昨晩そう話していた。

圭介自身のアリバイは成立する自信があった。万季子と再び落ち合うまで、ホテルの部屋から一歩たりとも外に出ていなかったし、途中で何度か仕事関係の電話のやりとりもした。問題は万季子だった。

「犯行時刻は夜の十時と特定されています。お二人のアリバイについては、関係者に確認させていただきますのでご了承ください」

万季子のアリバイは微妙だった。店に一人でいたはずだから、アリバイを立証する第三者もいないはずだ。それでも圭介はさほど不安を覚えなかった。そもそも万季子はタイムカプセルを掘り起こすには非力だし、拳銃など扱ったこともないだろう。

「すみません、お茶も出さずに」

万季子が立ち上がった。奥に向かった万季子は、すぐにカップを持ってきた。カップのコーヒーから湯気が上がっている。あらかじめポットに用意していたのだろう。

「ありがとうございます。遠慮なくいただきます」

そう言って南良はコーヒーを一口啜ってから、身を乗り出した。

「さて、今から話すことは絶対に内密にしてください。実はですね、佐久間さんを殺した凶器についてですが……」

話が核心に入ってきた。圭介は身が引き締まるのを感じていた。


南良の語った内容は、昨晩淳一から聞いた話とほぼ同じ内容だった。時折、圭介は驚いたように目を見開いたり、南良に聞き返したりした。初めて耳にして、驚いたような演技。うまく芝居ができたか自分でもわからなかった。

「佐久間さんを殺した犯人は、清原さんのお父さんの拳銃を所持していた。長年にわたり持っていたのか、それとも最近になって手に入れたのかわかりませんが、拳銃の入手経路が事件を解く鍵を握っているものと思われます」

「つまり二十三年前の事件の関係者が、佐久間を殺した犯人である。刑事さんはそう言いたいわけですか？」

圭介の質問に南良は首を振った。

「そこまでは断言できません。ただし直接的にしろ間接的にしろ、今回の事件と二十三年前の事件は何らかの接点を持っていることだけは事実でしょう。私が面白いと感じたのは、ここにいるあなた方についてです。飛奈刑事も含めてですけど」

淳一を見やった。淳一の表情は険しいものに変わっていた。

「ここにいる三人と、死んだ佐久間秀之さんの弟、直人氏。捜査資料によると四人は清原巡査の遺体を発見した第一発見者。それは間違いないですね？」

「間違いありません。私が断言します」

答えたのは淳一だった。

「森の中で遊んでいて、皆さんは銃声を耳にした。森から逃げる途中、清原巡査の遺体を発見し、すぐに森から出て警察に通報しようとした。当時の捜査資料にはそう書かれています。相違する点はありませんか？」

「随分昔のことですから記憶も薄れていますが、大筋は間違いないかと」

淳一が答えた。南良が圭介に水を向けた。

「清原さんはどうですか？」

「飛奈君と同意見です。父の遺体を発見したショックもあり、僕らは気が動転していました。細かい部分となると、ちょっと記憶があやふやなところがあるのも事実です」

実際に警察に通報したのは、銃声らしき音を聞いた近所の住人との話だった。淳一の指示により、最初に現場を離れたのは直人だった。森を出たところで、直人は駆けつけた警官によって保護されたという。

「警察が清原巡査の遺体を発見したとき、すでに清原巡査のホルスターから拳銃はなくなっていたようです。のちの調べで清原巡査の手指を硝煙反応《しょうえんはんのう》検査にかけたところ火薬残渣《ざんさ》が検出され、本人が発砲していたことがわかりました。皆さんは現場で何か目撃しませんでしたか？　たとえば不審な人物とか、物音とかでも結構です。岩本さん、どうでしょうか？」

話を振られた万季子は、困惑気味に首を振った。

「あのときは本当に混乱してしまっていて、私は何も憶えていないんです。申し訳ありませんが」

父の遺体を発見した直後、万季子は大きな悲鳴を上げて、その場で泣き崩れた。何も憶えていないのも無理はなかった。

「記憶にある限り、僕も刑事さんが言うような不審な人物などは見ていません。父の遺体から少し離れたところに、男が一人倒れているのは目に入りました」

「犯人の大島伸和《おおしまのぶかず》ですね？」

「はい。その名前はあとから聞きましたけど」

大島伸和。銀行強盗の犯人だった。そして父と撃ち合いになり、命を落とした男。

年齢は当時四十五歳。市内に住む無職の男だった。ギャンブルにはまり、多額の借金を抱えていたらしい。金に困った挙句の犯行。それが町の人々の噂だったし、おそらく警察の見解も似たようなものだったはずだ。

「事件があった日の午後一時過ぎ。大島は市内の銀行に押し入り、所持していた拳銃で銀行員を脅し、現金三千万円を奪って逃走しました。銀行を出たところで、到着したパトカーに向かって発砲。不運にもその弾に当たって市内在住の主婦が命を落としました」

たしか名前は栗原《くりはら》といったか。近所に住む三十代の主婦だったと圭介は記憶している。幼い子供もいたらしい。一番の犠牲者は彼女だったのかもしれない。そう圭介は思っていた。父は殉職となり二階級特進し、名誉の死と位置づけられた。しかし彼女は違った。まったく事件とは無関係で、巻き添えとなっただけの不幸な死だった。

「結局、大島が奪った現金三千万円は今も発見されていません。共犯者の存在も摑めぬまま、八年前に時効を迎えてしまっています。もしも共犯者がいたと仮定すると、皆さんの近くに潜んでいたはずです」

町の噂や新聞報道でも、共犯者説が圧倒的な意見を占めていた。発見されない三千万を持ち去った人物がいるはず。当時は誰もがそう思っていた。

しかし銀行に押し入ったのが大島だけであることは、行員などの証言から明らかになっていた。大島の交友関係などからも、有力な共犯者候補は浮かび上がらなかったことから、一部では単独犯説も根強く残ったらしい。大島が死ぬ間際に森のどこかに金を隠したのだ。そんな噂も流れ、埋蔵金などと持てはやされた時期もあったという。

もしも共犯者がいたなら、父が撃たれた現場近くに潜伏していたはずだ。それが南良の推理なのだろう。その男こそが父の拳銃を持ち去った張本人。南良の推理はそう続くに違いない。

「さきほど言いましたが、父の遺体を発見したショックが大きかったもので、あまり周囲を気にする余裕もありませんでした。とにかく一刻も早くその場から逃げ出し、警察を呼ぶこと。それだけを考えていたように思います」

圭介がそう言うと、淳一が同調するように続けた。

「南良さんは共犯者が拳銃を持ち去った可能性を考えていると思いますが、我々が駆けつけたとき、すでに清原巡査は殺害されたあとでした。拳銃も見当たらなかったことから、共犯者が拳銃を持ち去ったあとだと推測できます」

とにかくあの場所から拳銃を持ち出したことだけは、絶対に誰にも知られてはならない。それが圭介と淳一の共通認識だった。何年たとうが、その認識だけは今も変わらず統一されていると言っていい。

「少し気になることがあるんですが……」

何やら思案するように、南良がつぶやいた。

「まあ今日のところはこれでいいでしょう。できれば四人お揃いのうえでお話を聞きたいものです。いずれにしても今回の佐久間さん殺害事件は、二十三年前の事件に間違いなく繋がっています。またお会いしましょう、清原さん。それから岩本さん、コーヒーご馳走様《ちそうさま》でした」

南良が立ち上がった。慌てて隣に座っていた淳一も立ち上がる。圭介は淳一の顔を見上げた。一瞬だけ目が合った。

淳一の顔は心なしか青ざめているように見えた。もしもタイムカプセルのことが公になったとしても、圭介や万季子にはさほど影響はない。何しろ二十三年前のことなのだ。警察からきつい注意を受ける程度だろう。

しかし淳一は違う。警察官である以上、淳一はかなり危うい立場に追い込まれる可能性もある。淳一の焦りは痛いほど理解できた。

ドアから出る間際、南良が立ち止まって言った。

「皆さんに考えてほしいことがあります」

圭介は聞き返した。

「考えてほしいこと……ですか？」

「ええ。二十三年前の事件についてです。仮に共犯者がいたとしたら、なぜその人物は拳銃を持ち去ったりしたのでしょうか？　今度お会いするときまでに考えておいてください」

そう言って南良は店から出て行った。淳一もあとに続いた。圭介は隣の万季子を見た。万季子は首を傾《かし》げていた。

なぜ共犯者が拳銃を持ち去ったのか。その設問自体が、圭介にとってはナンセンスだった。拳銃を持ち去ったのはほかならぬ自分なのだから。

いずれにしても今日のところは何とか乗り切った自信があった。正樹のことも淳一の判断に任せるということで落ち着いたし、南良が自分と万季子に疑いの目を向けている様子も見受けられなかった。あの南良という男の興味は二十三年前の事件に向いているように感じられた。

万季子が立ち上がり、テーブルの上のカップを片づけ始めた。南良のカップ以外は、一口も口がつけられていなかった。

一度、渋谷の事務所に戻った。午後九時で仕事を切り上げ、車を飛ばして三ツ葉市に舞い戻った。万季子の家のインターホンを鳴らす。ここに来ることは告げていない。それでも万季子はドアを開け、圭介を中に招き入れてくれた。

「正樹は?」

圭介がそう聞くと、万季子が答えた。

「もう寝たと思うわ。さっき見たら電気が消えてた。明日も学校だしね」

リビングのソファーに座った。夕食がまだであることを告げると、万季子が夕食のロールキャベツを温め直してくれた。

「ワインもあるけど、どうする?」

最近、仕事で夜も遅い。深夜零時を過ぎることも多々ある。今日くらいは帰ろうと思っていたが、誘惑に勝てなかった。そういえば万季子が最初に圭介のアパートを訪れたとき、作ってくれたのがロールキャベツだった。万季子は憶えているだろうか。

ほどよく冷えた白ワインに、ロールキャベツは相性が合った。気づくとボトルの半分ほどがなくなっていた。

「とにかく安心したわ。淳一のお陰で、あの子のことも丸く収まりそうだし。今度淳一と直人を誘ってご飯でも食べましょうよ」

正樹の件は解決した。圭介もそう思っていた。しかしまだ問題が残っていた。

「万季子は誰だと思う?」

「何が?」

「タイムカプセルを開けて、拳銃を持ち出した人物についてさ。万季子の意見を聞かせてくれないか？」

万季子はあごに手を当てた。何かを考えるときの万季子の癖だ。

「正直言ってわからない。こんなことを言ったら怒るかもしれないけど、あなたかもしれないと思うこともあるわ」

「俺か？　だって俺は……」

「あくまでも可能性よ。私は圭介の行動をすべて把握しているわけじゃないしね。淳一もそうだし、直人もそう。でも強いて挙げるとすれば……」

万季子はそこで言葉を切った。万季子の視線が訴えていた。おそらく彼女も自分と同じ結論に達している。圭介はそう思った。

「直人か？　直人だと思うのか？」

万季子は小さくうなずいた。

自分と万季子を除くとすれば、淳一と直人のどちらかだ。しかし淳一には動機らしきものが一切ない。あるとすれば直人の方だ。

テーブルの皿を片づけながら、万季子が言った。

「直人のお父さん、昨年の暮れに脳溢血で倒れて、今も市立病院に入院しているの。店のお客さんに市立病院の看護師さんがいるんだけど、その人の話だと調子はあまりよくないみたい。不謹慎なことを言いたくないけど、もしも直人のお父さんが亡くなったら、ややこしいことになるんじゃないかなと思って」

佐久間秀正。直人の父であり、佐久間家の当主だ。スーパー経営だけではなく、市内に多くの不動産も所有しているらしい。もしも秀正が亡くなれば、その相続で揉めるだろうと万季子は言っているのだ。

現在、実質的に〈サクマ産業〉を経営しているのは直人だと耳にしている。しかし戸籍上の長男は佐久間秀之であり、当然、佐久間秀之にも相続権が発生する。きちんと遺言状を作っておいたところで、あの男が納得するはずはなかった。

佐久間が町に戻ってきたのは、二ヵ月ほど前だったと聞いている。あの男のことだ。帰ってきてからも、何かと問題を起こしていたに違いない。出来の悪い長男を誰よりも疎ましく思っていたのはほかならぬ直人だったはず。間近に迫った相続問題を睨めば、兄の存在はさらに直人を悩ませたことだろう。

「私、ちょっとお風呂に入ってくるから」

そう言って万季子はバスルームに向かっていった。グラスの白ワインを一口飲んで、圭介はさらに思案を続けようとした。

携帯の着信音で思考が遮られた。テーブルの上で携帯が鳴っていた。万季子の携帯だった。

「ちょっと圭介、携帯を持ってきてくれる?」

バスルームから万季子の声が聞こえた。携帯をとり、バスルームに向かう。携帯のディスプレイを見る。美帆ちゃんと表示されていた。

バスルームのドアは小さく開いていた。中から万季子が手を伸ばしていた。携帯を手渡す。ドアの隙間から万季子の白い肌が見えた。

「ごめんね、美帆ちゃん。今からお風呂入るところで。……えっ？　そうなの？　まあ仕方ないわね。明日はゆっくり休みなさい。お店のことは心配しないでいいから」

携帯を切った万季子が言った。

「お店の子から。風邪をひいたみたい」

万季子と目が合う。圭介はドアを大きく開けた。下着だけまとった万季子の全身が視界に入る。どちらともなく歩み寄り、口づけを交わす。圭介は万季子の背中に手を回して、背中から尻にかけて手を這わした。

離婚して以来、万季子を抱いたことはない。そういう気持ちになったこともあったが、万季子に拒まれるだろうと思っていた。

万季子の指が、器用に圭介のシャツのボタンを外していた。胸に万季子の吐息を感じた。これ以上はやめておけ。理性がそう告げていたが、頭の芯が痺れたような感覚があった。万季子の頭を持ち上げて、もう一度唇を吸った。

邪魔が入った。今度は圭介の携帯だった。リビングで着信音が鳴り響いていた。その音を聞いて、圭介はようやく我に返った。昂《たか》ぶった気持ちが急速に萎えていくのを感じた。

「悪い、万季子。多分会社からだ」

そう言って圭介は万季子の体を離した。万季子の顔を直視できなかった。ドアを閉めてから、圭介は大きく息をついた。

目が覚めた。天井のクロスを眺めて、自分が万季子の部屋に泊まったことを思い出した。隣に万季子の姿はない。壁の時計は朝の七時を差していた。

ベッドから抜け出し、一階に下りた。キッチンに万季子の姿があった。魚の焼ける匂いが漂っている。

「おはよう、圭介。ぐっすり眠れたみたいじゃない」

圭介の顔を見て、万季子がそう言った。半分は皮肉かもしれない。そんな風に圭介は思った。

昨晩、同じベッドに寝ていながら、圭介は万季子の体に手を出さなかった。万季子が求めていることは、バスルームでの抱擁《ほうよう》でわかっていた。しかし分別が邪魔をして、万季子の体に覆い被さることができなかった。それどころかワインが効いたせいか、風呂に入ってベッドに潜り込んだ途端、瞬く間に眠りに落ちた。気がつくと朝を迎えていた。

「淳一が来たわよ」

鍋の中をかき回しながら万季子が言った。

「淳一が？　いつのことだ？」

「さっき玄関のチャイムが鳴って、出たら淳一が立ってた。グローブとボールを持って正樹と二人で公園に行ったわ。そうだ、圭介。そろそろ朝ご飯だから、正樹を呼んできてくれない？」

淳一と正樹が公園に出かけた。どうも腑《ふ》に落ちなかったが、圭介は玄関に向かってサンダルをはいた。

外は今日も晴れていた。朝日が眩しかった。住宅街の中を歩く。万季子のサンダルは小さく、歩きにくかった。

公園が見えてきた。公園といっても大きさは控えめで、遊具もブランコと滑り台が置いてあるだけだ。まだ万季子と結婚していた頃、よく三人で訪れてブランコに乗る正樹の背中を押したものだった。

フェンス越しに淳一と正樹がキャッチボールをしているのが見えた。圭介はその場で足を止めて、二人のキャッチボールをしばらく眺めた。

時折力強いボールが淳一のミットに収まった。運動神経は悪くないはず。何しろ俺と万季子の子供なのだから。

淳一も楽しそうに笑っていた。すでに淳一はスーツを身にまとっていた。このまま捜査に向かうのかもしれなかった。

昔、圭介がまだ小学生だった頃、毎朝三人でキャッチボールをするのが日課だった。三人というのは、圭介と淳一、それから父だ。淳一は早くに父親を亡くしていた。それを気遣ったのか、父は何かにつけて淳一の面倒をよく見ていた。淳一もまた、父によく懐いていた。

父の葬儀の席上だった。告別式の最後に、遺族が前に整列して頭を下げたときのこと。参列客の中に、淳一たちが並んで座っていた。万季子と直人は大泣きしているというのに、淳一だけは唇を噛んで、必死に涙をこらえていた。

あれから時が流れ、淳一は刑事になった。亡き父の跡を継いだのは実の息子ではなく、淳一だったというわけだ。

二人のキャッチボールはまだ続いていた。正樹の投げたボールが大きく逸れて、淳一が何やら叫んでボールを拾いに走っていく。本物の親子のように見えなくもない。

突然、圭介は思い出した。あれは二十歳くらいのことだったか。一度だけ、横浜の町で淳一を見かけたことがあった。

同級生に誘われて、飲み会に出席した。合コンというやつだった。こっちは大学の同級生三人。向こうは横浜市内の歯科衛生士だった。居酒屋で一次会を終えて、二次会のカラオケに向かう道すがら、酔っ払い同士の喧嘩に遭遇した。

男同士のグループによる喧嘩だった。かなり派手な喧嘩で、遠巻きに野次馬が集まっていた。圭介たちも足を止めた。人垣越しに喧嘩を覗くと、男がうずくまり、頭から血を流していた。

「はいはい、ちょっと通してください」

背後からそう言われた。振り向くと、二人の制服警官が近づいてくるところだった。すれ違いざまに、警官の一人に視線が吸い寄せられた。男の横顔に見憶えがあった。淳一だった。淳一に間違いなかった。

二人の警官は人ごみをかき分け、殴り合う男たちの輪に加わった。淳一の姿に目が行った。暴れ回る茶髪の男の襟を摑み、淳一はそのまま引き摺《ず》り倒した。さらに近づいてきた男の手首を摑み、後ろ手に回す。鮮やかな動きだった。男の悲鳴が聞こえた。

警官の登場により、騒ぎは終息に向かっていった。圭介たちのグループも、再び移動を開始した。すでに一次会で意気投合して、同級生の一人は女の子と肩を抱き合って歩いていた。

後ろを振り向くと、淳一が男たちを地面に座らせているところだった。一気に酔いが飛んだ気がした。どうかしたかと、一次会で隣の席になった女の子に訊かれた。何でもないと圭介は首を振った。さっきの居酒屋の間接照明では、若干面影が万季子に似ていると思ったが、繁華街の明るいネオンの下だと、それほど似ていないと思い直した。

そのままカラオケ屋に入ったが、なぜか突然虚しくなり、トイレに行くと言ってそのまま店を出た。喧嘩の場所に立ち寄ったが、すでに人だかりもなく、淳一の姿も見当たらなかった。

「圭介」

自分を呼ぶ声で、圭介は我に返った。淳一が呼んでいた。正樹が振り向いて、小さく手を振っていた。圭介は早足で二人のもとに向かった。

「お前もやるか?」

そう言って淳一がグローブをよこしてきたが、圭介は首を振った。

「このサンダルだしな。それにお前みたいに普段から体を動かしているわけでもない」

「俺だって昔に比べたら酷いもんだ。今じゃただのおっさんだよ。それより少し話せるか?」

淳一が真顔で言った。こんな朝早くから訪ねて来たのは、正樹とキャッチボールをやるためだけではないようだ。こちらの方が本当の目的だろう。圭介は正樹に言った。

「お父さん、このおじさんと話があるから、ちょっと待っててくれるか?」

正樹はうなずいて、公園の端まで走っていく。壁に向かって投球練習を始めるつもりらしい。近くのベンチに淳一と肩を並べて座った。

「何かあったのか?」

「まあな」淳一が口を開いた。「直人への疑いが強まってる。かなり厳しい状況だ」

「直人が?　なぜ急に……」

昨晩、万季子と話したことを思い出した。怪しいのは直人。そんな風に思っていた。

「アリバイが崩れたんだ。直人の土曜日のアリバイがな。あいつはその日韓国への出張からの帰りだった。午後九時に羽田空港に到着。帰宅したのが午後十一時という話だった」

あの夜、ファミレスで〈サクマ産業〉の担当者に電話を入れたとき、同じようなことを話していた。

「航空会社に問い合わせたところ、直人が羽田に午後九時に到着していたことは間違いない。搭乗者名簿に直人の名前があったことも確認されている。問題はそこから先だ。普通に車を飛ばせば、羽田からここまで一時間もかからない。直人の証言によると、渋滞に巻き込まれたという話だったが、当日は特に渋滞もなかったことがわかった。高速も一般道もな。そこで直人の車が目撃されてないか調べてみたところ、ここにきて新たな事実が判明した」

「新たな事実?」

「ああ」淳一の表情が曇った。「昨夜の捜査本部の席上で報告された。捜査の結果、セルフのガソリンスタンドの防犯カメラに、直人の車が写っていた。直人らしき人影も確認されたし、スタンドの給油記録からも明らかになった。時刻は午後十時二十分。現場で銃声が聞こえた二十分後のことだ」

「スタンドの場所は？」

「三ツ葉中央高校の前だ」

町の位置関係を思い出す。現場の〈フレッシュサクマ〉から三ツ葉中央高校まで、おそらく車で十分程度だろう。時間的にもピタリと符合する。

「直人の偽証に対して、捜査本部は疑いを強めた。しかも直人は佐久間の借金を肩代わりするなど、いろいろと兄から迷惑をこうむっていた。動機も十分。それが捜査本部の考えだ」

「だからといって……何か証拠はあるのか？」

淳一は答えなかった。訊くまでもないことなのだ。直人はタイムカプセルを開けることができる四人のうちの一人なのだから。

「当然、捜査本部ではタイムカプセルの秘密は摑んでいない。それでも任意で直人を引っ張るという案も出始めている。叩いて吐かせてしまえという強硬策だ。そうでなくても警官の拳銃によって死者が出たことで、本部全体が緊張に満ちている。任意同行は時間の問題だろう」

「仮に直人が佐久間を殺害したとする。でもなぜ直人はタイムカプセルの拳銃を使ったりしたんだ？　あの拳銃を使った時点で、犯人は俺たち四人に絞られてしまうんだぞ」

「それは俺もわからん」淳一は眉間に皺を寄せた。「直人は今でも佐久間に勝てないだろう。あいつの腕力ではな。強力な武器を持ちたいと考えて、タイムカプセルの存在を思い出したのかもしれない」

「俺たちにかかる迷惑も顧《かえり》みないでか？　あいつはそんな奴じゃないはずだ」

「だったらどうして証言を偽装したんだ。偽のアリバイを主張するには、何か後ろめたい理由があるはずじゃないか」

犬を連れて近くを通りかかった老人が、二人の方をじろじろと見ていた。淳一は声を小さくして言った。

「俺だって直人が犯人であってほしくはない。あいつに人を殺せるわけがない。それは俺自身が一番よく知っているつもりだ」

圭介と淳一が仲良くなったのは、小学三年のクラス替えで同じクラスになってからだ。しかし淳一は一年から直人と同じクラスで、二人でよく遊んでいたらしい。昔からことあるごとに淳一は直人をかばってきた。

「あの南良という刑事は？　あいつも直人を疑っているのか？」

圭介が訊くと、淳一は首を振った。

「あの人の胸中はわからない。昨日は一晩中埃《ほこり》を被った捜査資料を読んでいたみたいだ。二十三年前の事件のな。このままだとあの人は真実に辿り着いてしまうかもしれない」

淳一の表情は真剣味を帯びていた。二十三年前の真実が、時を経て刑事となった淳一に重くのしかかっているのだった。

「今は直人を信じるしかない」淳一は立ち上がった。「俺は捜査に向かう。何か進展があったらすぐに連絡する。携帯の番号を教えてくれるか」

圭介がそらんじた番号を、淳一はその場で携帯電話に入力した。

「今、着信を入れておいた。何か気づいたことがあったら、お前からも連絡をよこしてくれ」

そう言いながら淳一は携帯を胸のポケットにしまった。

「お前、大丈夫なのか？」

圭介がそう訊くと、淳一が怪訝そうな表情を浮かべた。

「大丈夫って、何が？」

「捜査の情報を俺たちに流していることだ。ばれたら大変だろ？」

ずっと気になっていた。現在の淳一の行動は服務規程に違反しているのではないかと。淳一は笑った。

「俺のことは心配しなくていい。もう後戻りできないところまで来てしまっている」

その言葉を聞き、圭介は察しがついた。おそらく淳一は覚悟を決めているのではないか。そう思った。

昔から淳一にはそういうところがあった。普段は気紛れな性格をしているが、一度自分がこうと決めたら絶対に曲げない強い信念のようなものがあった。

「それからお前のガキだが……」

淳一は正樹の方に目をやった。正樹は飽きもせず、壁に向かってボールを投げ続けている。

「お前と万季子の血を受け継いでいるみたいで、運動神経はかなりのもんだぞ。何か集中してスポーツをやらせてみたらどうだ」

そう言い残して、淳一は公園から出て行った。圭介も立ち上がって正樹のもとに向かった。

「正樹、帰るぞ。お母さんが朝飯作って待ってるからな」

ボールを投げるのを止めて、正樹は圭介の方に走ってきた。二人肩を並べて公園を歩く。

「楽しかったか？」

「うん。さっきの人、刑事さんだよね。お父さんの知り合い？」

圭介は苦笑した。淳一の奴、自己紹介もせずにキャッチボールに連れ出したってことか。圭介は笑って答えた。

「お父さんの親友だよ」


ラジオの交通情報に耳を傾ける。夜の玉川通りは断続的な渋滞が続いていた。時刻は午後八時を過ぎたところ。この時間なら高速を使った方が早いかもしれない。次の池尻大橋《いけじりおおはし》で高速に乗ることを決め、圭介は車線を変更した。

慌しい一日が過ぎ去った。正樹を自宅まで送り届けてから、すぐに着替えて車に乗り込んだ。渋谷の事務所に出勤したのが午前八時半のこと。各担当とのミーティングから始まり、昼には新たな施主と会食をしながら打ち合わせ。午後は都内の現場を回り、夕方四時になってようやく事務所の自席に座ることができた。

共同経営者の一人である前に、一人の設計士としての仕事もある。今、圭介のパソコンの中には、来年新宿に建設する予定の飲食店の立面図が広がっていた。

夜の七時を過ぎた頃、携帯が鳴った。ちょうど集中力が増してきた時間なだけに、電話に出ようかどうか躊躇した。しかし着信の表示を見るととっさに通話ボタンを押していた。淳一からだった。

「俺だ。圭介だ」

電話に出ると、淳一が慌しく言った。

「直人を任意で引っ張ることが決定した。今、捜査員が直人の自宅に向かったところだ」

電話の向こうは喧騒に包まれている。おそらく署の中からかけているのだろう。淳一も声のトーンを抑えている様子だった。

「何か証拠でも出たのか？」

「いや、違う。痺れを切らしたというのが正直なところだ。いずれにしても任意同行だしな。それでも県警の連中は絶対に吐かせると息巻いてる」

直人が連行された。あくまでも任意同行なので、それほど焦ることはないかもしれない。しかし直人の証言次第で、事態はどちらにも転ぶ。もしも直人がタイムカプセルについて証言すれば、圭介と万季子もただでは済まないはずだ。

「こっちに来れるか？　詳しい状況を説明したい」

淳一にそう訊かれた。一瞬だけ考え、すぐに圭介は返事を返した。

「ああ。大丈夫だ。仕事を片づけてすぐに向かう。どこに行けばいい？」

「三ツ葉署の近くまで来てくれ。そうだな、署の斜め向かいにパチンコ店がある。そこの立体駐車場の最上階。車を入れたら連絡してくれ」

「了解した」

携帯を切ってから、圭介は今日中に返事をしなければならないいくつかのメールを返信して、すぐに事務所を出た。

本当に直人が犯人なのだろうか。前の車のテールランプを目で追いながら、圭介はそんな疑問を覚えた。

たしかに条件は揃っている。アリバイもなし。動機もある。さらに直人なら凶器の拳銃も持ち出せる。しかし淳一が言う通り、あの直人が人を殺すとはどうしても信じられなかった。

淳一の口振りでは、アリバイを偽証したことが直人の心証を悪いものにしているらしい。なぜ偽のアリバイを証言したのか。圭介は想像を巡らせた。

直人は独身のはずだった。たとえば極秘に交際している女がいて、彼女と一緒に過ごしていたということはないだろうか。訳有りの女なら、直人が密会を隠し通したいという気持ちにも合点が行く。

「まさか、直人に限ってな……」

圭介は小さくつぶやいた。助手席のシートに置いた携帯を見る。メールの受信を知らせるランプが光っていた。携帯を開いてメールを読む。大きく息をついて、圭介は携帯を閉じた。

立体駐車場の最上階。一台の車が入ってきた。

小さくクラクションを鳴らす。圭介の車に気づいた淳一は、車から降り、小走りで駆けてきて、慌しく助手席に乗り込んだ。ダッシュボードの時計は午後九時を指していた。

「それで状況は？」

圭介が訊くと、淳一は首を振った。

「大筋で容疑を認めている。動機は兄が憎かったから。それを繰り返しているようだ」

「そんな馬鹿な……」

「俺だって信じたくない。でも直人がそう証言してるんだ」

直人が人を殺すわけがない。根拠のない幻想が一気に崩れ落ちていくのを感じ、圭介は言葉を失った。

「まだ取り調べが始まって時間もたっていない。細かい供述はこれからというところだ」

「拳銃は？　拳銃はどこで手に入れたと話しているんだ？」

「まだそこまでは進んでいない。今、家宅捜索のチームが直人の自宅に向かっている。もしも物証が発見されれば、直人の犯行は動かない事実となる」

物証。拳銃のことだろう。自供と物証。この二つがあれば犯行への関与が確定されるということか。

「事件のあった土曜日、空港からの帰りに佐久間の事務所に立ち寄ると、そこで金をせびられたらしい。口論になって殺害に及んだ。そう供述しているようだ」

「おかしくないか？　じゃあ直人はいつタイムカプセルを掘り起こしたんだよ」

「知るかよ、俺だって混乱してるんだ」淳一が吐き捨てるように言った。「たとえばだ、もともと直人には佐久間に対する殺意があった。佐久間の事務所に立ち寄る前に直人は思う。今ならプレハブ小屋には佐久間は一人だろう。今日が絶好のチャンスだってな」

つまり犯行の直前に直人がタイムカプセルを掘り起こした。淳一はそう言いたいのだった。しかしそれは絶対に無理だ。圭介は心の中で思った。

淳一が言った。

「羽田からここまで車を飛ばせば四十分程度。タイムカプセルを掘り起こすのに十分要したとしても、犯行時刻の十時には現場に辿り着ける」

たしかに時間的には符合する。淳一の論理に矛盾はない。

「とにかく俺は署に戻る。直人の供述が気になるしな。何か進展があったら俺から連絡する。万季子はどうする？」

「万季子には俺から連絡しておく。お前は直人の傍にいてやってくれ。それができるのはお前だけだ」

淳一は小さくうなずいて、助手席から降り立った。圭介は携帯を摑んだ。万季子の番号を呼び出す。スロープを下っていく淳一の車を見送りながら、圭介は携帯を耳に当てた。

「俺だ、圭介だ」

すぐに万季子は電話に出た。不安そうな万季子の声が聞こえてくる。「何かあったの?」

「あまりよくない知らせだ。直人が警察に連行された。どうやら容疑を認めているらしい。今、淳一からそう聞いた」

「まさか……そんなことって」

そう言ったきり、電話の向こうで万季子は言葉を失った様子だった。圭介は呼びかけた。

「しっかりしろ、万季子。まだ直人が犯人だと決まったわけじゃない。タイムカプセルのこともある。直人の供述次第では、俺たちも無関係ではいられない」

「何かの間違いよ。直人ったら、本当に……」

万季子はかなりのショックを受けているようだった。近くにいてやりたい気持ちもあったが、二日連続で家に帰らないわけにもいかなかった。

「こうなった以上、もう俺たちには手が出せない。幸いなことに淳一がいる。あいつが直人の傍にいてくれるはずだ。今は状況を見守るしかない」

電話の向こうから嗚咽《おえつ》が洩れてきた。万季子が泣いていた。直人が佐久間を殺害した。その事実を受け止められずにいるのだろう。

「何かわかったら連絡する。気をしっかり持つんだぞ」

今は何を言っても無駄だろう。多少冷酷かもしれないと思ったが、圭介は目を閉じて携帯を切った。

恵比寿の自宅マンションに到着したのは午後十一時前だった。圭介はエントランスでオートロックを解除して、エレベーターに乗り込んだ。八階のボタンを押す。

なじみの不動産屋の仲介で、半年前に購入した。決して安い買い物ではなかったが、築五年という比較的新しい好条件と、現在の景気の状況からして今が底値だと判断し、思い切って購入を決めた。仕事も軌道に乗っているし、三十年で組んだローンも順調に行けば二十年程度で払い終えることができそうだった。

八階で下りた。廊下の一番奥の角部屋。南側に面した日当たりの良さも、購入の決め手となった要因の一つだった。

インターホンを押す。しばらくしてドアが開いた。

「お帰りなさい。何度もメールしてごめんね」

妻の琴乃《ことの》に出迎えられた。

「構わないよ。こっちこそ昨日は済まなかったね。どうしても今日までに終わらせたい設計があったもんで」

圭介から鞄を受けとった琴乃は言った。

「どうする？　先にお風呂に入る？」

「そうしよう。今日も暑かったしな」

琴乃はゆっくりとした歩調でリビングまで歩いていく。その背後に圭介は続いた。琴乃は現在妊娠九ヵ月。予定日は来月の下旬だった。

琴乃とは仕事先で出会った。二年前のことだった。当時、琴乃は北欧の家具を取り扱う輸入会社の営業として、圭介の会社に出入りしていた。発注した家具が納期に間に合わないというハプニングが発生し、その謝罪の意味も含めて輸入会社側から一席設けたいという申し出があった。手違いの原因は搬入業者のミスであり、圭介は辞退したのだが、強い押しもあって渋々了承した。会席の場所は麻布《あざぶ》のイタリアンレストランだった。その席で琴乃と初めて会話らしい会話をした。互いの趣味も似ていることを知り、いつしか交際に発展した。

籍を入れたのは一年前のことだ。圭介の離婚歴を気遣ってか、大袈裟な披露宴はやらないと琴乃は言ってくれた。向こうの両親もあまり頓着しない性格らしく、二人でひっそりと新生活をスタートさせた。

リビングのソファーに座り、ネクタイを外した。キッチンで夕食作りを始める琴乃の背中を見ながら、どうしても万季子のことを思ってしまう。

万季子にはまだ再婚のことを伝えていない。そろそろ言い出そうと思っていた矢先、今回の事件が発生してしまった。仕事が忙しいのを理由にして、厄介事を後回しにしてきた自分にすべての原因がある。頭でそう理解していた。

テーブルの上に携帯を置いた。何かあったら連絡をよこす。そう淳一は言っていた。さすがに警察も夜通し直人に事情を訊くことはないだろう。電話がかかってくるとしたら明日の朝。そう考えてよさそうだ。

「どうしたの？　深刻そうな顔しちゃって」

気づくと琴乃が正面に立っていた。麦茶の入ったグラスを手渡される。グラスを受けとって、半分ほど飲み干した。

「ちょっとな、仕事のことを考えていたもんで」

「大変なのね。少し痩せた感じよ。しっかり食べて精をつけないと。今年は残暑が厳しいから、いまだに夏バテで苦しんでる人が多いんだって」

「そうだな。夏バテかもしれないな」

思い返しても、この数日はろくに飯も食べていない。常に事件のことが頭から離れず、食事も喉を通らない始末だった。それもこれもすべては胸に抱え込んだ秘密のせいだった。

グラスの麦茶を飲み干してから、圭介は立ち上がった。バスルームに向かう。

時間の問題だろう。圭介は冷静に状況を分析した。

俺がタイムカプセルを開けたことがばれるのも、時間の問題だ。

# 第四章　初恋

蒸し暑い部屋だった。あえて冷房を入れていないのかもしれなかった。蠅《はえ》が一匹、さっきからずっと飛び回っていた。格子のついた窓のあたりを、蠅は旋回し続けている。時折下降してきては、直人の耳元で不快な音を鳴らした。

取り調べが始まって、一時間ほど経過していた。部屋の中には直人以外に三人の男がいた。一人は直人の正面に座り、事情を訊く尋問係。もう一人は尋問係の背後で睨みを利かせる見張り役。二人の年齢は四十代後半といったあたりだ。

もう一人の男は、部屋の隅でノートパソコンを叩いている。年代は直人と同じくらいか。おそらく彼は記録係だろう。

「繰り返しになるが、もう一度最初から話を整理してみようか」

尋問係の刑事が言った。直人はうなずいた。

被疑者の取り調べというと、机を叩いたり物を投げたりするのが刑事ドラマではおなじみだが、目の前の刑事はそういう荒々しい態度を見せることはなかった。それでも無言のプレッシャーというか、圧力のようなものを全身で感じていた。

「まずあんたは羽田に到着して、そのまま自分の車に乗った。自宅に戻る前に、兄である秀之氏の事務所に向かうことにした。秀之氏に対する従業員の評判は芳《かんば》しくなく、あんたが不在の間、彼がちゃんと仕事をしていたかどうか不安だった。だから事務所を覗いてみることにした。ここまではいいね?」

「はい」

「夜の十時前に〈フレッシュサクマ三ツ葉南店〉に到着した。事務所であんたと会った秀之氏は、命令口調で金を貸してくれと言った。そうだね?」

「はい、そうです」

「秀之氏から金を貸してくれと言われて、あんたはどう思った? そのあたりの心境を詳しく説明してくれるか?」

「いつものことかと思いました。出張から帰ったばかりで正直疲れていました。いい加減にしてくれというのが僕の本音でした」

「殺してしまいたい。そう思ったのか?」

「そこまでは……まだ。煩《わずら》わしいなと思っただけです」

両親のことが気になった。特に母が心配だった。自分が兄を殺したと聞いたら、母は驚くに違いない。もしかしてショックで倒れてしまうのではないか。それが一番の気がかりだった。

「あんたは金を渡そうとした。それからどうなった?」

「僕が財布から出した金を見て、兄は足りないと言いました。実家に戻って金を持って来いと言われました」

「秀之氏は幾ら欲しいと？」

「百万です。何でも借金の返済期日が近づいていたらしくて」

「秀之氏に金を貸したのは、初めてではないんだろ？」

「初めてではありません」直人はうなずいた。「これまでに何度もありました。回数など忘れてしまいました」

「それで？　あんたはどうしたんだ？」

「兄の言葉に従い、一度は実家に戻ろうと思いました。でも車に乗ってから考え直したんです。やはり出張帰りで疲れていましたし、もう一度事務所に戻りました」

そこまで話したとき、部屋のドアが開いた。一人の刑事が入ってきて、尋問係の刑事の耳元で何やら囁いた。弁護士という単語が聞こえたような気がした。

「あんたの弁護士が下に来ているようだ。少しくらいなら話す時間を与えることもできる。あんた次第だ。どうする？　弁護士と会うか？」

おそらく母が手配した弁護士だろう。弁護士と会ったところで話すことなど何もない。直人は首を横に振った。

「結構です。弁護士には会いません」

少し驚いた顔をして、尋問係の刑事は直人の顔を見た。背後の見張り役の刑事も同じように首を傾げていた。

「……そうか。じゃあ続けることにしよう。再び事務所に戻ったあんたは、要求に応じないことを秀之氏に告げた。そのときの彼の反応は？」

「最初は怪訝な表情を浮かべていましたが、僕が何度も主張すると怒り始めました」

「まず彼は手に持っていたビールの缶をあんたに投げつけた。そうだったよな？」

「はい。間違いありません」

そろそろ家宅捜索も始まった頃だろう。あれが発見されれば罪は確定になるはずだ。

蠅はまだ、窓の近くを旋回していた。


あれは三年ほど前のことだったと思う。三ツ葉駅近くを歩いていると、後ろから声をかけられた。振り向くと万季子が立っていた。

「珍しいじゃない。こんなところで会うなんて」

直人の横に並んで、万季子がそう言った。直人は手に持った包みを掲げて、万季子に言った。

「ちょっと買い物。欲しい本があったもんでね。たまには歩いてみようと思って。万季ちゃんは？」

「私も買い物。店の電球が切れて、それを買いに行ってきたところよ。どう？　直人。最近も忙しいの？」

「まあね。それなりに忙しいかな」

万季子が旧姓の岩本に戻ってから、すでに一年が経過していた。まだ圭介と結婚していた頃は、何度か二人の自宅に招かれ、三人で食事をしたこともある。しかし二人が離婚して以来、万季子と会う機会も減った。

万季子が圭介と結婚すると聞いたときは、正直驚いた。さほど落胆はなかった。相手が圭介なら仕方がない。そう思って素直に諦めることができた。

「正樹君、何年生になったんだっけ？」

「三年生。世話がやけて大変よ」

「でも万季ちゃんに小学三年生の子供がいると思うと、つくづく自分も年をとったんだなって実感するよ」

「直人もそろそろ結婚したらどう？　まあ失敗した私が勧めるのも変な話だけどね。いい人いるんじゃないの？」

万季子が悪戯《いたずら》っぽい目つきで直人の顔を覗きこんでくる。鼓動が高鳴った。直人は慌てて否定した。

「いないってば。いないよ、そんな人」

「何もそこまで否定しなくてもいいのに。可笑しい、直人」

万季子は屈託《くったく》のない笑顔で言った。万季子の笑顔を見るたびに、直人は小学生時代に戻ったような気分になってしまう。直人の初恋の相手。それは万季子だった。

小学校の頃から万季子は何かと世話を焼きたがるタイプで、いつも直人は万季子に助けられていた。たとえば直人が上級生にいじめられたとする。するとそれを知った万季子が、圭介と淳一の尻を叩いて二人を敵討ちに向かわせるのだ。表のリーダーが圭介なら、万季子は裏のリーダーだった。

好きである気持ちを伝えよう。そんなことは一切思わなかった。万季子が圭介に思いを寄せていることは普段の万季子の仕草で薄々気づいていたし、万季子と一緒にいられるだけで直人には十分だった。自分と万季子じゃ釣り合わない。そう思っていた。

「ちょっと直人。髪伸び過ぎじゃない？」

気がつくと、万季子の指が直人の襟足を撫でていた。くすぐったいような気持ちになったが、直人は平静を装って言った。

「そういえばしばらく床屋に行ってないな。最近いろいろと忙しくてね」

現在〈サクマ産業〉は神奈川県内に九店舗の店を出している。二ヵ月ほど前、横浜市内に廃業したスーパーがあることを聞きつけ、今はその店舗の買収及びリニューアルの仕事に奔走している。還暦を過ぎた父は細かい指示を出そうとせず、すべて直人に任せきりだった。今年から直人は専務に昇格した。器ではないと断ったが、父に強引に押しつけられた。周りの従業員に助けられ、何とかやってこれている。

「もし時間あるなら私が切ってあげるわ」

唐突な万季子の申し出に、直人は驚いて顔を上げた。

「万季子ちゃんが？」

「当たり前じゃない、ほかに誰がいるのよ。今はちょうど予約も入っていないしね。直人が女の子にモテるように私が切ってあげる。どうする？　直人。早く決めなさいよ」

こうして決断を迫ってくるあたりが、昔から全然変わっていない。直人は苦笑した。

「何笑ってんの？　変なこと言った？　私」

「いや、そうじゃなくてさ……」

腕時計に目を落とし、直人は考えた。これから工務店との打ち合わせが予定されていた。しかし自分が出なくても、ほかの社員でも対応できる範囲の打ち合わせだった。直人は心を決めた。

「じゃあよろしく頼むよ」

「オーケー。私に任せてよ」

軽やかに歩いていく万季子の背中を追って、直人は駅前通りから小さな路地に入っていった。

この日からだった。直人は二ヵ月に一度、万季子の店に通うようになった。


「……それで口論になったわけだな。激昂《げきこう》した秀之氏は机の中から拳銃を持ち出し、あんたに銃口を向けた。そこまではいいな？」

直人はうなずいた。

拳銃については迷った。自分の供述次第で、ほかの三人にも影響を及ぼしかねないからだ。タイムカプセルのことは絶対に明かせない秘密だった。迷った末、兄がずっと所持していたと話すことに決めた。

「銃口を向けられて、あんたは怯《ひる》まなかったわけだな？」

「絶対に兄が引き金を引くわけがない。漠然とそう思っていたんです。ただの脅しに違いないだろうと」

「あんたは手を伸ばして拳銃を摑む。それから二人で格闘となる。ここから先は重要な供述になる。詳しく話してくれ」

「事務所の入口付近で、拳銃の奪い合いになりました。思った以上に兄は力がありませんでした。もしかして酔っていたのが原因かもしれません。机の上には缶ビールの空き缶が五本ほど並んでいましたから。気がつくと兄が床に倒れていました。拳銃は僕の両手の中にありました。怯《おび》えたような表情で兄が僕を見上げていました」

「そこであんたは引き金を引いたわけだ。彼を撃とう。そういう意思があってのことか？」

直人は首を振った。

「よく憶えていません。殺そうという明確な意思があったわけではありません。しかし兄が抵抗すると困るので、右手の人差し指を引き金に置きました。緊張で指が震えていたらしく、次の瞬間、凄まじい銃声が聞こえました。弾は兄の胸の辺りに当たったようで、血がとめどなく流れ始めました」

「警察に通報しよう、もしくは救急車を呼ぼうとは思わなかったわけか？」

「しばらくその場に立ち尽くしていました。どれだけの間、そうしていたかわかりません。気がつくと一面血の海になっていて、兄が天井を見上げていました。一目で死んでいるとわかりました。そのまま拳銃を持って逃げました」

記録係の刑事がノートパソコンを叩いている。尋問係の背後にいる見張り役の刑事が、壁にもたれて直人の話に耳を傾けていた。

やや強面《こわもて》のその刑事は、事情聴取が始まったときは凄みを利かせるように直人を睨んでいたが、今では普通の表情に戻っている。あまりに素直に話す被疑者に対し、脅しは必要ないと判断したのだろう。

「あんたは秀之氏が机の引き出しから拳銃をとり出すのを目撃した。それは間違いないんだな？」

念を押すように、刑事は尋ねた。直人はうなずいた。

「間違いありません。兄はあの拳銃を机の中から出しました」

「あの拳銃がどのようにして秀之氏の手に渡ったのか。我々はそれを詳しく知りたいんだ。事件の以前から、あんたは彼があの拳銃を所持していたことを知っていたか？」

やっとこの質問が来た。直人はそう思った。絶対にあの三人を巻き込んではならない。

「知っていました」

直人がそう答えると、尋問係の刑事が眉を吊り上げた。「詳しく話してくれ」

「あれは僕が中学生のときのことだったと思いますが、兄の部屋であの拳銃を見たような気がします。僕はモデルガンだと思いました。拳銃に触ろうとすると、部屋に入ってきた兄に見つかってしまい、兄は凄い剣幕で怒りました。これは本物だと兄は自慢げに話していました。冗談だと思って誰にも話したことはありませんが」

「どこで手に入れたか、彼は話していたか?」

「拾ったそうです。森の中で」

少なくともつじつまは合う。拳銃を持ち去った共犯者が、森のどこかで拳銃を落としてしまう。それを拾ったのが兄の秀之。直人が思い描いたシナリオだ。

見張り役の刑事が部屋から出て行った。今の話を上司に報告するためだろう。直人は言った。

「ちょっと刑事さん、トイレに行かせてもらえますか?」

さきほどから尿意を覚えていた。刑事はうなずいた。

「ああ、構わん。戻ってきたら引き続き取り調べだ」

記録係の若い刑事が立ち上がり、ドアを開けた。廊下に出てから、若い刑事に誘導されてトイレまで向かう。トイレの入口で若い刑事は立ち止まった。直人はトイレに入った。

便器の前に立つ。脱走を恐れてか、トイレには窓一つない。換気扇が低い音を立てて回っていた。不意に人の気配を感じ、直人は振り向いた。淳一が洗面台の前に立っていた。

「大丈夫か?」

外にいる若い刑事を気にしてか、淳一は低い声で言った。直人はうなずいて、小さく笑ってみせた。うまく笑えたかわからなかった。

「本当にお前が佐久間を殺したのか?」

近づいてきた淳一が、直人の耳元で囁くように言った。直人はその質問に答えず、すれ違いざまに短く言った。

「車のトランクの中。拳銃はそこにある」

「いつも悪いわね。お客さんなんだから、そんなに気を遣わなくてもいいのに」

直人が持ってきたケーキの箱を受けとって、万季子は恐縮するようにそう言った。

「気にしないでよ、万季ちゃん」

「あとで三人で食べましょう。ちょっと美帆ちゃん、これ冷蔵庫に入れておいてくれる?」

美帆と呼ばれた若い女性が、万季子からケーキの箱を受けとって奥に向かっていく。ここ最近、雇ったばかりの従業員らしい。美容専門学校を出たばかりの新人。万季子の言葉を借りれば、カットの腕には見所があるが、接客態度が危なっかしいとのことだ。

ここに通い始めて、一年ほどたとうとしていた。すでに五回ほど来店している。ここで髪を切りながら万季子と話す時間が、直人の中でかけがえのないものになっていた。話すといってもその内容は他愛のないものばかりだ。小学校時代の昔話から始まって、町の噂話や同級生の近況など。あっという間に時間が過ぎていってしまう。

「同窓会のお知らせ、直人にも届いた?」

「うん、届いたけど。万季ちゃん、参加する?」

直人が訊くと、鏡に映った万季子が首を振った。

「私は今年もキャンセルかな。直人は?」

「僕も仕事が立て込んでて、ちょっと行けそうにないな」

年に一回、小学校の同窓会が開かれる。直人は一度も足を運んだことはないが、居酒屋を貸し切って毎年盛大に行われるという。

「淳一の奴、どこで何をやってるのかしらねえ……」

つぶやくように万季子が言った。小学生の淳一の姿が脳裏に浮かぶ。淳一とはずっと音信不通の状態だった。

「あいつのことだからさ、どこかで元気でやっているんじゃないかな」

「そうだといいけどね」

小学校のとき、いつも自分は足を引っ張っていた。普段の遊びでもそうだったし、剣道教室でもそうだった。特に淳一とは一年生から同じクラスだったこともあり、随分助けられたものだ。勉強なんてできなくていいから、淳一みたいな強靭《きょうじん》な肉体と運動神経が欲しい。何度そう思ったことか。

「六年のときの決勝、憶えてる？」

直人が訊くと、万季子が顔を輝かせた。

「忘れるわけないじゃない。直人が負けて泣いちゃって、私はもう勝つしかなくて必死だったんだから」

「あのときは万季ちゃんが神様に見えたよ。鳥肌が立つほど格好よかった」

「私の中の国語辞典で背水《はいすい》の陣《じん》って調べると、あのときのことが書かれているのよ。私が勝てば優勝は決まり。そう思っていたのよ。だってあの二人が負けるわけないんだから」

あの二人。淳一と圭介のことだ。あの市民体育祭の日、午前中の個人戦決勝で、二人が戦った。どっちを応援していいのかわからなかった。結局試合は淳一の勝ちだった。負けた圭介の悔しそうな表情が印象的だった。

このまま中学に進学しても四人で一緒にいられる。ずっとそんな風に思っていたが、圭介のお父さんが死んだことで風向きが変わった。小学校を卒業したら、圭介は町を出て東京の親戚の家に引っ越すことになった。

圭介がいなくなってしまうと、三人で会う機会もめっきり減った。仕切り役の圭介がいなくなったのも大きかった。まるで脚が一本欠けた椅子のように、三人のバランスは崩れてしまった。やがて高校進学になると、今度は淳一が町を出て行った。横浜市内の定時制の高校に通うためだった。結局、町に残ったのは直人と万季子の二人きりになった。直人は市内の県立高校に、万季子は市内の女子高に通うことになった。

「それにしても淳一の奴、連絡の一つもよこさないなんてひどい男よ。あいつ、そんなに義理人情に薄い男だったっけ？」

「そんなことないって。いつか会えるよ、きっと」

そう言いながらも、淳一がこの町に戻ってくることはないだろうと直人は漠然と思っていた。

夜の十時過ぎ。遅い夕食を出された。ここに来てから二時間ほどたとうとしていた。

目の前には紙パックの牛乳と菓子パンが二つ、置かれていた。あまり食欲はないが、体力のことを考えると食べておいた方がいいだろうと判断し、菓子パンの袋を開けた。

パンは味がせず、牛乳で流し込むように食べた。直人がパンを食べる様子を、記録係の若い刑事が見守っていた。薬物など飲まないか、監視しているのだろう。

取り調べの雰囲気にも慣れてきた。冷静に周囲を観察する余裕も生まれ始めている。

この部屋は三ツ葉警察署の三階に位置している。窓から見えるパチンコ屋のネオンから、おそらく南側に面した部屋だと推測できた。

当分の間は自宅に戻れないだろうと、すでに直人は覚悟を決めていた。

そう思って仕事関係の引き継ぎ事項を、書類にまとめて自宅の机の上に置いてきた。引き継ぎといっても所詮は付け焼き刃程度のもので、もしも刑期が確定して十年や二十年も外に出られないとなると、会社自体の存続すら危うくなる。父が苦労して大きくした会社だ。入院中の父にはとても合わせる顔がなかった。

菓子パンを食べ終える頃、二人の刑事が部屋に入ってきた。机の上のゴミを片づけてから、取り調べが再開された。

「あんたはプレハブ小屋から立ち去り、帰りにガソリンスタンドで給油をした。それは間違いないな？」

「兄を殺してしまったショックが大きかったもので、その後の記憶は曖昧です。気がつくと車で国道を走っていて、給油ランプが点灯しているのが見えました。目に入ったガソリンスタンドに入りました」

「話は飛ぶが、翌日の日曜日のことだ。あんたは家に事情聴取に来た刑事に対して、手紙で脅迫を受けていたと供述しているな。それは狂言と考えていいのか?」

「その通りです。自分への疑いを少しでも逸らそうと、偽の脅迫話をでっち上げました」

あれはとっさの思いつきだった。少しでも捜査のかく乱になればと考えただけのことだった。功を奏したとは言い難いと自分でも思っていた。

「それより刑事さん、家宅捜索はまだ続いているんでしょうか?」

刑事は憮然とした口調で言った。

「ここは俺があんたに質問するところだ。あんたの質問に答える義務はない」

刑事の口振りだと、いまだに家宅捜索は続いているようだ。直人は机の上に目を落とし、大きく息を吐いた。

違う高校に進学したということもあり、高校生になってからは万季子と顔を合わせることも滅多になかった。高校に進学した直人は、どうも周囲の雰囲気になじめずにいた。直人は勉強に専念した。お陰で成績は常に学年上位。しかしどこか心に穴が開いたような喪失感をずっと感じていた。

高校二年の夏、万季子と街で偶然出くわした。万季子は部活の帰りだった。二人並んで自転車を押して、繁華街を歩いた。

「もったいないよ。万季ちゃんが剣道やめちゃうなんてさ」

高校に進学した万季子は、剣道部に入らなかったようだ。生前、圭介のお父さんが万季子を見て感嘆して言ったものだ。万季子はセンスがいい。いずれものすごい女性剣士になるぞ。

「しょうがないじゃない。入学式で隣に座った子と仲良くなって、ついついバスケ部に誘われちゃったのよ。あんなに可愛がってくれた圭介のお父さんのことを考えると、私も迷ったんだけどね。でもバスケも上手いのよ、私。二年生でレギュラーは私だけなんだから」

「万季ちゃんなら当然だよ。あの二人と互角に張り合っていたんだから、女子だけのバスケなんてちょろいもんだよ」

「あの二人といえば、直人のところに淳一から連絡あった？」

「それがないんだ」直人は首を横に振った。「男同士だし、まめに連絡をとり合うような関係でもなかったしね」

「本当に薄情な男ね、淳一も圭介も」

そう言って万季子は唇を尖らせた。直人は万季子の姿を横目で見た。

すでに万季子の体は女性のそれだった。たまに雑誌のグラビアで目にするアイドルと比べても、万季子のプロポーションは遜色《そんしょく》なかった。

すらりと伸びた手足。小学校の頃はまな板と圭介にからかわれていたバストも、今ではその存在を確実に主張している。こうして並んで歩いていても、すれ違う男たちの羨望《せんぼう》の眼差しを感じることがある。直人は嫉妬した。将来万季子と付き合うであろう男たちに。

「今度バスケの試合があったら、応援に行っていい？」

自分にしては大胆な申し出だと直人は実感していた。万季子は笑って答えた。

「恥ずかしいわよ、直人。私は女子高だし、直人が応援になんて来たら一気に噂が広がってしまうもの。あっ、別に直人が嫌いとかそういうわけじゃないからね」

万季子の胸の中ではいまだに圭介が大きなウェイトを占めているのではないか。ふと直人はそんな妄想に駆られた。

そのときだった。前方のパチンコ店の自動ドアが開き、数人の若者が外に出てきた。一目で素行の悪さをみてとれた。若者の中に、兄の秀之の姿を見つけた。すぐに自転車を反転させて逃げ出したいところだったが、万季子の手前、それもできなかった。秀之と視線が合う。

「おっ、俺の弟じゃん」

秀之は近づいてきて、直人の肩に手を回した。

「ちょっと兄ちゃん、パチンコで負けちゃってさ。でも後輩にはこれからカレーを奢るって約束をしちゃったわけで」

気がつくとズボンの中の財布をとられていた。秀之は財布から紙幣を抜きとって不満げに言う。「ちっ、三千円しか入ってねえのかよ」

次の瞬間、横から伸びた手が、秀之から財布を奪った。万季子だった。

「やめなさいよ。お金を返して。直人のものなんだから」

秀之はにやにや笑いながら言う。

「もしかして岩本か？　しばらく見ないうちに生意気な女になりやがって。でもいいのか？　二人のボディガードがいないんじゃ俺たちには勝てねえだろ」

すでに秀之の後輩らしき男が、万季子の自転車の前輪を押さえている。万季子が懸命にハンドルを揺するが、男は自転車を放そうとしない。すると後ろから秀之が手を伸ばして、万季子のスカートをめくった。万季子の下着が露《あら》わになった。

「何すんのよ」

万季子が慌ててスカートを押さえる。男たちが一斉に笑った。万季子は鋭い視線で男たちを見回した。

「大声出すわよ。あんたたちに襲われたって警察官に言ってやるんだから。それにあんたたち未成年でしょ。未成年が煙草吸ったりパチンコやっていいと思ってんの」

万季子は男たちの背後に視線を送った。次の角を曲がったところに、駅前交番があった。ここで大声を出せば十分に届く距離だ。それを理解したのか、男たちは沈黙した。やがて秀之が口を開いた。

「まったく生意気な女だぜ。今日のところは勘弁してやる。それに可愛いパンツを見せてもらったし……」

派手な音が鳴り響いた。万季子の平手打ちが秀之の横顔を見事に捉えていた。

「さっきのお返しよ」

頬を押さえて、秀之が万季子を睨みつけていた。後輩たちの前でプライドを傷つけられ、秀之は激しい怒りを感じている様子だった。

「ふざけやがって」

秀之は唾《つば》を吐きつけた。秀之の吐いた唾は、万季子の制服の胸元辺りに飛んだ。そのまま秀之は仲間を引き連れ、駅の方に向かって歩いていった。

「ごめん、万季ちゃん。僕がもっと……」

直人はハンカチを万季子に差し出した。それを受けとりながら万季子が言う。

「ありがとう。直人が謝ることないって。悪いのはあいつらなんだから」

万季子が胸にハンカチを当てた。万季子の胸元に付着した秀之の唾。万季子を穢《けが》されたように感じ、直人は兄に対して憎悪を覚えた。

五分間の休憩が与えられた。時間は午後十時三十分を過ぎたところ。さきほどの刑事の説明によると、取り調べは午後十一時まで行われ、その後は朝まで地下の留置場に勾留されるという。尿意がなかったため、トイレには立たなかった。部屋のドアが開き、淳一が姿を見せた。両手で盆を持っている。湯飲みを机の上に置いた淳一は、小さく首を振った。

その素振りを見て、直人は言葉を失った。

拳銃が発見されない？　一体どういうことなのだろう。拳銃はたしかに車のトランクに隠してあるはずなのに。

淳一の目が何かを訴えていた。しかし淳一の意図はわからなかった。記録係の若い刑事がいる以上、互いに言葉を交わすことはできなかった。苛立ちからか、淳一は唇を噛んでいた。

尋問係の刑事が部屋に入り、入れ替わりに淳一が部屋を出て行く。取り調べが再開された。

「もう一度確認する。仰向けに倒れた秀之氏に向かって、あんたは銃口を向けた。明確な意思で引き金を引いたのか。それとも偶発的に弾が発射されたのか。一体どっちなんだ？」

直人は答えなかった。頭の中が混乱していた。なぜトランクの中に隠してあった拳銃が消えてしまったのか。

直人の無言を黙秘と解釈したようで、刑事は言った。

「まあいい。取り調べは明日以降も続いていくわけだしな。話したくなったら話してくれ」

直人は声を搾り出した。

「僕が兄を殺しました。ずっと兄を憎いと思っていました。今なら兄を殺せる。そう思いました。引き金を引いたのは僕の意思によるものです」

「本当だな？　今の話は」

「ええ。間違いありません」

できれば罪を軽くしたい。そんな打算もあった。拳銃の暴発、もしくは正当防衛。偶発的な要素を盛り込むことにより、罪が軽くなるのではという計算も直人の中で働いていた。しかし拳銃が見つからない以上、自分で罪を認めるよりほかに方法がなかった。

「現在、あんたの自宅を捜索している最中だが、肝心の凶器がどこからも見つからない。元をただせば神奈川県警の拳銃だ。何としてでも回収したいと我々は考えている。いい加減教えてくれ。拳銃はどこに隠した？」

言葉が見つからず、直人はテーブルの上に視線を落とした。さきほどの蠅が、テーブルの端にとまっていた。ずっと壁にもたれて話を聞いていた見張り役の刑事が抜き足で前に出て、手に持っていた書類で机を叩いた。蠅は潰れてぴくりとも動かなくなった。

拳銃が発見されなかった場合。それを想定しなかったのは迂闊だった。冷静になれ。直人は心の中で自分を叱咤した。

秀之たちに絡まれてから一年後の夏。万季子と再会した。場所は市立図書館の自習室だった。エアコンの利いた涼しい場所を求めて、自習室は多くの受験生で賑《にぎ》わっていた。後方に万季子の姿を見つけたものの、自習室特有の静けさのせいもあり、声をかけることはできなかった。

持ってきた参考書を開く。来年の冬、直人は大学受験に挑むことになっていた。志望校は横浜市内の県立大学。今の成績ならもっと上の大学を狙えると教師にも言われていたが、志望校を変えるつもりは毛頭なかった。

今の志望校ならば、下宿せずに電車で通学できる。同じ敷地内の離れに住む秀之のことを考えると気が滅入るが、自分は絶対にこの町を離れてはいけないような気がしていた。圭介と淳一が町を離れてしまった今、誰があのタイムカプセルを見張るというのだ。それが自分に与えられた使命だと、直人は頑《かたく》なに思っていた。

小さく肩を叩かれた。顔を上げると万季子の笑顔がそこに見えた。声には出さず、万季子が身振りで思いを伝えてきた。休憩しよう。それが万季子の提案だった。嬉しかった。後方に座る万季子の存在が気になって、あまり勉強に集中できていなかった。

自販機でジュースを買い、ロビーのベンチに座った。一年たって万季子はさらに女性らしくなってきたように見えた。ノースリーブのシャツに短い丈のスカート。少なくとも直人の通う高校にはいないタイプの女の子だ。万季子はどんどん階段を上り、やがて自分など追いつかない存在になってしまうのでは。そんな風に思った。

「へえ、県立大学ねえ。やっぱり頭いいんだね、直人」

会話は自然と進路の話になった。誰に褒められても嬉しく感じることはなかったが、万季子はやはり別格だった。直人は舞い上がるような気持ちになった。

「そんなことないって。ところで万季ちゃんはどうするの？」

「私ね、美容師になろうと思って」

「美容師？」

「うん。来年から美容専門学校に通おうと思ってる」

直人は美容院で髪を切ったことはない。月に一度、父親と一緒に近所の床屋で散髪をするのが慣わしになっていた。それでも美容師という単語から連想される華々しさが、万季子のイメージに重なるように思えた。

「万季ちゃんに合ってると思うよ。それで受験勉強をしてるんだね」

「多分推薦で入学できると思うんだけど……」

万季子の話はこうだった。美容専門学校には学校推薦で入学できるのだが、高校時代の成績によっては推薦されないこともあるという。推薦が駄目なら一般入試を受ければいいのだが、この場合は入学料が若干上がる。できれば推薦を受けたいところだが、万季子の場合は数学の成績がネックになっているらしい。

「残りの二学期、数学の成績が上がれば推薦を受けられると思うんだけど」

万季子の表情は晴れなかった。そういえば小学校のときから万季子は算数が苦手で、よく直人が宿題を手伝っていたものだった。

「僕でよかったら数学を教えようか？　もし万季ちゃんがよかったらの話だけど」

「本当に？」万季子が顔を輝かせて言った。「そうしてもらえれば本当に助かる。でも直人だって受験勉強があるんでしょ？」

「週に一日。二時間くらい集中して勉強するってのはどうかな？　それなら僕の受験勉強にも支障はなさそうだしね」

話がまとまった。早速その日の夜から、直人の部屋で数学の特訓が始まった。万季子と二人きりで勉強できる。下心がないといえば嘘になるが、教えるからには万季子の成績を上げてやりたいという思いも強かった。いろいろと工夫をして、万季子に理解できるように努力もした。

それから二ヵ月ほどたった頃だろうか。いつものように万季子が直人の自宅を訪れ、一緒に勉強した。中間テストの成績も上々だと、万季子は喜んでいた。少し勉強に熱が入り、終わったのは午後の十時を過ぎていた。万季子は自転車で家に帰っていった。直人は再び自室に戻り、今度は自分の受験勉強を開始した。

それから一時間ほどたった頃だった。車のエンジン音が聞こえた。秀之の車のエンジン音だった。最近、中古のスポーツカーを買った秀之は、毎晩のように車を乗り回している。定職に就かずに遊び惚けている秀之に対し、すでに父は愛想を尽かして空気のように扱っている。

秀之の車のエンジン音を聞き、なぜか直人は不安に襲われた。勉強を中断して、直人は部屋から出た。靴をはいて外に出る。家の前に停めたスポーツカーから、ちょうど秀之が降り立ったところだった。

「何か用かよ」

秀之が刺々しい口調で言った。心なしか秀之の息が上がっているように見えた。秀之のシャツに視線が吸い寄せられた。草の切れ端のようなものが、秀之のシャツのところどころに付着していた。嫌な予感がした。

弾かれたように直人は走り出していた。自転車に跨《また》がり、ペダルを必死に漕《こ》いだ。絶対に違う、絶対に違う。自分の予感が外れてくれることを、直人は心の底から祈った。

直人の自宅は町を見下ろす高台にあり、万季子が住む市営住宅までは急なカーブが続いていた。この時間になると、車の往来も完全に途絶えている。周囲は鬱蒼とした森。等間隔に設置された水銀灯だけが、闇を照らしている。

不意に視界の隅に何かが映ったような気がした。直人は急ブレーキをかけて、自転車を止めた。車道脇のガードレールの近くに、一台の自転車が転がるように倒れていた。見憶えのある自転車。万季子のものに間違いなかった。

ガードレールから身を乗り出し、森の中を覗き込んだ。目に映るのは闇だけだった。

「万季ちゃん！」

そう呼びながら、直人は森の中に足を踏み入れた。

「教えてくれ。拳銃はどこに隠したんだ？」

刑事の口調には苛立ちの色が滲《にじ》んでいた。無理もなかった。さきほどから同じ質問を繰り返しているのだから。

直人は思考を重ねていた。どこに拳銃を捨てたことにするのが最良の選択なのか。なかなか妙案が浮かばなかった。

どこに捨てたと話したところで、警察はそこを徹底的に捜索するはずだ。拳銃が見つからなかった場合、直人の供述の信憑性が疑われてしまう。自白そのものが無効となる可能性もあった。ここは慎重に考えなければならない。

できれば保留にしたかった。一晩考え抜けば妙案が浮かぶかもしれなかった。直人は腕時計に目を落とした。ちょうど夜の十一時になろうとしていた。取り調べが終了する時間だった。

「もう一度訊く。拳銃はどこだ？」

刑事がそう言った。彼らの焦りも理解できた。自供を得た今、次に必要なのは物的証拠。さらにその物証が警察の拳銃となれば、回収を急ぐのは尚更のこと。

額に汗が浮かんでいるのを感じた。ずっと大人しかった見張り役の刑事が前に歩み出て、威嚇《いかく》するように机を叩いて言った。

「ここまで話したんだ。拳銃のありかくらい吐いてしまってもいいだろうが」

その迫力に押された。直人はとっさに口を開いていた。

「海です。海に投げ捨てました」

「海？」

「そうです。横浜港から投げ捨てました。一昨日の夜、仕事で横浜に行ったものですから、帰りに港に立ち寄ったんです」

尋問係の刑事が鋭い口調で言った。

「地図持ってこい」

すぐに立ち上がった記録係の若い刑事が、慌しく部屋を飛び出していく。尋問係の刑事は苦虫を噛み潰したような表情を浮かべていた。海に捨てられた拳銃。捜索が難航することを予期しているのかもしれない。

部屋に戻ってきた若い刑事が、机の上に地図を広げた。横浜港一帯の拡大地図だ。尋問係の刑事が言った。

「どこに捨てた？　教えてくれ」

直人は地図に視線を落とした。地図の一点にホテルの表示が見えた。以前、仕事の打ち合わせで使用したことがあるホテルだった。あの周辺なら土地勘もある。案内しろと言われても、不都合はない。

「このあたりです。このあたりから海に投げ捨てました」

地図の一点に置いた直人の指を、刑事たちが凝視していた。やがて顔を上げた尋問係の刑事が言った。

「明日になったら、詳しい場所を正確に思い出してもらうからな。場合によっては現地を案内してもらうかもしれん」

「わかりました」

直人はうなずいて、膝の上に視線を落とした。

あの夜のことが脳裏によみがえった。万季子の自転車を発見し、森に足を踏み入れた夜のことだ。万季子の名前を呼びながら、直人は森を奥へと進んでいった。しばらくして、向こうから歩いてくる人影に遭遇した。万季子だった。

「万季ちゃん!」

そう叫んで、直人は万季子のもとに走り寄った。万季子は虚ろな目で直人を見て、そのまま直人に寄りかかってきた。

制服が土で汚れていた。シャツのボタンもとれ、白い胸元が露わになっていた。直人は万季子の腕を首に回し、そのまま森を引き返した。

「私なら大丈夫。大丈夫だからね」

力のない声で、万季子が耳元で囁いていた。

「抵抗したら逃げていったわ、あいつ。こう見えても私って強いのよ。だって圭介の父さんに鍛えられていたんだから」

兄に対して明確な殺意を覚えていた。兄を殺そう。本気でそう思った。圭介も淳一もいない今、それができるのは自分しかいない。絶対に万季子の仇をとってやる。直人は胸に誓った。

「それでは今日の取り調べは終了する。今から地下の留置場に移動する。立て」

刑事の声で我に返り、直人は立ち上がった。刑事に先導される形で、ドアから廊下に出た。

廊下を歩く。廊下を挟んだ向こう側に事務机が並んでおり、今も刑事らしき男たちが数名、机に座っていた。その中に淳一の姿もあった。淳一は無言のまま、連行されていく直人を見送っていた。淳一に向かって小さく笑みを浮かべた。僕なら大丈夫だ。そう伝えたつもりだった。

淳一の隣に立つ男に見憶えがあった。制服に身を包んだ初老の男。記憶がたしかならば、男と出会ったのは二十三年前のあの日だ。淳一に言われて森を抜けたとき、最初に出くわした警官だった。今でも現役で働いているということか。

足がもつれた。背後から腕を摑まれ、何とか姿勢を持ち直した。思った以上に疲労が蓄積されているのかもしれなかった。

すまない、万季子ちゃん。直人は心の中で万季子に詫《わ》びた。やっぱりあの日、僕が兄を殺しておくべきだったんだ。


地下の留置場は暗闇に包まれている。非常階段の光だけが廊下を淡く照らしていた。

直人が収容されたのは入口近くの独房だった。すでに消灯時間が過ぎているせいか、物音はまったく聞こえなかった。息をひそめて周囲に耳を澄ましてみたが、人のいる気配がまったく感じられなかった。地方の警察署だ。もしかすると今夜の収容者は自分だけなのかもしれない。そう思ってしまうほどの静けさだった。

簡易ベッドが一台。独房の隅には洋式トイレが一台設置されていた。ベッドに横になり、直人は天井を見上げた。

明日になれば、拳銃を捨てた場所について厳しい追及が待っているはずだ。とっさに海に捨てたと証言してしまったが、問題はなかっただろうか。

おそらく警察はダイバーあたりを動員して、海中をさらってでも拳銃を見つけようとするだろう。しかしどれだけ労力を割いたところで、海底から拳銃が発見されることは決してない。潮に流されたと判断し、早々に捜索を諦めてくれたらいい。それが直人の望みだった。

やはり拳銃が発見されなかったことが、大きく響いた。拳銃を持ち出した人物には心当たりがあるが、あまり深く考えたくないというのが直人の本音だった。なぜならその人物の行動次第で、直人のシナリオは根底から覆されてしまうからだ。どうか無謀な行動に出ないで欲しい。それだけを直人は祈った。

寝返りを打つ。体が疲労しているが、脳だけはやけに覚醒していた。今夜は眠れそうにない。直人は小さく溜め息をついた。

そのとき、入口のドアが開く音が聞こえた。誰か留置場に入ってきたようだ。床を歩く甲高い足音が響き渡った。直人は薄い毛布を頭から被り、足音の行方に全身の神経を集中させた。

一度は直人の独房を通り過ぎた足音だったが、またすぐに戻ってきて直人の独房の前で止まった。押し殺した声が直人を呼んだ。

「直人、俺だ。まだ起きているんだろ」

淳一の声だった。直人は毛布を払いのけ、ベッドから降りた。暗闇の中を這うように進み、淳一のもとに向かった。

「留置係に貸しがあってな。何とか頼みこんで入れてもらった。誰かに見つかったらえらいことになる。手短に話そう」

そう言って淳一は床に膝をついた。直人も床に座る。格子越しに顔をつき合わせた。

「万季子が失踪した。今、俺と圭介で行方を追っている」

やはり……そういうことだったか。事態が最悪の方向に進みつつあると直人は実感した。

「俺はお前が佐久間を殺したなんて、これっぽっちも信じてはいない。そうなんだろ？　直人」

「違うよ」直人は首を振った。「僕が殺したんだ。僕が兄を殺したんだ」

「お前に言われて車のトランクの中を捜したが、拳銃は見つからなかった。お前のお袋さんが、俺だけにはこっそりと教えてくれた。お前が連行された直後、万季子がお前の自宅を訪ねたようだ」

直人は何も言わず、淳一の言葉に耳を傾けた。

「お前に着替えを持っていきたいから。そう言って万季子はお前の部屋に入っていったそうだ。俺を通じてお前に渡すと話していたらしい。しばらくして部屋から出てきた万季子は、今度はお前の車の鍵を借りたそうだ。万季子の目的はお前が持っていた拳銃の回収だ」

「誤解だよ。淳一は誤解しているんだ。何で万季ちゃんが……」

「冷静になれよ、直人」

鋭い声で淳一が言った。さらに格子に顔を近づけて、淳一は続けた。

「万季子は拳銃を持って逃走しているんだぞ。弾もまだ弾倉に残ってる。これがどれだけ危険なことかわかってるのか？」

自殺。その二文字が頭の中で点滅した。そこまで深く考えていなかった。僕のせいで万季ちゃんが……まさか万季ちゃんに限ってそんなことは……。激しい動揺で胸が苦しいほどだった。

「息子を連れて逃げているようだし、万季子も早まった真似はしないと俺も信じたい。お前がどれだけ踏ん張っていたところで、万季子が救われることはない。直人、いい加減に目を覚ませ」

直人は唇を噛んだ。淳一の言う通りだった。万季子をかばうつもりが、逆に万季子を追い込んでいたかもしれなかった。

「まだ万季子が犯人である確証はない。明日にでも万季子の件を上に報告するつもりだ。こうなってしまった以上、捜査本部全体で万季子の行方を追うしか方法がない」

「万季ちゃんを売るってことか？」

「そうは言ってない。万季子を救うためには捜査本部の力が必要。俺はそう言っているんだ」

淳一の論理に間違いはない。それは直人も頭ではわかっていた。しかし万季子の身を案じるという理由があったとしても、そのために万季子を被疑者と断定するという淳一のやり方に、直人は強い違和感を覚えた。

格子越しに淳一の顔を見つめた。その目は深い憂いを帯びていた。

あの日からだった。あの日から淳一はこういう目をするようになった。あの日を境にして、淳一は変わってしまった。

「変わったな、淳一。お前は変わったよ」

淳一は怪訝な表情を浮かべた。「俺が変わった?」

「うん。全部を自分で背負い込んで生きている。そんな感じだ。でもね、淳一だけじゃない。僕だっていろんなものを抱え込んで生きてきたんだ」

「だから何の話だよ」

高校三年の秋、森の中であった出来事を、直人は誰にも打ち明けていない。これから先も話すつもりはなかった。一生胸の中に閉じ込めておくと心に決めていた。

「なあ、淳一。長い年月がたったんだ。お前はそろそろ解放されてもいい頃だと思う」

「直人、お前……一体何を……」

淳一が狼狽《ろうばい》していた。構わずに直人は続けた。

「二十三年前の罪からだよ。淳一は十分苦しんだ。これ以上苦しむことはないよ」

まるで幽霊にでも出会ったかのような表情で、淳一は言葉を失っていた。

# 第五章　遠き日の銃声

目が覚めた。時計の針は午前七時を回ったところだった。淳一はベッドから起き出し、トイレに向かった。

昨日の夜、帰宅してから酒を飲んだ。留置場で直人に言われた言葉。悪夢がよみがえった。酒の力を借りないわけにいかなかった。

嘔吐した。口内にウィスキーの匂いが広がった。洗面所を出て、それからリビングに向かった。博美の姿が見当たらなかった。

断片的な記憶がよみがえる。博美の怯えたような表情。淳一は自分の拳に目をやった。薄く血の跡が残っていた。自分の血ではない。おそらくは博美のものだ。

慌てて部屋中を探したが、博美はいなかった。クローゼットから旅行用のバッグが消えていた。ついに愛想を尽かし、出て行ったというわけか。自分に対する憤りが頂点に達し、淳一は壁を拳で殴りつけた。

携帯が鳴っていた。博美からだと思って慌てて液晶に目をやったが、相手は博美ではなかった。南良からだった。

「もしもし、飛奈です」

携帯を耳に当てた。南良の声が聞こえてくる。

「おはようございます。今日の件ですが、昨日聞き込みをした駅前のファミレスで落ち合うことにしましょう。それをお伝えしたくて電話しました」

ファミレス。三ツ葉駅前のファミレスのことだ。昨日聞き込みをしたところ、佐久間が殺された土曜日の夜、圭介と万季子の二人が店の従業員によって目撃されていた。防犯カメラでも二人の姿が確認された。圭介の供述に嘘がないことが立証されたのだった。

「実はですね、南良さん……」

万季ちゃんを売るってことか。一瞬、直人の言葉が脳裏をよぎった。違う、そうじゃない。淳一は心の中で否定した。俺は純粋に万季子を救いたいだけだ。そう自分に言い聞かせてから、淳一は続けて言った。

「岩本万季子ですが、昨晩から失踪している模様です。息子を連れて行方をくらませているようです」

「岩本さんが……」

そう言ったきり、南良は押し黙った。何かを思案しているような感じだった。

「佐久間直人の母親の証言によりますと、昨晩佐久間直人が連行されたあと、岩本万季子が佐久間家を訪ねたようです」

「そこで岩本さんは拳銃を回収した。飛奈刑事はそう考えているわけですね？」

「はい、その可能性が高いかと」

現在、捜査本部は犯人は直人であると考え、捜査員の大半が直人の身辺の洗い出しに躍起《やっき》になっている。そんな中、南良だけは執拗《しつよう》に万季子を追っていた。南良の着眼点は間違っていなかったということになる。

「飛奈刑事のほかに、岩本さんの失踪を知っているのは？」

「元夫の清原圭介が知っています。彼は今、知人などにあたって岩本万季子の行方を捜しているはずです」

昨晩、パチンコ屋の立体駐車場で圭介と落ち合った。その後、圭介は万季子に連絡を入れ、直人が自供したことを伝えたらしい。その電話を最後に、万季子と連絡が途絶えていた。

直人が自供したことを知り、万季子の中で大きな心境の変化があったのではないか。淳一はそう睨んでいた。

「捜査会議は朝の十時からです。それまでに何か摑めるといいのですが……」

南良にしては歯切れの悪い口調だった。このところ、南良は夜になると淳一を残して単独で行動することが多かった。主に三ツ葉署の資料保管室に閉じ籠《こ》もって、古い捜査資料に目を通しているようだった。おそらく南良は二十三年前の事件の資料を読んでいるはずだ。南良が真実に辿り着くのも時間の問題かもしれない。そう思うと鳥肌が立つほど恐ろしかった。

「それでは二時間後、ファミレスで落ち合いましょう」

切れた携帯をテーブルに置いた。博美のことを考える。捜すにしても、どこから手をつけていいのかわからない。だからといってこのまま放っておいても、博美が帰ってくるとは到底思えなかった。

もう一度、携帯を手にとった。博美の番号を呼び出す。携帯を耳に当てたが、不通を知らせる音声が虚しく響き渡った。


冷蔵庫から牛乳を取り出した。コップに注ぎ、それを一息に飲み干す。誰もいないリビングを見渡して、圭介は小さな溜め息をついた。

昨晩、帰宅してから遅い夕食を食べた。その後、琴乃が入浴している隙を見計らい、万季子の携帯に電話を入れた。電話は通じなかった。試しに自宅の電話にもかけてみたが、こちらも不通。直人が自供したことに、万季子はかなりのショックを受けていた様子だった。不安が募り始めた。

すぐに淳一に連絡を入れた。万季子が電話に出ないことを話すと、淳一は自宅の様子を見てくると言ってくれた。それから十五分後、携帯が鳴った。淳一からだった。琴乃は化粧台の前で髪をとかしていた。圭介は窓を開けてベランダに出た。夜になっても、まだ空気はどんよりとした熱気を孕《はら》んでいた。携帯を耳に当てると、淳一の声が飛び込んできた。

「万季子の家には誰もいないようだ。車がないから、外出しているかもしれないな」

「外出って、こんな時間に……」

時間は午後十一時を過ぎていた。不安は募る一方だった。

「実はな、圭介……」

淳一が語り始めた。直人が連行されたあと、万季子が直人の自宅を訪れていること。万季子の目的は、直人が隠し持っていた拳銃の回収だと推測されること。

「待てよ、淳一。それじゃ万季子が……」

「そういうことだ。佐久間を撃ったのは万季子。俺はそう睨んでいる。直人が自供したのは、おそらく万季子をかばうためだろう。俺は今から署に戻って直人に会うつもりだ。会ってあいつの真意を問い詰めてみようと思ってる。圭介、お前は……」

「わかってる。俺は万季子を捜す。今からそっちに向かう」

電話を切ってから、そのまま万季子の番号を呼び出した。不在のコールが虚しく響き渡るだけだった。部屋に戻り、髪をとかしている琴乃に言った。

「ちょっとトラブルがあった。今から会社に行ってくるから」

「こんな時間に?」

琴乃が驚いたように顔を上げた。まさか元妻を捜しに行くとは言えなかった。とっさに理由をでっち上げた。

「社員の一人が交通事故を起こしたらしい。警察に身許を引き受けにいくことになりそうだ」

罪悪感で胸が痛んだ。叶うことならこの身を二つに切り裂きたいとも思った。

急いで着替えてから、再び三ツ葉市に舞い戻った。到着したとき時刻は深夜零時を回っていた。合い鍵を使って万季子の自宅に足を踏み入れた。

最初に二階へと上がった。正樹の部屋を覗いたが、ベッドの上に正樹の姿は見えなかった。いくら何でもこんな遅くまで子どもを外に連れ出したりしない。淳一の言葉が現実になっていくのを感じ、圭介は気が遠くなる思いがした。

捜そうにも時間が時間だった。とりあえずリビングのソファーに横になり、夜が明けるのを待ったのだった。

もう一杯、牛乳をコップに注ぐ。手元の電話帳をめくる。電話機の脇に置いてあったものだ。中には知っている名前もあるが、ほとんどは圭介の知らない名前だった。

牛乳を一口飲んで、圭介は大きく息を吐いた。

身支度を整え、淳一は車に乗った。南良との待ち合わせまでまだ時間があった。博美を捜すつもりで、周囲に視線を配りながら、当てもなく車を走らせた。

すぐに自分がしていることの無謀さに気づいた。すでに博美は町を出てしまっているかもしれない。いやむしろ町を出ている可能性の方が高いだろう。舌打ちをし、淳一は県道を北上した。小学校跡地に向かうことにした。

四人でタイムカプセルを開けたのは、三日前の夜のことだった。あの日以来、淳一は何度か小学校跡地に足を運んでいる。目撃者を捜すためだった。誰がタイムカプセルを開けたのか、それを明らかにしたかった。

朝の八時を過ぎたばかりだというのに、すでに小学校跡地には作業員が集まり始めていた。淳一は車を路肩に寄せた。車から降りて、校庭を見渡す。数台の重機が置いてあった。校庭に入れなくなるのも時間の問題かもしれない。

最近、校庭をうろつく不審な人物を見なかったか。近所の住人や現場の作業員に話を聞いたが、現在まで目撃証言はない。もしも犯人が万季子であったなら、当然タイムカプセルを掘り起こしたのも万季子の仕業ということになる。

女の万季子には無理だろう。そんな風に決めつけていた。しかし状況的にみても、タイムカプセルを開けたのは万季子としか考えられなかった。

朽ちたベンチが見えた。靴底で押すと、辛うじて安定を保っている。ベンチに座って、小学校の跡地を見渡す。巨大なクレーンが動き始めていた。どうやら体育館の解体作業が始まるらしい。まずは屋根の撤去から始めるようだ。

みはる台少年少女剣道教室。それが圭介の父、清原和雄が指導していた剣道教室の名前だった。あの体育館の隅を間借りして、放課後に練習を行っていた。いいぞ、淳一。その調子だ。圭介の親父さんの声は、今も鮮やかに耳に残っている。

中学校に進学した淳一は、当然のように剣道部に入部した。実力は抜きん出ていた。市内には淳一とまともに打ち合える選手はおらず、中学時代の三年間、淳一は県内の公式戦では負けたことがなかった。しかし勝っても勝っても虚しいだけだった。

高校に進学したのを機に、淳一は竹刀を置いた。昼間は自動車整備工場で働きながら、夜は定時制の高校で学んだ。高校二年の夏、校内で警察官採用試験のポスターを目にした。死んだ圭介の親父さんの顔が脳裏をよぎった。将来はこれをしよう。そんな具体的な計画は考えてもいなかった。しかし警察官というのは公務員だ。倒産することもないだろうし、景気に左右されることもない。警察官という選択肢が、淳一の中に刻まれた瞬間だった。

犬の鳴き声で我に返った。そろそろ南良と待ち合わせたファミレスに足を運ぼう。そう思って立ち上がった淳一のもとに、一匹の犬が駆け寄ってきた。

茶色のゴールデン・レトリバーだった。随分人懐こい犬のようで、淳一の足元を走り回っている。頭を撫でてやると、嬉しそうに舌を垂らした。

「すみません、ご迷惑をおかけして」

リードを持った飼い主らしき男が、頭を下げながら走り寄ってきた。年齢はおそらく五十代半ば。短パンにTシャツという軽装だった。犬の散歩のついでにジョギング。そんなところか。

「お散歩ですか?」

淳一が訊くと、男は犬の頭を撫でながら答えた。

「ええ。毎日の日課でね。朝晩、ここに立ち寄るんですよ」

「ここ最近、何かここで見ませんでしたか? たとえば不審な人物がうろついていたとか……」

男がやや警戒した視線を淳一に向けていた。淳一は笑顔を浮かべて、胸ポケットからバッジをとり出した。

「三ツ葉警察署の飛奈と申します」

「なんだ、刑事さんか」

男は納得したようにうなずいて、逆に質問してきた。「何か事件でもあったの？」

「最近、この辺りで痴漢《ちかん》の被害が急増してましてね。その聞き込みに回っているんですよ」

「ここ最近ねえ……別に変わった様子はないけどねえ。そういえば先週のことだったかな、車が一台停まっていてね、校庭の中を歩いている男の姿を見かけたかな」

「男……ですか？」

「そう。普段は私も校庭の中に入ってこいつを遊ばせてやるんだけど、気味が悪いから止めにしたんだ。あれはたしか女房が同窓会に出かけた夜だったから……そうだ、金曜日だ。金曜日で間違いないね」

先週の金曜日。万季子の息子が万引きをした当日のことだ。圭介の話によると、佐久間との取引が行われた夜。佐久間が殺される前日だった。

「男の特徴とか憶えていますか？　何でも結構なんで」

「遠くから見ただけだったしね、顔なんてわからないよ。でも車ならわかるよ。黒いＳＵＶ。あれは多分外車だね。こいつがタイヤに小便しそうになったもんで、記憶に残っているんだ。品川ナンバーだったかな」

耳を疑った。黒いＳＵＶ。品川ナンバー。間違いない。圭介の車だった。つまりタイムカプセルを開けたのは圭介。そういうことなのか――。

念のために男の名前と住所を聞いて、手帳に書き記した。そのまま車に向かい、運転席に乗り込んだ。

混乱が増す一方だった。タイムカプセルから拳銃をとり出したのが圭介で、実際に佐久間を撃ったのは万季子。今わかっていることを繋ぎ合わせると、そう考えざるを得ない。しかしあまりに不自然だった。二人の共謀という線も考えられるが、だとしたら実行犯は圭介でなくてはならない。圭介の性格上、万季子に人を殺させるというのは、考えられなかった。

エンジンをかける。解体作業が始まった体育館をもう一度見やってから、淳一は静かにアクセルを踏んだ。


「佐久間直人が供述を一転させて、朝の取り調べで容疑を否認し始めた。弁護士との接見も要求しているらしい。まったく何がどうなっているのやら……」

待ち合わせのファミレスに南良の姿はなかった。コーヒーを注文してから、署に電話を入れた。電話に出た盛田係長から、直人が供述を翻《ひるがえ》したと耳にした。

「佐久間直人は何て言っているんです？」

「気が動転していて、嘘をついた。僕は殺していない。その一点張りだ。あくまでも任意同行だしな、弁護士に騒がれても迷惑なんで、一度釈放しようという案も出ている」

昨晩の説得が功を奏したということか。安堵しつつも、淳一は捜査本部の混乱を想像した。

犯人は直人で決まり。あとは逮捕を待つのみ。そんな弛緩《しかん》した空気が捜査本部に漂い始めた矢先の出来事だった。本部が混乱に陥るのも無理はなかった。

「本部の上の奴らは浮き足立ってる。十時からの捜査会議で捜査方針の立て直しをしないとならんしな。それにしても誰がリークしやがったんだ。ただでさえ忙しいのに」

「リーク？　何のことです？」

「知らないのか？　今朝の毎朝新聞だよ。佐久間を殺害した凶器がニュー・ナンブであることが一面で掲載されている。署の前はマスコミの連中で大騒ぎだ」

佐久間を殺した凶器が二十三年前に消えた制式拳銃であることは、ずっとマスコミにも公表されずにいた。それが今朝になって新聞の一面に載ったということだった。

電話を切った淳一は、店のレジの前から毎朝新聞を持ってきた。新聞の一面に目を通す。盛田係長の言っていた通り、佐久間を殺害した凶器について言及されていた。

『三ツ葉市スーパー店長殺し、凶器は紛失した警察の制式拳銃か？』

見出しの下の記事には、警察関係者が明かしたとされる詳細が記されていた。紛失した拳銃と書いてあるだけで、二十三年前の事件については触れられていなかった。

南良が店内に入ってくるのが目に入った。こちらにやって来た南良が、テーブルの上の新聞に目をやってから、淳一の真向かいに腰を下ろした。

「ご覧になりました？」

淳一がそう訊くと、南良がうなずいた。

「ええ。今頃三ツ葉署は大騒ぎでしょうね。おそらく県警の上層部で対応が協議されていることでしょう。問題は誰が何のために情報をリークしたかです」

佐久間を殺した凶器についての詳細を知る者は、捜査に携わる一部の警察関係者に絞られる。

記事にも警察関係者とあることから、警察内部に情報をリークした人物がいると思われた。その人物の目的は金か、それとも別の何かか。

「それにしても岩本さんの身が心配です。一刻も早く彼女の身柄を押さえなければなりません。今、清原さんはどちらにいらっしゃるのでしょうか？」

昨晩電話をしてから、圭介とは話していない。昨日の電話の口振りだと、この町に来ている可能性が高いような気がした。

「確認はしていませんが、岩本万季子の自宅にいるかと思われます。彼に会いますか？」

「ええ。そろそろ本当のことを話していただきたいと思いましてね」

「本当のこと……ですか？」

「そうです。おそらく二度目の取引が行われたのではないかと、私は推測しています」

南良は小さく笑ってから、運ばれてきたグラスの水に口をつけた。

二度目の取引。圭介の供述によると、息子の万引きを餌に佐久間から脅迫を受け、三十万を支払ったという話だった。三十万では納得しなかった。南良はそう言いたいのだろうか。

「被害者の人物像と照らし合わせてみても、たった一回の取引で引き下がるとはどうしても思えないんですよ」

殺された佐久間秀之。捜査会議で報告される悪質な素行の数々。たしかに南良の意見には同意できる部分があった。

「つまり土曜日に二人がこの場所で待ち合わせたのは、佐久間との取引に行くため。南良さんはそうお考えなのですね？」

「そうです。そう考えなければ、この事件を解き明かすことはできません」

圭介の供述を思い出す。土曜日の夜、八時にこの店で待ち合わせた二人は、いったん別れてから二時間後に再合流したという。その間、圭介はビジネスホテルにチェックインしており、万季子は店で帳簿の整理をしていたとの証言だった。

たしかに二度も同じファミレスで待ち合わせをするというのも解せない話だった。二人は何らかの予定が入っていて、そのための時間調整と考えられなくもない。つまり十時半以降、佐久間に会いに行ったというわけか。

「結構です。もう出ますから」

注文を聞きに来た店員に対し、南良はそう言って立ち上がった。伝票を摑み、淳一も南良の背中を追った。


万季子の自宅に寄る前に、店を覗いてみることにした。万が一、万季子が店に戻ってきている可能性もあると考えたからだった。

ウインドウ越しに人影が見えた。淡い期待が広がったが、店内に入って落胆した。店にいたのは以前も見かけた従業員の若い女だった。

「岩本さんは来ていませんよね？」

南良が訊くと、若い女は首を振った。

「……はい。昨晩メールがあって、しばらくお店を休みにすると言われて……。急な話で驚いているんです。電話をかけても通じなくて……」

「失礼ですが、お名前は？」

女は多村美帆と名乗った。南良が続けて訊いた。

「多村さんにメールが届いたのは何時ですか？」

「午後の九時過ぎだったと思います」

淳一が圭介と落ち合ったのは午後九時。圭介から直人が自供したという連絡を受けて、すぐに万季子は逃走を決意したのだろう。

「最近、岩本さんの様子はどうでした？　気づいた点があったら教えていただきたいのですが」

「あれは先週の金曜日だったと思うんですけど、変な男から電話があって、それ以来店長の様子が少しおかしかったように思います。仕事中、ときどき上の空になったりとか……」

佐久間からの電話だろう。息子が万引きしたことを知らせる電話だったに違いない。

「教えてください、刑事さん。いったい店長に何があったんですか？　何か変な事件に巻き込まれたりしたんですか？」

南良は穏やかに笑って、安心させるように言った。

「心配要りませんよ。岩本さんはすぐに帰ってきます。ところであなたは今日はここで何を？」

「突然休みと言われても別にすることないし、掃除でもしておこうと思って……」

そのとき店のドアが開いて、若い男が店に入ってきた。淳一たちの姿を見て、男は怪訝そうな表情を浮かべていた。多村という店員が取り繕《と　つくろ》うように言った。

「彼氏です、私の。近くの居酒屋でバイトしているんです。この人たち、刑事さんなのよ」

刑事という単語に反応したのか、男は警戒した顔つきで南良と淳一を交互に眺めていた。南良が男に言った。

「すぐに帰るのでご心配なく。でも羨ましい限りです。美容師の方とお付き合いすれば、髪をカットしてもらえますもんね」

男は今風の髪型をしていた。茶色く染められた髪。パーマもかけているようで、長い髪がウェーブしていた。南良の言う通り、彼女にカットしてもらったのかもしれない。

「もしも岩本さんがこちらに現れたら、必ずここに連絡をください。私は神奈川県警の南良といいます」

南良は名刺を渡し、踵を返した。店を出る間際で立ち止まり、南良は多村美帆に尋ねた。

「一応参考までにお尋ねしますが、先週の土曜日の夜、どちらにいらっしゃいました？」

一瞬、多村という女の視線が泳いだように感じた。女は言った。

「土曜日の夜だったら、彼氏と一緒でした。映画を観に行ったんです。間違いありません」

男の表情が気になった。何か言いたげな顔をしていた。淳一は男に近づいて、上から見下ろして言った。

「何か言いたいことでもあるのか？」

「土曜日の夜だったら、ここで……」

「ここで？　ここにいたのか？　おい、答えるんだ」

南良がいなかったら、すぐにも胸倉を摑んでいるところだった。それでも男は怯えた目つきで淳一を見上げていた。

「ちょっと待ってください。私が説明しますんで」

女が諦めたように割って入り、説明を始めた。

「土曜日の夜でしたら、ここで彼の髪をカットしていました。店長には内緒で、月に一回は彼のカットをしているんです。私、合い鍵も持っているし……」

「ちなみに土曜の夜、ここに来たのは何時のことです？」

南良の問いに対し、女は素直に答えた。

「八時過ぎだったと思います。いつもそのくらいの時間だし」

「ここにいたのは何時まで？」

「土曜日はパーマもかけたから、ここを出たのは十一時過ぎだったと思います」

「その間、誰かがここを訪ねてきました？」

「いいえ、誰も。誰も来ませんでした。それはたしかです」

南良を見た。南良も淳一の顔を見ていた。万季子のアリバイが崩れたのだった。

万季子の証言によると、八時半に圭介とファミレスで別れたあと、店で帳簿の整理をしていたということだった。しかしその同時刻、目の前の二人が店にいたのだった。少なくとも万季子は偽証している。それだけは間違いなかった。

「大変参考になりました。もう一度言いますが、岩本さんが現れたらすぐに私に連絡を下さい」

そう言って南良は店から出て行った。店のドアを押しながら、淳一は心の中で叫んだ。

万季子、いったいどこで何をやってる？　本当にお前が佐久間を殺したのか？


インターホンが鳴った。玄関先に向かう。ドアを開けると、二人の男が立っていた。一人は南良という県警の刑事。もう一人は淳一だった。

「朝早くからすみません、清原さん。少しお話を聞かせていただきたいのですが、よろしいでしょうか？」

断る理由が思いつかなかった。圭介は二人を中に入れた。

「どうぞ。といっても僕の家ではないですけどね」

リビングに案内した。三人でテーブルを囲む。淳一の深刻そうな顔つきが気になった。

「早速ですが、まだ岩本さんから連絡は？」

そう南良に訊かれて、圭介は思わず淳一に目をやっていた。淳一は小さくうなずいた。つまり南良という刑事は万季子の失踪を知っている。そういうことなのだろう。

「残念ながら」圭介は答えた。「まだ万季子から連絡はありません。さきほど電話してみましたが、実家にも立ち寄っていないようです。何度も携帯を鳴らしているんですが、通じません。電源を切っているんだと思います。いろいろと知人を当たってみようと思ったんですが、なかなか心当たりがないものでして」

「実はお二人のことを調べさせていただいたところ、特に岩本さんの供述に矛盾があることが判明しました。佐久間秀之さんが殺された夜のことです」

南良が説明を始めた。二人がファミレスで別れてからの二時間の空白。店にいたという万季子の供述を覆す第三者の証言。万季子にアリバイはなし。遠回しではあるが、南良はそうほのめかしているようだった。

「そして昨晩からの突然の失踪。私は岩本さんが事件に関与している可能性が高いものと考えています。どうです？　清原さん。事件の夜に何があったか、詳しく話してもらえますか？」

そろそろ限界だろう。圭介は覚悟を決めた。これ以上嘘をつき通すことは難しいかもしれない。それに万季子と正樹のためでもある。警察の力を借りなければ、万季子たちの捜索は困難を極めるはずだ。

意を決して、圭介は言った。

「申し訳ありません。実は最初に渡した金だけでは佐久間は納得しませんでした。あの夜、二度目の取引が行われる予定でした」

「予定ということは、つまり取引は行われなかったわけですね？」

「ええ。取引の時刻は午後十一時でした。僕と万季子が佐久間のもとを訪ねたとき、すでに彼は死んでいました」

「詳しい状況をお聞かせ願えますか？」

憶えている限り、できるだけ正確に話した。佐久間の遺体の状況。拭きとったドアノブの指紋。万季子はずっと車の中で待機させていたこと。

「清原さんが現場に足を踏み入れたとき、凶器であった拳銃を目にしませんでしたか？」

「いえ、そういったものは何も。テープを捜した際、結構注意して床を見たりしたんですが、拳銃は目にしませんでした」

「現時点で出揃った情報を整理すると、岩本さんの事件当日の行動が浮かび上がってきます」

南良はそう言って、圭介の顔を正面から見つめた。心の奥まで見透かされそうな気がして、圭介は目を逸らした。

「ファミレスで別れたあと、万季子さんは店に向かわずに単身佐久間さんのもとにおもむいた。理由はわかりません。彼女の中で期するものがあったのかもしれません」

期するもの。まさか万季子は佐久間の要求を飲むつもりだったのだろうか。しかしそうとでも考えなければ、単独で佐久間のもとに向かった万季子の行動に説明がつかない。内心の動揺を押し殺して、圭介は南良の言葉に耳を傾けた。

「夜の十時。二人の間で何があったかわかりませんが、岩本さんは佐久間さんを射殺してしまう。その後、岩本さんは待ち合わせのファミレスに引き返し、今度は清原さんとともに佐久間さんのもとに向かい、そこで遺体を発見したんです」

佐久間殺しの犯人は万季子で決まり。そう断言するような南良の口振りに憤《いきどお》りを覚えたが、反論することができなかった。

「やはりポイントは凶器となった拳銃ですね。考えられるのは三通り。あらかじめ佐久間さんが持っていたか、岩本さんが持ち込んだのか、それとも別の第三者が持っていたか。まあその問題もいずれ解決するでしょうけど」

自信に溢れた南良の口調に、圭介は固唾を飲んだ。この男なら本当にすべてを見抜いてしまうかもしれない。

淳一の顔を窺うと、淳一の顔も心なしか青ざめているようだった。

「いずれにしてもこの事件には複雑なものが絡んでいます。息子の万引きを餌に恐喝された母親が、恐喝相手のスーパー店主を殺害した。見かけは単純な構図ですが、その裏にはもっと複雑な何かが潜んでいるように思われます」

そこで間を置いて、南良は圭介に向かって頭を下げた。

「申し訳ありませんが、今は岩本さんの身柄を確保するのが急務です。我々は今から捜査本部に戻り、岩本さんの件を上司に報告したいと考えています。清原さんの胸中はお察ししますが、どうかご理解ください」

正樹の件を公にする。目の前の刑事はそれを詫びているのだった。南良という男の内面に触れたような気がした。圭介も小さく頭を下げた。

「こちらこそ。どうか万季子をよろしくお願いします」

「ちょっと参考までに聞かせてくれ」

ずっと黙っていた淳一が口を開いた。

「佐久間の二度目の要求は何だったんだ？　やはり金か？」

「そうじゃない」圭介は首を横に振った。「体だ。あいつの要求は万季子の体だったんだ」

「もしかして……お前たち……」

「誤解するな。たとえ別れた女房であっても、あんな奴に差し出す馬鹿がどこにいる。俺たちは金を上乗せして勘弁してもらうつもりだった。それでも奴が納得しなかったら、その場で警察に通報するつもりだった」

すべての原因は自分の不甲斐なさにある。圭介はそう実感していた。取引に応じるという万季子を説得しきれなかった自分に責任がある。最初から佐久間の取引に応じなければ、今のような事態を招くことはなかったはずだから。

「飛奈刑事、そろそろ行きましょう」

そう言って南良は立ち上がった。その言葉に淳一も腰を上げた。玄関先まで二人を見送った。ドアを閉めてから、圭介はそのまま壁にもたれて大きく息を吐いた。

とにかく無事でいてほしい。万季子と正樹が無事でいてくれれば、それでいい。


車に駆け寄った。ポケットをまさぐる演技をしてから、車の前で待つ南良に言った。

「すみません、南良さん。車のキーを家の中に忘れてきてしまったようです。ちょっとお待ちください」

「わかりました。すでに捜査会議は始まっています。署に電話を入れて遅れる旨を伝えておきますから」

踵を返した。家の前に停車してある圭介の車を一瞥する。黒いSUV。品川ナンバー。間違いなかった。

小走りで玄関に向かった。試しにドアを回すと、鍵はかかっていなかった。ドアを開けて中に入る。

「圭介」

靴を脱ぎながら名前を呼んだ。奥から圭介が顔を出した。

「淳一……どうかしたのか?」

「車のキーを忘れたと言ってきた。時間がない。単刀直入に話すぞ。金曜日の夜のことだ。お前の車が廃校近くで目撃されている。校庭を歩いていた男の姿もだ。圭介、お前がタイムカプセルを開けたんだな?」

「ちょっと待ってくれ、淳一……」

「時間がないと言っているだろ。お前がタイムカプセルを開けて、中から拳銃をとり出した。そうなのか?」

「違う、淳一。俺じゃないんだ」

「だったらなぜ……」

圭介は首を振り、意を決したように言った。

「タイムカプセルは二度開けられたんだ」

「二度だと?」

思わず聞き返していた。

「そうだ」圭介は語り始めた。「俺がタイムカプセルを開けたのは事実だ。佐久間との一度目の取引に向かう前、俺も狼狽していた。万季子と電話をしているとき、あいつが偶然タイムカプセルのことを口にしてな、俺も思い出したんだ。護身用に持って行こうと思ったんだ」

「それでタイムカプセルを掘り起こしたってわけか？」

「ああ。でもすでに拳銃は持ち去られたあとだった。見当たらなかったんだ。信じてくれ、淳一。拳銃を持ち出したのは俺じゃない」

圭介の顔を見る。真剣な表情だった。嘘をついているようには見えなかった。

「お前が掘ったときの土の感触は？　最近掘り起こされた形跡があったか？」

圭介は首を振った。

「なかった。土は固まってた。おそらく何年もたっていたと思う」

建築士である圭介の見立てならば、信用できるかもしれなかった。

「つまりこういうことか。何年も前にあのタイムカプセルは掘り起こされ、中から拳銃だけ持ち去られていた。そういうことだな？」

「ああ。そうとしか考えられない」

何者かが以前にタイムカプセルを掘り起こしていた。突然舞い降りた新たな情報に、淳一の混乱は増す一方だった。

「タイムカプセルを埋めた当時、俺たちは頭の回らないガキだった。そうだろ？　淳一」

圭介の言葉に淳一はうなずいた。「まあな」

「何年後かに開ける約束もしたわけじゃない。むしろ永遠に閉じ込めておきたい。少なくとも俺はそんな風に思っていた。だから保存状態など一切考えず、市販のクーラーボックスを改良しただけの陳腐なタイムカプセルを作った。でも考えてみろ、淳一。二十三年前の拳銃だぞ。誰かが手元に置いて手入れをしていた。そう考えるのが妥当じゃないか」

思わず息を飲んだ。そこまで深く考えていなかった。自分の浅はかさを思い知った。

市販のクーラーボックス。密閉性は高いとはいえ、隙間から雨水が浸入することだってあったはずだ。二十三年もの間、ずっと土に埋まっていた拳銃が、暴発することなく発射されることなど奇跡に等しいだろう。

「わかった。ここはお前を信じることにしよう。車で南良が待ってる。また何かあったら連絡するから」

そう言って淳一は靴をはいた。玄関のドアを開けて、小走りで駆けた。

タイムカプセルの拳銃が持ち出されたのは、ここ最近ではなくて遥か以前のこと。圭介の言葉を信じるなら、そう考えて間違いなさそうだ。問題は誰が拳銃を持ち出し、長年にわたって保管していたのか。

結局は同じ問題に行き着いてしまう。直人なのか、それとも万季子なのか。もしくは圭介が嘘をついているのか。タイムカプセルを開けることは、四人以外にできないのだから。

「お待たせしました、南良さん」

ドアロックを解除して、淳一は何食わぬ顔で南良に言った。

朝の十時過ぎ。警官に先導されて三ツ葉警察署をあとにした。警察署の前は多くの報道陣で溢れ返っていた。最初は自分が目当てなのかと身構えた直人だったが、ロビーに現れた直人の姿を見てもカメラを向けてきたのは数人だけだった。

パトカーの後部座席に乗り込む。カメラを手にした記者が一人、パトカーに近寄ってきて、直人に対して好奇な視線を送ってきた。カメラを構えた記者を、直人を先導してきた警官が制した。

「ただの参考人。撮らないでくれるかな。プライバシー侵害で訴えられても知らないよ」

カメラを下ろして、記者が不服そうに言った。

「記者会見、まだですかね？　かれこれ一時間も待ってるっていうのに」

「正式な発表は広報を通じてだ。それに勝手に押しかけてきてるのはあんたらだろうが」

「そこを何とか教えてくださいよ。こっちだって必死なんですから。スーパー店長殺しで使用された拳銃、県警の備品だったたって本当ですか？」

警官は何も答えず、運転席に乗り込んだ。二人のやりとりを聞いていて、報道陣が集まった理由について思い至った。佐久間を殺した拳銃の出所が、どこからかマスコミに洩れたのだろう。

警察の制式拳銃が一般人を殺害する凶器として使用された。警察にとっては不祥事ともいえる。昨晩の取り調べにおける刑事の言動からも、警察が拳銃の回収に躍起《やっき》になっていることは容易に理解できた。

パトカーが発進した。行く先は直人の自宅だった。原則的に自宅待機を命じられている。

朝一番の取り調べで、直人はこれまでの供述を覆し、犯行への関与を否定した。そのときの刑事の表情が忘れられなかった。

狐につままれた表情とは、まさにあれを指すのだろう。どの刑事も口を半開きにして、言葉を失っていた。当然のことだった。それまで自供をしていた被疑者が、一晩たっていきなり無実を主張しはじめたのだから。

そこから先は厳しい追及が待っていた。荒い語気で刑事たちは直人を責め立てた。ときには荒々しく机を叩くこともあったし、怒声も飛び交った。それでも直人は無実を主張し続けた。

弁護士への接見を要求したことが功を奏したらしく、一度釈放されることが決まった。しかしいくつかの条件を飲まざるを得なかった。原則的に自宅待機。逃亡の危険性を考慮し、自宅前に警官が張りつくこと。捜査の行方次第によっては今後も警察の呼び出しに応じ、取り調べを受けること。以上が警察側が出した条件だった。

ポケットから携帯電話をとり出した。ずっと取り上げられていて、警察署を出てくる間際にほかの私物と一緒に渡されたものだ。液晶に目をやると、不在着信とメールが十件以上もあった。一件ずつ確認した。着信の多くは実家からだった。母が心配になって何度も電話を鳴らしたに違いなかった。メールの多くは仕事関係のものだった。直人が連行されたことを母は公にしていないようで、ごく普通の仕事関係のメールが多くを占めていた。

すべての確認を終えて、直人は溜め息をついた。それほど期待していたわけではない。しかし微かな期待を抱いていたのは事実だった。万季子からのメッセージが届いているかもしれないと。期待は虚しくも砕け散った。

お願いだから早まった真似だけはしないでほしい。どうか万季子が無事であってほしい。それが直人の切なる願いだった。

昨晩、留置場で淳一に言われた言葉が、今でも耳に残っていた。

『お前がどれだけ踏ん張っていたところで、万季子が救われることはない。直人、いい加減に目を覚ませ』

一晩中、考え抜いた。出た結論は容疑を否認するというものだった。今、自分にできることは万季子をかばうことではない。そう考え直した。

パトカーが山道に差しかかった。ここからいくつかのカーブを上り切ったところに、直人の自宅がある地区があった。

この山道以外に、自宅に向かう道はない。つまり直人自身も毎日のようにこの山道を自家用車で往復する。ある一定の場所を通り過ぎる度に、直人は高校三年のあの夜のことを思い出し、激しい後悔に襲われる。そんなことがもう何年も続いていた。

これから先も続くのだろう。後悔はさらに大きなものとなって、自分を覆い尽くすのだろう。やはり秀之は自分が殺しておくべきだった。そう悔やみ続けるのだ。これから先もずっと。

パトカーが自宅に到着した。自分でドアを開けて、パトカーから降りた。そのままパトカーは走り去っていった。

玄関に向かおうとしたところで、携帯が鳴り始めた。着信の表示は圭介からだった。慌てて携帯を耳に当てた。

「もしもし」

「事情は淳一から聞いた。釈放されたのか？」

「うん、たった今ね。ところで万季ちゃんは？　まだ行方はわからないのか？」

「ああ、まだだ」圭介の口調に覇気がなかった。「今、淳一が三ツ葉警察署に向かったところだ。万季子の行方を追うため、捜査本部を動かすつもりらしい」

家の真向かいに一台の黒い乗用車が停まっていた。あれが警察の見張りの車なのだろう。車に背を向けて、直人は言った。

「僕も何か手伝えることがあればいいんだけど、身動きがとれない状態なんだ。いろいろと考えてみようとは思っているけど」

「直人、一つだけ教えてくれ」

圭介の声色が真剣なものに変わった。直人は思わず息をひそめて、電話を耳に強く押し当てた。圭介の声が鼓膜に響いた。

「タイムカプセルを開けたのはお前なのか？」

二十分遅れで会議室に足を踏み入れた。まだ捜査会議は続いていた。淳一は一番後方の空いた席に座った。南良はそのまま前に進み、前方の幹部席に向かった。南良は片膝をついて、幹部連中に耳打ちするように何やら話していた。

「何かあったのか？」

斜め前に座っていた強行犯係の同僚にそう訊かれた。淳一は短く答えた。

「はい。被疑者が割れました」

「何だと？」

同僚の刑事が目を剝いた。

「今から報告があると思います」

五十人態勢の捜査本部。ほぼ全員が出席している様子だった。犯行を自供していた参考人が、一転して無実を主張。並みいる捜査員からも苛立ちが漂っているように感じられた。

「たった今、県警捜査一課の南良君から報告があった。事件解決に繋がる極めて重要な報告であると判断したため、今から南良君から皆にも説明してもらう。南良君、前へ」

南良が前に出た。軽く頭を下げてから、南良は口を開いた。

「先週の金曜日、市内で美容院を経営する岩本万季子という女性が、息子の万引きを餌に佐久間秀之から恐喝を受けました。それが今回の事件の発端となりました」

捜査員がざわついた。市内の美容院経営者。これまで捜査線上にまったく浮かび上がっていなかった一人の女性の名前に、捜査員の誰もが戸惑いを浮かべている様子だった。そんな中、淳一は唇を嚙み締めた。

息子の不祥事だけは何とか隠し通したかった圭介と万季子の思い。その思いが儚《はかな》くも砕け散ってしまったのだ。

「佐久間の要求は現金三十万円。金曜日の夜、金を支払った岩木万季子でしたが、佐久間の要求はさらにエスカレートしていきました。次に佐久間が要求したのは肉体関係でした。土曜日の午後十一時に事務所に来い。佐久間はそう言ったといいます」

捜査員の誰もが固唾を飲んで、南良の話に聞き入っていた。南良は落ち着いた口調で、淡々と続けた。

「岩本万季子は元夫である東京都内の建築士、清原圭介と話し合い、さらに金を上乗せすることで事態を収めようと考えました。二人は事件のあった土曜日の午後八時過ぎ、三ツ葉駅前のファミレスで落ち合いました」

その後も南良の報告は続いた。一度別れて、取引前に再び落ち合った圭介と万季子。その間の二時間の空白。万季子がアリバイを偽証していたこと。

「その元旦那の清原圭介ですが、彼のアリバイは確認されているんでしょうね？」

最前列に座っていた捜査員から質問が飛んだ。南良は答えた。

「問題ありません。すでに確認済みです」

圭介がチェックインしたとされるビジネスホテルには、すでに足を運んで従業員から話を聞いていた。間違いなく圭介は午後八時半過ぎにチェックインして、それから二時間の間、部屋から出ていなかった。部屋の電話の通話記録でも、それは証明されていた。

「現時点では彼女が犯人であるという物証はありません。しかし状況証拠を積み上げれば、岩本万季子が犯行に関与している可能性は高いものと思われます。しかも当の本人は昨晩から息子を連れて失踪した模様です。彼女は拳銃を所持しているはず。一刻も早く彼女の身柄を拘束する必要があると思います」

「拳銃の入手先は？　彼女はどこから拳銃を入手したんですか？」

再び捜査員の質問が飛んだ。南良は穏やかな笑みを浮かべて言った。

「残念ですが、そこまではまだ。いずれにしても二十三年前に発生した未解決の強盗事件が、事件の謎を解く手掛かりになると思われます。繰り返しますが、今は岩本万季子の捜索に全力を尽くすべき。それが私の考えです」

南良の言葉は捜査員に対してではなく、前に控える幹部連中に向けて発せられているように感じられた。幹部の面々は顔をつき合わせて、今後の捜査方針を協議している様子だった。

やがて幹部の一人が立ち上がって言った。

「南良君の報告を受けて、捜査方針を変更する。岩本万季子の捜索に全力で当たることとする。すぐに岩本万季子の顔写真を入手し、捜査員には配付する。自宅、勤務先を中心に聞き込みに当たれ。なお、現時刻をもって岩本万季子を本件の重要参考人として、彼女の確保を最優先事項としたい」

重要参考人。その言葉が淳一の胸に重くのしかかった。万季子が容疑者として手配されたも同然なのだ。

捜査員の誰もが色めき立っていた。その様子は目標となる獲物を与えられた猟犬の群れを連想させた。こうなると彼らは強い。淳一はそれを肌で知っていた。どこまでも執拗に追いかけ、獲物を捜し出す。そのためのプロ集団なのだから。

南良の姿を探した。南良は窓際に立ち、外の景色に目をやっていた。憂いを帯びたその目は、何かを考えているようでもあった。手柄を立てた当の本人だというのに、やや浮かない顔つきだった。

佐久間殺しだけではない。二十三年前の強盗事件も南良の視野に入っているのは明らかだった。彼がどこまで真相を明らかにしようとしているのか。それを考えると恐怖で足が竦む思いだった。

一階の総務課に向かった。見知った職員に声をかけ、二十三年前の職員名簿を探してほしいと頼んだ。

「例の件だろ？　未解決のまま時効を迎えた二十三年前の強盗事件。なぜ職員名簿なんて必要なんだ？」

「知らないよ。俺は頼まれただけだ。さっさと名簿を出してくれ」

小さく肩を竦めてから、職員は奥の書庫に名簿を探しに行った。カウンターにもたれて、男の帰りを待つことにした。

万季子捜索の割り当ても決定し、顔写真も配付された。各捜査員が会議室から飛び出していくのを尻目に、南良はその場から動こうとはしなかった。

「ほれ、これが二十三年前の名簿」

書庫から戻ってきた職員から、黄ばんだ冊子を渡された。受けとった冊子をその場で開き、全職員の名前に目を通した。

二十三年前に三ツ葉署に配属されていて、現在も三ツ葉署に配属されている人間を探し出すこと。それが南良から与えられた指示だった。

名簿を指で追う。途中、地域課のページに清原和雄の名前を見つけて、一瞬だけ胸に感慨がよぎった。すぐに気を取り直して作業を続ける。すべての職員の名前を確認した結果、該当者は三名いた。

一人は交通課長の河合伸二《かわいしんじ》。二人目は生活安全課の須藤紀彦《すどうのりひこ》係長。最後の一人は署長の小杉房則だった。

三人の名前と当時の所属先を手帳に書き記した。名簿を返したところで、後ろから声をかけられた。南良だった。

「飛奈刑事、該当者は？」

南良はそう訊いてきた。淳一は手帳を見せて、短く答えた。

「三名です。そちらは？」

南良は首を振った。「県警の捜査員の中に該当者はいませんでした」

淳一と同じく、南良は今回の捜査本部に加わっている県警捜査員を調べていた。二十三年前に三ツ葉署に配属されていた捜査員がいたかどうか。ヒットはなかったということだった。

「見せていただけますか?」

南良にそう言われ、淳一は手帳を南良に渡した。

手帳の名前に目をやった南良は、満足そうにうなずいた。そのまま南良はロビーに向かって歩き始めた。淳一は南良の背中を追った。

南良の真意に思いを巡らす。二十三年前に三ツ葉署に配属されていて、現在も同署に配属されている三名の警察官。彼らのうち、誰かが二十三年前の事件に関与しているということか。つまりあの強盗事件に警察関係者が関わっていた。そういうことなのだろうか。

署の前はマスコミで賑わっていた。マイクを向ける無数の手を振り払って、何とか駐車場まで辿り着き、覆面パトカーに乗り込んだ。

「その三名の中に、拳銃のことをマスコミにリークした人物がいるかもしれません」

シートベルトを締めながら、南良がそう言った。

「リークした人物……ですか?」

「そうです。なぜ極秘扱いだった機密情報を外部に洩らしたのか。その者の意図は何だと思いますか?」

「謝礼に目がくらんだのか。もしくは拳銃の秘密を公にしたかったのか。そのどちらかでしょうか」

「その通りです」南良はうなずいた。「ただもう一つあります。拳銃の件を秘密にしたかったから。そういう狙いもあると思いませんか？」

「ちょっと待ってください、それはどういう……」

拳銃の件を秘密にしておきたいのなら、マスコミにリークするという行為自体が矛盾する。すでに拳銃の記事が一面を飾ってしまった以上、秘密でも何でもない。すでに県警上層部では記者発表に備えてコメントを作成しているに違いない。

いや、ちょっと待て。そこまで考えたところで、淳一は思いついた。

まだ県警は正式な記者発表を行っていないのだ。記者発表の場で拳銃の存在を否定する。そういうことも考えられないか。

朝刊の記事を思い出す。紛失した拳銃と書かれていただけで、二十三年前の件については触れられていなかった。つまり情報をリークした人物は意図的にそれを伏せたということだ。マスコミが気づいていない以上、二十三年前の件については情報操作も可能ということだ。

淳一は言った。

「わかりましたよ、南良さん。記者会見でどちらに転ぶかは県警上層部の思惑次第。そういうことですね？」

南良は微笑みを浮かべてうなずいた。

「そうです。日本警察の制式拳銃が一般人を殺害する凶器として使用される。大変由々しき事態です。紛失した拳銃そのものの存在を認めない。要は臭いものには蓋をするという論理ですね。そちらに傾く可能性もあるかもしれません」

「南良さんはどちらに転ぶと思いますか？」

「五分五分でしょう。今頃、県警の上層部はてんやわんやの大騒ぎでしょう。それだけは間違いないですね」

もしも拳銃の存在を県警が否定したらどうなるか。つまりそれは二十三年前の事件そのものを抹殺することにも繋がらないか。もしもリークした人物がそこまで計算していたとしたら、おそらくその人物の目的は――。

「今回の事件の登場人物を整理しましょう」

南良の言葉で思考が打ち切られた。

「まずは被害者の佐久間秀之。決して好人物とは言えないスーパーの店長。その佐久間から悪質な恐喝を受けていた岩本万季子。彼女の元夫で、二十三年前に父親を亡くした清原圭介。そして岩本万季子をかばうためか、自ら罪を買って出た被害者の弟、佐久間直人」

そこで南良は間を置いた。淳一は息を飲んで南良の次の言葉を待った。

「最後にもう一人。あなたです、飛奈刑事」

眉間に銃口を突きつけられたような気がした。すべてを見抜いている。そんな南良の口振りだった。

「飛奈刑事、まずはあなたの問題から解決することにしましょうか」

あくまでも穏やかな物言いで、南良はそう言った。

次のカーブを曲がれば、左手に市営住宅が見えてくるはずだった。両脇に見える鬱蒼とした森からは、窓を閉めていても蟬《せみ》の鳴き声が聞こえてくるような気がした。直人は目を細めて、窓の外の風景を眺めていた。ちょうど太陽が真上にあるせいか、日の光で黒いアスファルトが眩しく光っていた。

自宅の電話機が鳴り響いたのは正午を少し回った頃だった。電話の主は淳一だった。午後になったら迎えに行く。淳一は早口でそう言うと、一方的に電話を切った。

午後一時ちょうど。部屋の窓から表に車が停まるのが見えた。直人は玄関から外に出て、停車している車に向かって歩いた。

運転席から降りた淳一が、家の真向かいに停まった見張りの覆面パトカーに向かって小走りで駆けていき、見張りをしていた私服の刑事と何やら言葉を交わしていた。すぐに話はまとまったようだった。ここから自分を連れ出す旨を伝えてきたに違いない。直人はそう思った。

「暑くないですか?」

助手席に座る南良という刑事に声をかけられた。直人は首を横に振った。

「いえ。お構いなく」

車が左折した。市営住宅の入口だった。十坪ほどの平屋の木造家屋が、肩を寄せ合うようにひしめき合っていた。

直人が子供の頃は空き家など一軒もなかったように記憶しているが、今では入居者も半分程度だという。市でも建て替えの話が出ているらしいが、この不景気の影響からか計画は遅々として進んでいないようだ。

子供の頃、ここには毎日のように足を運んだものだった。万季子も淳一も圭介も、この市営住宅に住んでいたからだ。直人が一番足を運んだのは、淳一の家だったかもしれない。淳一の母親は昼間はパートに出ていたため、放課後は淳一の家には誰もいなかった。よく淳一の家に上がり込んで、みんなで遊んだものだった。逆に近寄り難かったのは圭介の家だ。自宅の一階が駐在所だったこともあり、あまり圭介の家で遊んだ記憶はない。

直人はわずかに身を乗り出した。手前から二軒目。淳一が住んでいた住宅が見えてきた。今は誰も住んでいないらしく、庭も荒れていた。自分の生家を通り過ぎたというのに、淳一はそれには見向きもせず、まっすぐに前だけを見つめていた。淳一のこめかみに汗がにじんでいるのが気になった。

車はさらに奥に進み、最後の住宅の前を通り過ぎた。突き当たりを右に曲がったところで、車はゆっくりと停車した。森に面した車道だった。ここに連れてこられた目的を、直人は薄々察していた。

前方に一台の車が停車していた。見憶えのある黒い車。圭介の車に違いなかった。淳一がキーを抜いたのを見て、直人はドアを開けて車から降りた。途端に蟬の声が耳に響き渡った。午後の強い陽射しが降り注いでいた。

「すみません、清原さん。わざわざお越しいただいて」

南良がそう言うと、圭介は小さく会釈をしながらこちらに近づいてきた。圭介と目が合った。

圭介もやや不安そうな表情を浮かべていた。

「皆さんにお集まりいただいたのは、二十三年前の事件をもう一度検証してみようと思ったからです。本来ならもう一人、岩本さんも一緒にと思ったのですが、彼女を待っている余裕もなくなってしまいました」

「ちょっと待ってください」反論したのは圭介だった。「前にも話した通り、あれから長い年月がたっているんです。記憶だって曖昧なものになっています。今さら検証したって無駄だと思いますよ」

「たしかに清原さんのおっしゃる通りです。記憶というのは徐々に風化するものですからね。それでも当時は子供だったあなた方が、大人の視線で事件をもう一度検証するのは決して無駄なことではないと思います」

仕方ない。そう言わんばかりに圭介は肩を竦めた。

「やぶ蚊もいると思いますので、これを使ってください」

南良から手渡されたのは虫除けスプレーだった。直人は手と首筋にスプレーを吹きつけ、一番近くにいた淳一にスプレーを渡した。淳一、圭介の順にスプレーが回り、手元に戻ってきたスプレーを自分の腕に吹きつけながら、南良が言った。

「どこから入ったんですか？　憶えているなら教えてください」

森を見渡した。建物の配置や電柱の位置から、今でも大体の場所は推測できる。前に出た淳一が、南良を案内した。

「こちらです」

淳一のあとに三人が続いた。しばらく歩いた淳一は、ガードレールの切れ間で立ち止まった。

「ここです。ここから中に入りました」

間違いなかった。ガードレールの切れ間から、一本の細い道が森の奥へと続いている。今でもこの道を通っている者がいるということか。山菜採りや釣り人。そういった者たちだろう。

「では行きましょうか」

南良がそう言った。最初にガードレールを乗り越えたのは淳一だった。そのあとに南良が続いた。圭介と目が合った。先に行くぞ。圭介の目はそう言っていた。直人はうなずいて、一番最後に森の中に入った。

鳥のさえずりが聞こえた。木々の隙間から日光が降り注いでいるため、森の内部はそれほど暗くなかった。前を歩く三人、特に先頭の淳一が枝を払いながら進んでいるため、歩くのにさほど苦はなかった。

誰も口を利かなかった。黙々と前に進んでいく。傍《はた》から見れば可笑しな集団だと思った。男四人で無言のまま森の中を進む。特に先頭の二人はスーツに革靴という場違いな格好なのだから。

先頭を歩く淳一が止まった。圭介の肩越しに前を見ると、道が二叉に分かれていた。二十三年前のあの日の記憶がよみがえる。直人は淳一とともに左側の道へ、圭介と万季子は右側の道に進んだはずだった。

一瞬だけ迷った素振りを見せた淳一だったが、左側の道を選択した。おそらく南良が検証したいのは遺体の発見現場だろう。となると右側の道に進んでも意味はない。

道は緩やかな下りの傾斜になっている。前を歩く圭介の背中を見た。父親の遺体と対面した場所に、これから向かおうとしているのだ。今、圭介は何を思っているのだろうか。

やがて淳一が足を止めた。さきほどの分岐点から三百メートルほど進んだであろうか。木も疎《まば》らで、視界も開けていた。河原まですぐのところだった。その光景には見憶えがあった。間違いない、この場所だった。

「清原巡査の遺体を発見した場所はここです。あの辺りに清原巡査が倒れていました」

そう言って淳一が五メートルほど先の、道からやや外れた地点を指差した。そこに視線を向けた南良が、淳一に訊いた。

「大島の遺体はどこにありました?」

「あちらです」

淳一が即答する。淳一が指差した先は、圭介の親父さんが倒れていた場所から、十五メートルほど奥に入ったところだった。ちょうど河原へ出る手前辺りだった。

大島というのは圭介の親父さんを撃った銀行強盗のことだ。その名前は事件翌日のニュースで知った。直人自身は大島の遺体を見ていない。淳一に言われ、警察を呼ぶためにすぐにこの場を離れたからだ。大島の遺体どころか、圭介の親父さんの遺体さえも怖くて正視できなかった。

「残された捜査資料によると、ここにいない岩本万季子さんを含めたあなた方四人は、渓流で沢ガニを獲るために、森の中に入っていったとされています」

発案したのは圭介と淳一だった。あの事件の前の週に、二人で森の中を探検していて川に繋がる山道を見つけたという。

「複数の銃声が聞こえて、怖くなって逃げようとした。逃げる途中で清原巡査の遺体を発見して、すぐに森を出ようとした。間違いないですね?」

「ええ、その通りです」

淳一が答えた。南良は続けた。

「今のが当時の捜査資料の記録です。あれほどの重大事件、しかもあなた方四人は遺体の第一発見者だというのに、あまりにも簡潔な、言い換えればお粗末な報告だと思います。そこで詳しく検証してみたいんですよ」

この南良という男はどこまで知っているのだろうか。直人はそれが気になった。もしかしてこの男は、すべてを明らかにしようとしているのか。

「まずは皆さんが銃声を聞いた場所から始めましょうか。清原さん、あなたはどこで銃声を耳にしましたか?」


突然名前を呼ばれ、圭介は我に返った。

ずっと父が倒れていた付近に視線が吸い寄せられていた。二十三年前、父が殺されたあの日。胸から血を流し、虚空を睨むように死んでいた父。今でも父の死に顔は圭介の脳裏に鮮やかに焼きついていた。

「銃声を聞いた場所ですか。ええと……僕は万季子と一緒でした。さきほどの二叉に分かれる道で、僕と万季子は右側に進んだものですから」

「つまり四人は一緒に行動していたわけではないんですね？」

確認するように南良が言う。圭介は答えた。

「ええ。僕は万季子と一緒でした。あとの二人はちょうどこの道を進んだはずです。川で合流することになっていたんです」

なぜ今さら二十三年前の事件を検証しなければならないのか。南良の真意が摑めなかった。そうでなくとも万季子は失踪中で、しかも拳銃を持っているかもしれないのだ。こんなことは早々と切り上げたい。それが圭介の本音だった。

「続けてください」

南良にそう言われ、再び圭介は話し始めた。

「右側の道をしばらく歩いたところで、数発の銃声を耳にしました」

「ここは大事なところです。合計で何発の銃声が聞こえたのでしょうか？」

最初の一発で完全に震え上がった。その場にしゃがんで万季子と顔を見合わせたことを憶えている。

「まずは最初に一発。そのあとで連続して二発……いや三発の銃声が聞こえたと記憶しています。合計して四発でした」

そう言いながら圭介は二人の顔を見回した。直人は首を傾げるだけだったが、淳一はわずかにうなずいていた。

圭介は続けた。

「銃声を聞いて驚いて、すぐに引き返しました。早くほかの二人と合流して、森から逃げ出さなくてはならないと思ったからです。二叉の分岐点まで辿り着いたところで、最後の銃声、つまり五発目の銃声を耳にしました」

あの五発目こそ、最期に父が放った銃声のはずだ。死ぬ間際に渾身の力を込めて、犯人に向けて撃った銃弾。

「迷いました。このまま逃げようとも思いました。しかし二人を残していくわけにもいかず、淳一たちが向かった道を進むことにしました。途中で直人に会いました。直人はかなりショックを受けている様子で、警察を呼びに行くとうわ言のように繰り返していました。淳一はどこだと訊くと、直人は道の奥を指で差したんです。そのまま進んだところで、淳一の姿が見えました」

「そこでお父さんのご遺体と対面した。そういうことですね？」

「ええ。その通りです。夢であって欲しい。父の遺体を見て、僕はそう思いました」

記憶が否が応でもよみがえった。圭介は小さく頭を振って、父の遺体の残像を脳裏から振るい落とした。

「ありがとうございます。辛いことを思い出させてしまって申し訳ありません。では佐久間さん、あなたはどこで銃声を耳にしましたか？」

圭介の背後に隠れるように立っていた直人が、一歩前に出た。やや緊張した顔つきで、直人が語り始めた。

「僕は淳一と一緒でした。途中で連続した銃声を耳にしたのは、圭介と一緒です。ただ僕らの場合、五発目の銃声は別々の場所で聞いたんです」

初めて知る事実に圭介は驚いた。あの瞬間、淳一と直人は別行動をとっていたということか。

「銃声を耳にして、僕は足が竦んでしまい、その場から動けなくなってしまいました。俺が様子を見てくるから、お前はここで待っていろと淳一に言われて、僕は近くの大きな岩の陰に身を隠したんです。しばらくして五発目の銃声が聞こえました。淳一のことが心配になったので、僕は岩陰から這い出ました」

直人の証言には納得できる部分もあった。当時の直人は体力的にはひ弱だったし、剛胆な精神力があったわけでもない。そもそも最初から直人は探検に積極的ではなかった。

銃声を聞いたときの直人の恐怖は尋常ではなかったはずだ。そんな直人をかばう淳一の行動も、圭介には手にとるように理解できた。

「少し歩いたところで、向こうから歩いてくる淳一と鉢合わせになりました。警察を呼びに行け。淳一は僕にそう言いました。なぜかと尋ねると、淳一は首を振って言ったんです。圭介の父ちゃんが殺された。だからお前は警察を呼びに行けと」

圭介の父ちゃん。ほかの三人は父のことをそんな風に呼んでいたことを、圭介は不意に思い出した。みはる台交番のお巡りさん。ほかのクラスメートは圭介の父をそんな風に呼んでいたが、三人だけは親しみを込めて圭介の父ちゃんと呼んでいたのだった。

「淳一の背後に目をやると、少し離れたところに見慣れた制服が見えました。圭介の父親だとわかりました。僕は半ば混乱に陥りながらも、淳一に言われた通りに引き返しました。そこから先はショックもあって、記憶も曖昧です。さっきの話だと途中で圭介に会ったみたいですが、正直よく憶えていません。森を抜ける手前で、一人の警官に会いました」

「その警官ですが、今でも会えば顔がわかりますか？」

ずっと黙って話を聞いていた南良が質問した。直人はうなずいた。

「ええ、わかります。というより昨晩勾留されたときに警察署で見かけました。間違いないと思います」

その警官なら圭介も憶えていた。森から抜け出したあと、四人は駐在所、つまり圭介の自宅まで連れていかれ、そこで事情を訊かれた。万季子は泣いていて話ができる状態ではなかったし、直人は虚ろな視線で下を向いているだけだった。主に話すのは圭介と淳一だった。あの場にいた警官のことを言っているのだろう。

「ありがとうございました。お二人の話を結びつけると、飛奈刑事は佐久間さんを岩陰に隠したあと、様子を窺うために一人で歩き始めた。そういうことですね？」

南良に訊かれて、淳一が答えた。

「はい。南良さんのおっしゃる通りです。私が歩き始めてすぐ、銃声が聞こえました。かなり近いと感じました。私はとっさに木の陰に隠れて、息をひそめました。恐る恐る木の陰から顔を覗かせて周囲を観察すると、二十メートルほど先に青い制服が見えました。この時点ではまさか清原巡査だとは思いませんでした」

「そのまま飛奈刑事は前に進み、遺体を発見したんですね？」

「そうです。すぐに引き返して、直人に警察を呼びにいくように伝えました。私はもう一度遺体の場所まで戻り、清原巡査の傍で立ち尽くしていました。ショックで硬直していたというのが本当のところです」

「なるほどね。私にもだんだんと状況が見えてきました」

南良はそう言ってから、ポケットの中から白い布切れをとり出し、淳一に渡した。

「二枚のハンカチです。一枚を清原巡査が倒れていた場所に、もう一枚を大島伸和が倒れていた場所に置いてください」

南良の指示に従い、淳一は二枚のハンカチを所定の場所に置いた。それを見て満足そうにうなずいてから、南良は言った。

「捜査資料によると、清原巡査は心臓を撃ち抜かれ、仰向けで倒れていました。一方の大島伸和はうつ伏せの状態で発見されました。大島の場合は背後から撃たれ、銃弾は肺を貫通しています。ここで問題になってくるのが五発の銃声についてです」

五発の銃声。最初の四発はほぼ立て続けに聞こえ、やや間を置いて五発目の銃声が聞こえた。銃声の何が問題だというのだろうか。圭介は南良の言葉を待った。

「大島の遺体の脇に落ちていた拳銃は改造銃でした。六発入りのリボルバーです。うち三発が使用されていました。一発は銀行から出て逃亡する際、威嚇として撃ったことが確認されており、不幸なことにその弾に当たった近所の主婦が命を落としています。もう一発は清原巡査の倒れていた近くの木の幹から検出されています。そして最後の一発は当然のことながら清原巡査の遺体から摘出されています。つまり皆さんが聞いた五発の銃声のうち、大島が撃ったものは二発だったと考えられます」

南良が問題としているのは、おそらく発砲された順番だろうと推測された。

一つだけたしかなことは、最後の銃声は父が撃ったものであるということだ。大島に撃たれながらも、渾身の力を振り絞って父は引き金を引いたはずだった。逃げていく大島の背中を目がけて。

「想像してみましょう。森の中で犯人を見つけた清原巡査は、まずは口頭で止まるように指示を出したに違いありません。おそらくどの警察官でも最初はそうするでしょうから。しかし大島は立ち止まらなかった。それどころか大島は清原巡査に向けて発砲してきたのです」

さきほどの南良の説明。父の遺体近くの木の幹から、銃弾が検出されたと話していた。おそらくそれが森で最初に耳にした銃声ということか。

「それを受けて、清原巡査は二発の威嚇射撃をしたのです。現場付近から銃弾が発見されていないことから、大島を狙って撃ったものではないと判断できます。大島の遺体は河原に出る手前で発見されています。清原巡査が撃った二発の銃弾は森を抜けていったのかもしれませんし、今でも高い木の幹に埋もれているかもしれません。当時の捜査本部もすべての木を倒して銃弾を探してはいないようです」

銃を所持した犯人に発砲された状況で、あえて威嚇射撃をするのだろうか。圭介はそんな疑問を覚えた。まるで圭介の疑問を察したかのように南良が言った。

「テレビや映画と違い、日本の警察は発砲に関して非常に慎重な姿勢をとります。初弾は必ず空に向けて撃つのが原則。やむを得ず犯人を狙う場合も、必ず足を狙うように指導されています」

そういうものなのかもしれない。圭介は納得した。

「しかし清原巡査のこの判断が裏目に出たのです。威嚇射撃に竦むことなく、さらに大島は持っていた改造銃で反撃に出る。その弾が清原巡査に命中。清原巡査はそのまま倒れてしまいます」

「ちょっと待ってください、刑事さん。父は倒れる前に大島に向かって発砲した。そうですよね？」

思わず口を開いていた。南良は小さく首を振った。

「それは不可能です。この至近距離で撃たれた場合、大抵の人間は立っていることができないでしょう」

「じゃあ倒れたあとに父が撃ったんですか？　渾身の力を振り絞って、父は大島に向かって拳銃を……」

「あなたのお父さんが撃たれたのは心臓なんです。倒れてそのまま絶命したと考えられます」

父が大島を撃っていない。そんなことって……。圭介は必死に言葉を探した。

「……ということは、つまりあれですね、別の第三者が大島を撃った。刑事さんはそうお考えのわけですね」

「そうなりますね。そうとしか考えられません」

別の第三者。共犯者のことだろうか。あのとき何者かが父の死を見届けてから、仲間を撃った。目的は奪った三千万円を独り占めするため。そういうことだろうか。

さきほどから淳一の様子が気になった。顔色は蒼白で、時折せわしなく視線を動かしている。何かに怯えている様子だった。淳一に声をかけてやりたい気持ちもあったが、圭介は結論を急いで南良に訊いた。

「あのとき共犯者が潜んでいたということですか？　その共犯者が大島を撃った。目的は金の独り占め。仲間割れをしたんですね？」

「その可能性もあります。しかし別の見方をすれば、違った景色が見えてくるはずです。あなた方が到着したとき、すでに清原巡査の拳銃は見当たらなかった。そういうことでしたよね？」

「ええ。それは間違いありません」

嘘だった。南良は知らない。本当は拳銃は父の傍らに落ちていて、それを圭介が持ち去ったことを。

「清原さん。私が先日出した宿題、考えていただけましたか？」

「宿題……ですか？」

一瞬何のことかわからなかった。やや間を置いて、圭介は思い出した。

万季子の店で事情聴取に応じたときのことだ。店から出る間際、南良は変なことを言っていた。もしも共犯者がいたとしたら、なぜその人物は拳銃を持ち去ったのか。たしかそんな質問だったと記憶している。

「すみません。今の今まで失念していました。共犯者が拳銃を持ち去った理由ですよね？」

「ええ。飛奈刑事はどうです？」

突然話を振られ、淳一が驚いたように顔を上げた。青白い顔で淳一が言う。

「考えられるのは指紋かと。もしも共犯者がいたとして、その人間が清原巡査の拳銃を使って大島を殺害した場合、拳銃に共犯者の指紋が残ってしまいます。それを怖れて共犯者は拳銃を持ち去った。そういうことではないでしょうか？」

「論理的な破綻はありません」

南良はうなずいた。

「しかし強盗に臨む人間です。最初から指紋のことなど想定していたはずです。当時の写真で確認したところ、死んだ大島伸和は両手に手袋をはめていました。仮に共犯者がいた場合、おそらくその人物も手袋くらいは持っていたはずでしょう」

淳一が俯いた。淳一の様子を隣にいる直人が不安げな表情で見守っていた。

「共犯者が拳銃を持ち去った理由。考えれば考えるほど、私はわからなくなるんですよ。清原巡査の拳銃は、当然のことながら日本警察の制式拳銃です。それを持ち去ったところで、二度と使うことはできません。すぐに足がついてしまいますからね」

徐々に南良の真意が読めてきた。追い込まれているのは俺たちの方だ。ようやく圭介はそれに気づいた。

「持ち去ることに意味のない拳銃だったんです。そこで私は考えました。もしかして共犯者は拳銃を持ち去っていなかったのではないか。つまり清原巡査の遺体の近くに、拳銃は落ちたままではなかったのか」

これが南良の目的だったのだ。拳銃を持ち去ったのが四人の仕業である。それを暴き出すために、自分たちをここに呼び寄せたのだ。圭介はそう確信した。

「ここは共犯者の存在など忘れることにしましょう。清原巡査の拳銃が現場から紛失し、大島が奪った三千万円が発見されなかった。そうした状況が共犯者の存在を示唆《しさ》しているだけで、実際にそれらしき人物がいたことは捜査資料のどこにも記されていませんから」

共犯者などいなかった。圭介はさきほどの南良の話を思い出していた。

まず大島が父に向けて発砲し、次に父が二発の威嚇射撃。そして大島が反撃した銃弾が父に命中。これが最初に耳にした四発の銃声だ。ここまではいい。問題は五発目の銃声だった。

「誰が大島を撃ったのか。問題はそこです」

森の中で南良の声はよく通った。

「清原巡査は大島に撃たれ、その場で絶命した。撃たれた際、清原巡査は持っていた拳銃を落としてしまう。それを拾った者が大島を撃ったんです」

「待ってください、それってつまり……」

圭介が口を開くと、南良が指で制した。

「この場所に一番最初に到着した人物。彼が大島を撃ったと考えるべきなんです」

まさか……そんなことって……。圭介は言葉を失った。

つまり淳一が大島を撃った。この男はそう言いたいわけなのか。

# 第六章　心の闇

「おわかりですか？　この場所に一番最初に到着した人物。彼が大島を撃ったと考えなければならないのです」

南良の言葉が胸の奥まで突き刺さった。その衝撃で目がくらむほどだった。淳一は足を踏ん張って、何とかその場で持ちこたえた。

「待ってください、刑事さん」

反論するように圭介が声を上げた。

「淳一が撃った。そう言いたいわけですか？　考えてもみてください。僕たちは小学生だったんですよ。拳銃を撃てるわけないじゃないですか」

「先日、あなた方の小学校時代の同級生に会い、話を聞きました。飛奈刑事と清原さんは剣道が強かったようですね。特に飛奈刑事は体も大きく、身長もクラスで一番高かったとその同級生は話していましたよ」

このところ、南良は単独で行動することもあった。資料保管室に閉じ籠もることもあったし、一人でどこかに出かけていくこともあった。今日のための下調べを重ねてきたということか。

「淳一なら体が大きかったから拳銃を撃つことができた。そう言いたいわけですか？　そんな馬鹿な話って……」

圭介はなおも反論を試みようとしたが、南良が冷静な口調で言った。

「論理的な思考を積み重ねた結果です。もしも共犯者がいなかったら。仮にいたとしてもこの場から拳銃を持ち去らなかったとしたら。そういう状況の場合、大島を撃てる人間は絞られてきます。一番初めに現場に辿り着いた飛奈刑事は有力な候補でしょうね。しかも動機もあります。飛奈刑事は清原さんのお父さんに可愛がってもらっていたようですしね」

「だから共犯者がいたんですよ。そいつが仲間割れを起こして大島を殺したんです。そうに決まってます」

圭介が興奮気味に唾を飛ばした。淳一は内心叫んだ。もういい、圭介。それ以上は——。

「でも実際にあなた方はそういった人物を目撃していない。共犯者がいたことを立証できるんですか？」

「いたに決まってますよ。だったらなぜ拳銃が……」

そこまで言ったところで、圭介は口をつぐんだ。圭介の言おうとしていることは、淳一にも手にとるようにわかった。

拳銃を持ち去ったのは共犯者の仕業である。圭介はそう主張したいはずだった。しかし南良が言う通り、あの拳銃を持ち去ることには意味がない。あまり拳銃に固執してしまうのは、自分の首を絞める結果になりかねない。実際に拳銃を持ち去ったのは圭介なのだから。

沈黙が訪れた。誰も言葉を発しようとしなかった。淳一は地面に視線を落とし、さきほどハンカチを置いた場所に目を向けた。

ここに来たときから気分が悪かった。吐き気をもよおすほどだった。やはり現場に来ると否が応でも思い出してしまう。二十三年前のあの日のことを。封印したはずのあの記憶を。

沈黙を破ったのは圭介だった。

「とにかく撃ったのは淳一じゃない。絶対に違う。そうだろ、淳一。そうだよな?」

そう言ってこちらを見る圭介に対して、淳一は力ない視線を返すことしかできなかった。変わってないな、圭介は。まるで他人事のようにそんなことを思った。

「直人も何とか言えよ。お前が一番近くにいたんだろ」

圭介に詰め寄られて、直人は黙ったまま俯いた。ずっと直人が不安そうにこちらを見ていることには気づいていた。森に入ったときからだった。昨日の夜、直人に言われた言葉を思い出す。直人は知っているはずだった。

「まさか、直人……お前……」

圭介もその可能性に気づいたようだった。もう終わりだ。淳一は心の中でつぶやいた。やっと破滅のときが訪れたのだ。

「もういい、圭介」

腕を伸ばして、圭介の胸に手を置いた。

「お前の気持ちはありがたく思う。でもいいんだ、圭介」

そのまま淳一は南良の方を向いて、正面から南良の顔を見つめた。

「俺が撃ちました。大島を撃ったのは俺です」

記憶の蓋が、音を立てて開いていった。


森を切り裂くような轟音が響いた。鳥が一斉に飛び立つ。さらに続けて三発。銃声だ。すぐに淳一はそう察した。

「大丈夫か、直人」

隣にいる直人に訊いた。直人は青白い顔をして、その場でうずくまっていた。明らかに怯えている様子だった。

どうする？　逃げるか？　淳一は自問した。しかし逃げるといっても、どこに銃を持った奴がいるかわからない。それに圭介たちのことも心配だった。まずは様子を見なければならない。逃げるのはそれからだ。

「直人、歩けるか？」

淳一は直人を見た。視線も定まっていない様子だった。直人は連れて行けない。そう判断して、淳一は周囲を見渡した。道から少し入ったところに、大きな岩があるのが見えた。

「歩くぞ、直人。すぐそこまでだ」

脇の下に手を入れて、直人を立たせた。そのまま直人を引き摺るようにして、大きな岩まで歩いた。岩の陰に直人を座らせ、淳一は言った。

「聞こえるか、直人。俺はちょっと様子を見てくる。心配するな、偵察ってやつだ。お前はここに隠れていろ。いいな、絶対に動くんじゃないぞ」

直人が小刻みに首を動かした。話は通じているようだった。一時的なショックを受けているのかもしれなかった。

淳一は行動を開始した。腰を低くして、銃声が聞こえた方向に向かって進んだ。耳を澄ましても、時折木の枝が揺れる音が聞こえるだけで、人間の話し声などは聞こえなかった。

緩い下りの傾斜が続いている。道が左側に折れていた。そこで立ち止まり、木の陰から顔を覗かせた。

道の向こう。視界の中に、青い物体が見えた。一瞬、何なのかわからなかった。しばらく眺めていて思い至った。見憶えのある青い制服。警官の制服だ。圭介の父親が着ているため、淳一にはなじみのある制服だった。

警官が撃たれた。そういうことだろうか。淳一は周囲を見渡した。風に木の枝が揺れるだけで、ほかに動いているものはない。

足音を忍ばせて、淳一は前に進んだ。やがて警官の姿がはっきりと見えた。警官は仰向けに倒れていた。ぴくりとも動かなかった。死んでいるのかもしれない。淳一はそう思った。

さらに数歩、前に進んだ。そろそろ戻った方がいい。そう思い始めていた。圭介たちと合流し、森から抜けるのだ。警官が撃たれたことを通報しなければならない。

引き返そうと思った矢先、淳一の視線は警官の顔に吸い寄せられていた。顔を判別できるまでの距離に近づいていた。仰向けに倒れた警官の顔は、見憶えのあるものだった。清原和雄。圭介の父ちゃんだった。

足が止まらなかった。嘘だ、そんなはずはない。圭介の父ちゃんが撃たれたわけがない。まさか、そんなことって……。

気がつくと、淳一は遺体の間近まで接近していた。その場で膝をついて、真上から遺体を見下ろした。

間違いなかった。見憶えのある精悍《せいかん》な顔。今朝も一緒にキャッチボールをした圭介の父ちゃん。今度の休みに野球の試合に連れて行ってくれると約束したばかりだった。

叫び出したい気持ちを必死でこらえた。歯を食い縛った。涙が溢れ出しそうだった。

そのときだった。乾いた音が聞こえたような気がした。落ち葉を踏みしめる音。人の足音によく似ていた。音の聞こえた方向に目を向けた。十メートルほど離れたところに、一人の男の姿があった。

パーカーを羽織った男だった。フードで頭を覆っている。男が振り向いた。視線が合った。男も驚いたように目を見開いた。

何秒の間、そうして男と見つめ合っていたのかわからない。先に動いたのは男だった。男は素早く反転して、立ち去ろうとした。

淳一の手元に拳銃が落ちていた。圭介の父ちゃんの拳銃だった。淳一は拳銃を手にとった。

立ち上がろうとして引っかかった。グリップの下から伸びた吊り紐が、圭介の父ちゃんの腰の辺りに繋がっていた。そのまま中腰の姿勢を保ち、両手で拳銃を構えた。

あの男が圭介の父ちゃんを殺したのだ。このままあの男を逃がしてはならない。

拳銃はずしりと重かった。淳一は引き金に指をかけた。当たるわけがない。しかし何もしないわけにはいかなかった。圭介の父ちゃんを殺した犯人を黙って見逃すことなどできなかった。

指の震えが止まらなかった。次の瞬間、轟音が鳴り響いた。頭の中が真っ白になった。


「あのときの光景は今でも目に焼きついています。俺が拳銃を撃った次の瞬間、逃げていた男が倒れました。驚きました。まさか当たるなんて思ってもいませんでしたから」

淳一の告白が続いていた。淳一の口から直接聞いたところで、俄《にわ》かには信じられる話ではなかった。圭介は黙ったまま、苦しそうに話す淳一を見つめていた。

「その場に拳銃を置いて、引き返しました。途中で直人に会い、警察を呼びに行くように言いました。それからもう一度現場に戻ったんです。しばらくしたら足音が聞こえて、振り向くと圭介と万季子が立っていました」

あのときの淳一の様子を思い出す。遺体を前にしても、割と冷静だったように思う。しかし淳一の内心には激しい動揺があったに違いない。人を殺した直後だったのだから。

大島を殺したのは淳一だった。その事実はあまりにも想像を絶していた。十二歳の若さで人を殺してしまった。淳一はその重圧を背負って、今の今まで生きてきたのだった。これまでの淳一の心境を慮《おもんぱか》ると、同情を禁じえなかった。

「僕も同罪です」突然、直人が口を挟んだ。「僕は岩陰から抜け出して、淳一のあとを追って歩き始めました。淳一の姿を見つけて、声をかけようとして思いとどまりました。淳一が拳銃を持って構えていたのが見えたんです。次の瞬間、銃声が鳴り響きました。僕は激しく混乱してしまい、その場から逃げ出しました。淳一が大島を撃ったことを僕はずっと秘密にしてきました。それも罪になると思います。淳一だけの責任じゃありません」

直人は青白い顔でそう言った。直人も直人なりに、心に罪を抱え込んできたのだ。圭介はそれを初めて知った。

タイムカプセルを埋める。そう最初に発案したのは直人だった。今になって思うと、直人は淳一を気遣っていたのだ。淳一にとって、あの拳銃は人を殺したという忌まわしい記憶そのものだった。それを地中に埋めるという行為で、少しでも淳一の心の負担を減らしたい。そういう直人なりの配慮だったのではないか。

「ありがとうございます。お二人の話は大変参考になりました。いずれにしても時効を迎えた事件です。お二人に刑事責任はありません」

刑事責任に問われない。それだけが唯一の救いだった。しかし淳一の立場は微妙だった。事が明るみに出てしまったら、おそらく刑事を続けることは不可能だろう。

「辛いお気持ちは理解できますが、もう少しお付き合いください」

南良がそう前置きして、再び話し出した。

「つまり皆さんがここに辿り着いたとき、拳銃はまだ遺体の近くに落ちていた。そう考えて間違いないですね？」

逃げ場はなし。完全にお手上げの状態だ。もはや言い逃れのできる状況ではなかった。圭介は言った。

「僕が持ち去りました。衝動的に持ち去ってしまったんです。父の形見のつもりでした」

「拳銃はどこに隠していたんですか？」

「ある場所に埋めました。四人しか知らない秘密の場所です。佐久間を殺した凶器があの拳銃だと聞いて、僕も驚きました」

「その場所を教えていただけますか？」

「教えたくありません」

意地だった。あのタイムカプセルを埋めた場所は四人だけの秘密。絶対に誰にも教えたくない。ずっとそう思っていた。

しばらく考え込んでいた南良だったが、やがて口を開いた。

「まあいいでしょう。岩本さんの身柄が無事に確保されれば、彼女の口から真実が明らかになるはずですから。ところで佐久間さん、質問があります」

「質問……ですか？」

直人が顔を上げた。その顔に覇気はなかった。精神的にかなり追い込まれている様子だった。

「あなたは昨晩の取り調べでは犯行を自供しておきながら、今朝になって証言を翻した。その行動は岩本さんをかばっているとしかみえません。あなたは早い段階で岩本さんの犯行を知っていたのではないですか？　おそらく犯行の当日に」

それは圭介も疑問に思っていたことだった。直人はどの段階で万季子の犯行であることを見抜いていたのか。そしてなぜ自らの身を挺《てい》してまで、万季子をかばおうと自供したのか。ずっと気になっていた。

「あの日、僕は韓国からの出張の帰りでした。羽田に着いたのが午後九時頃。空港近くの契約駐車場に置いていた車で、帰路につきました。四十分ほどで三ツ葉市内に入りました。国道を走っているときに、車内に携帯電話を置いて出てきたことを思い出したんです」

「ちょっといいですか」南良が訊いた。「出張には携帯を持っていかなかったのですか？」

「社用携帯を持っていったんです。私用のものは車の中に置いていきました。信号待ちの際、私用の携帯を手にとりました。その場でメールや着信をチェックしていると、万季ちゃんから……いや、岩本さんから不在着信があったことを知ったんです。僕は慌てて車を路肩に寄せました」

直人に電話を入れるように言ったのは、ほかならぬ自分自身だ。直人なら相談に乗ってくれるかもしれない。そう万季子に告げたことは圭介も記憶していた。

「岩本さんからの不在着信は全部で五件も入っていました。最後の着信の留守番電話にメッセージが残っていました。息子が万引きをして、それが兄に見つかって脅喝を受けている。困っているから助けてほしい。そういった内容の伝言でした。慌てて岩本さんの携帯に電話を入れたんですが、繋がりませんでした。岩本さんの自宅に行こうか、それとも兄のもとに向かおうか。僕は迷いました。距離的にも店が一番近かったこともあり、僕は兄の事務所を覗いてみることにしたんです」

不思議なことに、駐車場のチェーンが外れていた。直人は訝しく思ったが、そのまま駐車場に車を乗り入れた。無人の駐車場を奥に進む。兄の事務所に明かりが灯っていることに気づいた。車を停め、運転席から降りた。事務所のドアは開いていた。ドアから中を覗き込む。中の光景に目を疑った。

兄の秀之が倒れていた。胸から血を流していた。苦悶の表情を浮かべている。死んでいると一目でわかった。

思わずポケットの中から携帯を出していた。警察に通報しなくてはならない。そう思ったからだった。ボタンを押そうとした寸前で、直人は考え直した。

万引き。恐喝。さきほど耳にした万季子の声が耳元でよみがえった。まずは確認した方がいい。警察に連絡するのはそれからだ。

事務所の中に足を踏み入れた。生臭い血の臭いが室内に漂っていた。兄の死に顔を見ても、悲しみなど微塵も感じなかった。むしろ解放感すら覚えていた。兄を殺してくれた犯人に感謝したいとさえ思った。

直人は冷静に兄の死体を見下ろした。胸の辺りからおびただしい量の血が流れていた。ナイフのようなもので刺されたということか。

床に光るものがあった。身を屈めて、それを拾った。ボタンだった。急に心がざわつき始める。そのボタンに見憶えがあったからだった。

あれは二年ほど前のことだ。母の還暦の祝いを兼ねて、シンガポールに旅行に連れて行ったことがあった。まだ父も元気な頃で、家族三人での旅行だった。旅行の最後で立ち寄った免税店で、万季子へのお土産としてジャケットを買った。女性に服をプレゼントしたことなどなかったため、店員に頼んで一番人気があるというジャケットを教えてもらった。

帰ってきて万季子に渡した。万季子も知っている有名ブランドの品物だったらしく、万季子は受けとるのを固辞した。それでも買ってきてしまったものは仕方ない。受けとってくれないと僕が困る。直人がそう言うと万季子も納得して受けとってくれた。今までに二度ほど、髪を切りに店を訪れた際、万季子がそのジャケットを着ているのを目にしていた。自分が買ってきた服を万季子が着てくれている。そう考えるだけで嬉しくなった。

改めてボタンを眺めた。ブランドのイニシャルが記された特徴的なボタンだ。あのとき万季子に渡したジャケットにも、ちょうどこれと同じようなボタンがついていた。

つまり万季子はここに足を踏み入れたということなのだ。兄の死に万季子が関与しているかもしれない。頭の隅で否定していた疑惑の芽が、少し膨らんだように感じた。

留守電のメッセージを思い出す。兄から恐喝を受けていると万季子は言っていた。万引きを餌に母親を脅す。この男のやりそうなことだ。つまり万季子には動機もあるのだ。

ここで手をこまねいていてもらちが明かない。そう思って携帯をとり出し、万季子の携帯に電話した。頼むから出てほしい。直人の祈りが通じたのか、長いコールのあとで万季子の声が聞こえた。

「もしもし……直人？」

「万季ちゃんだね？　ずっと出張に行ってたもんで、電話に出れなくて申し訳なかったね。留守電を聞いたんだけど、面倒なことになっているんだって？」

「ええとね……その件なんだけど」

　万季子の声が上擦った。

「無事に解決したの。謝ったら許してくれたのよ。まったく世話の焼ける子で困ってしまうわ」

　兄の遺体の背中の辺りに、何かが挟まっているのが見えた。直人は手を伸ばし、それをゆっくり引き抜いた。ビデオテープだった。

「本当にごめんね。何度も電話しちゃって。正樹は私がきつく叱っておくから。今、運転中なの。また今度かけ直すから」

　電話は切られた。その口調から、万季子が焦っているのは間違いなかった。直人の中で、確信に近いものが生まれ始めていた。

　直人は懸命に動揺を押し殺した。慎重にならなければならない。ここは難しいところだった。しかし兄が死んだのは事実なわけで、このまま放っておいても、明日の朝には店の従業員によって兄の遺体は発見されてしまうだろう。時間的な余裕もあまりない。

　拾ったボタンをポケットの中に入れた。ビデオテープを手に外に出ようとしたところで、視界の隅にそれは映った。

拳銃だった。見憶えのあるあの拳銃だった。さらに鼓動が高鳴った。

直人は腰を屈めて、拳銃を拾い上げた。


「その後、あなたはガソリンスタンドに立ち寄り、そのまま帰宅した。岩本さんとの電話のやりとり、落ちていたボタンと拳銃などから岩本さんの犯行だろうと確信し、彼女をかばうために偽の自供をした。そういうわけですね？」

「はい。その通りです」

直人は力なくそう言った。そんな直人の姿を目にして、淳一は居たたまれない気分になった。すべてが白日の下にさらされた。そう実感していた。二十三年前に自分が犯した罪。四人でこの場所から拳銃を持ち去ったこと。そして直人の事件当日の行動。すべてが明らかになった。残っているのはタイムカプセルの秘密だけだ。

さきほど圭介は拳銃を隠した場所について話すのを拒んだが、それだって時間の問題だろう。この男ならすぐに辿り着いてしまうはずだ。淳一は改めて南良の顔に目を向けた。

これほど頭の切れる男だとは思わなかった。二十三年もの長い間、自分が記憶の底に沈め続けてきた秘密を、たった数日の間で見抜いてしまうとは。

「そろそろ行きましょうか」

南良の言葉を聞いて、淳一は腕時計に目を落とした。午後二時になったところだ。森に入ってから一時間ほど経過していた。

これから先のことを考えると、気が滅入った。たとえ時効が成立した事件とはいえ、追及はまぬがれないはずだ。長い取り調べの末、職を失うことになるだろう。

歩き出した南良が、足を止めて振り向いた。

「ここで話したことは決して口外しないでください。私も誰にも話さないことにしますから」

耳を疑った。この男は何を言っているのだろうか。淳一は思わず聞き返していた。

「待ってください、南良さん。それってどういう……」

「言った通りの意味ですよ。今は岩本さんの身柄を押さえるのが先決ですから。一歩前に進むためには、どうしても皆さんから当時の状況を聞き出す必要がありました」

一歩前に進む。すでに事件が解決したというのに、これ以上どこに進みたいというのか。そこまで考えたところで、淳一はようやく思い至った。

「二十三年前の事件はまだ終わっていない。南良さんはそうお考えなんですか？」

南良は笑みを浮かべて答えた。

「そうです。時効が成立したとはいえ、あの事件はまだ終わっていません。それに飛奈刑事、あなたは重大な勘違いをしているかもしれません」

「……勘違い？」

「ええ。二十三年前、あなたがこの場所で撃った弾丸が、犯人である大島に当たったとは、私には信じられないのです」

えっ？　今この男は何て言った？　淳一は言葉を失った。急に何を言い出すのだろうか。

あの瞬間は今でも鮮明に憶えている。淳一が引き金に指をかけた次の瞬間、轟音とともに逃げていた男が前のめりに倒れた。それは絶対に間違いのない事実だった。人を殺したという感触が、今も淳一の両手に残っていた。

「考えてみてください、飛奈刑事」

気がつくと、南良はハンカチを置いた地点に立っていた。圭介の親父さんが倒れていた場所だった。

「あなたはここから撃ったと証言してくれました。そして大島の遺体が倒れていた場所があそこです」

南良はもう一枚のハンカチを指で差した。

「距離にして十五メートルほどでしょうか。当然、小学生だったあなたに射撃の経験はなかったはずです。当たると思いますか？　小学生が撃った弾が、十五メートル先の人間の背中に命中する。到底あり得ないことに思えますが。ちなみは今でも私には無理です。射撃はあまり得意ではないですから」

「でも……実際に大島は倒れたんです。そして死んだ。それは動かしようのない事実じゃないですか」

「いいでしょう。あなたが闇雲に撃った銃弾が、奇跡的に大島の背中に命中し、彼を死に至らしめた。可能性はゼロではないかもしれません。ではもう一つ。なぜ大島は逃げたんですか？　あなたの姿を見た大島は、なぜ背中を向けて逃げたんですか？」

大島がなぜ逃げたのか。そんなことは考えるまでもなかった。子供の存在に気づき、顔を見られたくなかったためだ。

「もしかして……」

圭介の声だった。ずっと淳一の背後にいた圭介が、一歩前に踏み出して言った。

「淳一、大島は近づいてきてお前の口を塞ぐことだってできたんじゃないか。でも奴は逃げた。奴は何かに怯えていたんじゃないか」

大島は何に怯えていたのか。圭介の言う通り、大島は一人の小学生の存在程度に恐怖する男ではなかったはずだ。

「いたんだよ。大島を狙って銃口を向けていた本当の共犯者が。それもお前のすぐ近くにな」

思わず周囲を見回していた。無数の木が視界に映る。今でもその男が潜んでいそうな妄想が膨らんだ。

「こういうことですね、刑事さん」圭介が早口で言った。「二十三年前のあの日、二丁の拳銃が同時に発砲された。一発は淳一の手によって、そしてもう一発は淳一のすぐ近くに潜んでいた何者かによって発砲された。そうなんですね？」

南良は辺りを見回して言った。

「その可能性もあります。こうやって見ても、隠れる場所は無数にあります。状況から考えても、共犯者がいた可能性は非常に高いでしょう」

南良はハンカチを置いた地点に目をやった。大島が倒れていた場所だった。

あの瞬間を思い出す。同時にもう一発の銃声が聞こえたかどうかは記憶にない。あまりに大きい銃声で鼓膜が震えたことだけは憶えている。森全体にこだまするほどの音だった。

「大島が倒れるのを見て、飛奈刑事は自分が大島を殺したものだと思い込んでしまった。そして佐久間さんと合流するため、一度ここから立ち去った」

「ちょっと待ってください」思わず淳一は南良に言った。「おかしいじゃないですか。実際に大島を撃ったのは、俺が拾った清原巡査の拳銃だった。警察もそういう見解に至ったはずだ。違いますか？」

当時の警察も大島の遺体を司法解剖したはずだった。大島の遺体から摘出された弾丸は、大島の所持していた改造銃ではなく、圭介の父親が所持していた拳銃とライフルマークが一致したことは間違いない。その事実が動かぬ証拠だった。あの日、自分が大島を撃ったことを如実に物語っていた。

そのとき携帯の着信音が鳴り響いた。南良が携帯をとり出して、背を向けた。隣にいた圭介がつぶやいた。

「どうなっているんだよ、いったい……」

激しい眩暈が淳一を襲っていた。冷静にならなければ。淳一は大きく息を吸った。

電話を終えた南良が、足元のハンカチを拾ってから言った。

「まだこの話は推論に過ぎません。鍵を握っているのは岩本さん――というより彼女が所持している拳銃です」

あの拳銃が鍵を握っている。南良の言っていることの意味がわからなかった。別の人物の指紋がついているとでもいうのだろうか。

「捜査本部から連絡がありました。電波の状態が悪くて聞きとりづらかったのですが、岩本さんらしき女性を、駅員が目撃したようです。息子さんも一緒です。今朝の始発で東京方面に向かったとのことです」

一瞬にして現実に引き戻された。隣にいた圭介の顔が強張った。

「戻りましょう、飛奈刑事。署に戻って詳しい情報を入手するんです」

そう言って南良は歩き始めた。肩に手を置かれた。振り返ると直人の顔があった。

「行こう、淳一。今は万季ちゃんを見つけるのが先決だ」

淳一は小さくうなずいて、足を前に踏み出した。


山手線は新宿駅を発車したところだった。午後の二時という半端な時間帯のためか、車内はそれほど混雑していない。隣に座る正樹は東京の町並みが珍しいのか、さきほどから首を後ろに回して窓の外を眺め続けている。

どこにも行くあてはなかった。昨晩は市立図書館の駐車場に車を停め、車の中で一夜を明かした。万季子の表情から不穏な空気を嗅ぎとったらしく、正樹は何も言わずに従った。今日の朝、車を駐車場に残して三ツ葉駅に向かった。始発の東京行きに乗り込んだ。

予期せぬ闖入者《ちんにゅうしゃ》が一人いた。今もその女性は万季子の前に立って吊り革を握っている。きっかけは三ツ葉駅で電車に乗り込んだときのことだった。

始発の電車は空いていた。幸いボックス席に座ることができた。発車を告げるベルが鳴り響く中、一人の女性に声をかけられた。

「これ、忘れ物じゃないですか？」

女性が手に持っていたのは正樹の帽子だった。ホームのベンチに忘れていったものを、女性がわざわざ持ってきてくれたらしい。万季子は礼を言った。

「すみません。本当にありがとうございます」

女性は正樹の向かいに腰を下ろした。大きなマスクで口元を覆っている。年は二十代半ばといったところだろう。マスクをしているので定かではないが、目元だけ見れば可愛らしい顔つきだと推測できた。どこか見憶えのある顔だと思った。

電車が走り出すと、正樹がバッグからゲーム機をとり出した。去年のクリスマスに圭介からプレゼントされたものだった。しばらくするとマスクの女性が正樹の膝を軽く叩いた。女性の手にも同じゲーム機があった。

二人の間で短い会話が交わされた。ゲームのことはよくわからないが、どうやら通信対戦のようなことができるらしい。二人はゲームを始めた。正樹の方が強いようで、時折正樹はにやりと笑って女性の顔に目をやっていた。

「もうゲームは止めたらどう？」

電車が出て三十分ほどたった頃、万季子は正樹に言った。それを聞いた女性が顔を上げた。

「私なら構わないですよ。とても楽しいし」

そこでようやく気づいた。マスクをしているので気づかなかったが、彼女は駅前通りの〈金龍〉の店員に違いないと思った。店の中で何度か見かけたことがある。若くて闊達《かったつ》な女の子だといつも思っていた。

「もしも間違っていたらごめんなさい。あなた、〈金龍〉の店員さんじゃないかしら？」

「えっ……ええ。そうですけど」

「月に何度か寄らせてもらっているんですよ。テイクアウトばかりですけど。ほら、正樹。あなたの大好物の餃子と唐揚げ、このお姉さんのお店で買っているのよ」

「私のお店じゃないですよ。私はただのバイトですから」

そう言って彼女は大袈裟に手を振った。可愛らしい仕草だった。

やがて東京駅に到着した。万季子は正樹を連れてＪＲの乗り換え口に向かった。後ろからマスクの女性もついてきた。案内図を見上げて、万季子は途方に暮れた。どこに向かう目的があるわけでもなく、衝動的にここまで来てしまったからだ。

「どこに行くんですか？」

マスクの女性にそう訊かれた。万季子は首を振って答えた。

「特に決まっていないんです。急に休みがとれたので、息子に東京見物をさせてあげようと思っただけで」

「息子さん、眠そうですね」

正樹を見る。さきほどから欠伸《あくび》を繰り返している。狭い車の中で一夜を明かしたのだ。十分な睡眠をとれていないのかもしれなかった。

「ご一緒してもいいですか?」

女性の急な申し出に万季子は面食らった。正樹を見ると、その表情が少し明るくなったように感じられた。ゲームを通じて心も通い合った。そういうことだろうか。

「そうですね……私たちも予定とか何も決まっていないですけど、本当にそれでいいんですか?」

「私もなんです。彼氏と喧嘩して部屋を飛び出してしまって、どこに行こうか迷っていたところなんです」

女は博美と名乗った。まずは朝食を食べることにして、駅構内の喫茶店に入った。簡単な朝食を済ませてから、はとバスの半日コースに乗り込んだ。皇居前広場、浅草寺《せんそうじ》、東京タワーと見物した。バスが走っているとき、正樹はずっと眠っていた。バスが停まると正樹は目を覚まし、博美とともにバスから降りていった。昼過ぎに再び東京駅に戻ってきた。

とりあえず山手線の新宿方面行きに乗った。品川を過ぎた頃、万季子は正樹に訊いた。

「どこか行きたいところある?」

正樹は何も答えなかった。あまり機嫌がよくないようだ。それを見ていた博美が身を乗り出して言った。

「遊園地に行こうか? 正樹君」

正樹が顔を上げた。「遊園地？」

「そう、遊園地。ここからだと池袋《いけぶくろ》に出て、そこから丸ノ内線かな。何度かコンサートで東京ドームに行ったことがあるから知ってるんだ」

東京ドーム。後楽園《こうらくえん》の遊園地のことだろうと万季子は推測した。

「ジェットコースターに乗ろう、正樹君」

「いいけど、どうせお姉ちゃんのことだし、ぎゃあぎゃあ叫んだりするんじゃないの」

「しないわよ、絶対。私を誰だと思っているの」

こうして遊園地に向かうことが決定した。午前中のはとバスツアーで二人はすっかり意気投合したようだ。東京タワーの展望台でも二人で交互に望遠鏡を覗いていた。二人のやりとりを聞いていると、現在の状況を忘れてしまいそうになるほどだった。

明るく振舞っているが、博美もそれなりに辛い何かを抱え込んでいることを、万季子は薄々察していた。食事のときにマスクを外した際、口の端に生々しい傷があった。彼氏と喧嘩をしたと言っていたが、そのときに殴られた傷跡ではないかと万季子は思っていた。

「次だよ。次で降りるからね」

頭上で博美の声が聞こえた。電車は目白《めじろ》駅を発車したところだった。

万季子は膝の上に置いたハンドバッグに視線を落とした。それから乗客の顔を窺う。まさかこのハンドバッグの中に拳銃が入っているなんて、誰も予想だにしていないだろう。

再び淳一の運転する覆面パトカーに乗り込んだ。直人はバックミラーに映る淳一に目をやった。淳一は険しい顔つきでフロントガラスを睨んでいた。

森の中で南良が話した推理を思い出す。淳一の撃った弾が、大島に当たっていない可能性があるというのだった。そんなことは想像もしていなかった。

淳一の人生を思う。淳一はずっと自分が人を殺したのだと思い込み、自分を責め続けてきたはずだった。悔恨と懺悔《ざんげ》の日々。それが淳一の人生だったはずだ。

淳一は大島を殺していない。それが事実であるなら、たしかに喜ばしいことだ。だがこれまでの淳一の人生はどうなってしまうのか。罪を悔い続けた淳一の人生そのものが無意味なものになってしまうかもしれない。そのとき淳一は何を思うのか。想像すらできなかった。

「ところで佐久間さん、あなたはずっとこの町に住んでいたんですよね？」

助手席の南良にそう訊かれた。直人は答えた。

「ええ。ずっと実家で家族と暮らしています。それが何か？」

「実は岩本さんの生い立ちを調べていて気になったんですが、彼女は高校三年の秋頃、突然町を引っ越していますよね。卒業を間近に控えているというのに、転校までしています。その辺りの事情について何かご存じありませんか？」

「ご両親が実家の川崎で家を買ったから。たしかそんな理由だったと思います」

「そうですか……でもなぜ転校までしたんですかね」

腑に落ちないといった南良の口調だった。

あの夜、万季子を森の中で発見した夜。直人は万季子を自宅まで送り届けた。それから一週間ほどたってから、心配になって万季子の自宅を訪ねると、すでに空き家となっていた。隣の住人に話を聞くと、突然市営住宅を引き払い、実家の川崎に引っ越したという話だった。それ以来、万季子と顔を合わせることはなかった。

大学を卒業した直人が、父の経営する〈サクマ産業〉に就職した年の春のことだった。ある日の夜、玄関のチャイムが鳴った。母の呼ぶ声で玄関先に向かうと、そこに圭介と万季子が立っていた。

結婚披露宴の招待状を渡された。横浜で偶然再会し、それからずっと付き合っていたとの話だった。万季子を見ると、彼女は再会を喜ぶ笑顔を浮かべているだけだった。直人の脳裏にあの夜の万季子の姿がよみがえった。無残に引き裂かれた制服。露わになった白い胸元。二人の話を聞きながら、直人は脳裏に浮かんだ映像を必死に振り払った。

万季子の笑顔を見ていて気がついた。すべてなかったことにする。万季ちゃんはそう決めたのだ。ならば僕も万季ちゃんの選択を尊重しよう。そう心に刻んだ。

それにしても万季子はどこにいるのだろうか。窓の外の風景を眺めながら、直人は頭を現実に引き戻した。

息子の正樹を連れているから無茶はしないだろう。そんな淡い期待があった。しかし予断は許されない。何しろ彼女は拳銃を所持しているのだから。さっきの南良の話だと東京に向かったという。早く見つかってほしい。直人はそう祈った。

あれは兄の遺体が発見された翌日のことだった。淳一からの呼び出しを受けて、四人でタイムカプセルを掘り起こした夜のこと。落ち着いて話したいという淳一の提案に、直人は近くの倉庫へと三人を案内した。

誰がタイムカプセルを開けたのか。答えを急ごうとする淳一に、圭介が激しく反発した。携帯が鳴り、圭介が外に出て行った。しばらくして淳一も立ち上がり、圭介を追うように外に出た。暗い倉庫に万季子と二人きりになった。

万季子は不安そうだった。淳一が話している間、ずっと万季子はせわしなく髪をいじっていた。落ち着かない様子だった。

「万季ちゃん」暗闇の中で万季子を呼んだ。「心配しなくても大丈夫だから」

万季子から返事は返ってこなかった。直人は心の中で続けて言った。今度は僕が万季ちゃんを救う。絶対に約束するから。

「着いたぞ、直人」

気がつくと車は自宅の前に停車していた。ドアを開けて、車から降りた。運転席の窓が開いて、淳一が顔を覗かせた。

「大丈夫か？　直人。顔色が悪いぞ」

「それは僕の台詞だよ。淳一こそひどい顔をしているぞ」

淳一は唇を歪めて笑った。

「俺は署に戻る。何かあったら連絡するから、お前は自宅で待っていてくれ」

車が走り去っていった。見張りの黒い車はまだ自宅の前に停車していた。運転席の男がこちらを見ていた。

門を開けた。そのまま石畳を歩いて玄関まで向かう。途中で前に倒れるように、直人は膝をついた。

「ごめん、万季ちゃん……」

ずっと押し殺していた感情が、津波のように溢れ出した。涙で視界が霞んだ。ごめん、万季ちゃん。今回も僕は万季ちゃんを救えなかった。

果たせなかった約束。直人は自分の不甲斐なさをいつまでも責め続けた。

署に戻り、捜査本部で詳しい目撃情報を聞いた。

万季子を目撃したのは三ツ葉駅の駅員だった。始発の東京行きのホームで、彼女の姿を目撃したようだ。乗客の少ない始発のホームで、子供を連れた万季子の姿は目立っていたという。

駅員の証言を受けて、三ツ葉駅周辺に捜索の的を絞ったところ、市立図書館の駐車場で万季子の自家用車が発見されていた。すでに車内を捜索済みだが、行き先を示す有力な情報は見つかっていないという。

東京に向かった可能性が高いとして、警視庁にも協力要請が出されていた。捜査員の半分は東京駅に向かったとの話だった。都内に向かったとなると、早期発見は難しいかもしれない。それが淳一の不安を駆り立てた。

昼食を食べていなかったため、南良とともに食堂に向かった。食欲はまったくなかったが、日替わり定食を注文して、南良とともに窓際の席に座った。

定食を前にしても、食欲はまったく湧かなかった。それどころか吐き気さえもよおした。淳一は一度持った箸をすぐに置いて、水だけを飲んだ。

「やはり運動のあとの食事は美味しいですね」

そんな呑気なことを言いながら、南良は定食のアジフライに舌鼓《したつづみ》を打っていた。

淳一は二十三年前のことで頭が一杯だった。あの日、自分が撃った弾が犯人に当たっていない可能性。たしかに小学生の撃った弾が、十五メートル先の男の背中を射抜くことなど奇跡に近い。

しかし、その奇跡が起きたのだとずっと思っていた。実際に照合されたライフルマークが、自分が清原巡査の拳銃で大島を撃ったことを証明しているのだ。

今でも夢に見る。悪夢だった。夢の中で自分はまだほんの小さな子供だった。ずしりと重い拳銃を構え、逃げていく男を撃つのだった。いつしか眠るのが怖くなった。

それでも学生の頃はよかった。たとえ眠れなくとも、翌日に学校で居眠りをすればいいだけだ。しかし警官になるとそういうわけにもいかなくなり、酒の力に頼るようになった。それでも悪夢から解放されることはなかった。

不眠症。アルコール依存。挙句の果てには同棲している女を殴る始末。悪夢は加速し、淳一自身の歯止めも効かなくなっていった。

警察官採用試験を受けたのも、罪滅ぼしの念が強かったからだ。犯罪者を捕らえるという正義の側に立てば、少しは気持ちも楽になるだろうと思ったのだ。

警官になってから、自分は悪と戦っているという使命感が芽生えたが、それが悪夢を追い払ってくれることはなかった。むしろ死んだ圭介の親父さんの記憶がフラッシュバックのようによみがえり、時折激しく淳一を動揺させた。ＰＴＳＤ。心的外傷後ストレス障害。専門書を読み、まさにこれだと自分の心の病を知った。

「どうかしましたか？」

顔を上げると、南良がトレーを手に立ち上がるところだった。

もう限界だった。思わず言葉が溢れ出た。

「南良さん、俺はたしかに清原巡査の拳銃で……」

「飛奈刑事、すべては岩本さんの所持している拳銃が見つかれば、明らかになります。本部に新しい情報が入っているかもしれません。そろそろ行きましょう」

南良はそう言って、出口に向かって歩いていった。

万季子の自宅に戻った。特に変わった点はなかった。さきほどの南良の話だと万季子は東京に向かったらしい。ここに帰ってくることはなさそうだと圭介は思った。

二十三年前のあの日に起きたこと。父親を失った自分が一番の被害者なのだと思っていた。ほかの三人にとっては友人の父親が死んだだけのこと。しかしそうではなかったのだ。

淳一は犯人に向けて発砲し、自分が人を殺したと思い込んでいたようだ。さらに直人はそれを目撃して、ずっと淳一の秘密を胸に抱え込んでいたという。特に淳一はどんな気持ちで今まで生きてきたのだろうか。その気持ちを推し量ることはできなかった。

携帯が鳴っていた。琴乃からだった。圭介は携帯を耳に当てた。

「もしもし、俺だけど」

「大丈夫？　ずっと連絡がないから心配になったのよ」

昨晩のことを思い出す。万季子が自宅にいないことを淳一から聞いて、部屋を飛び出してきたのだ。部下の交通事故を言い訳にしたはずだった。

「ごめん、いろいろ忙しくて。警察の手続きとか面倒でね、仕事も手につかない状態なんだ」

別れた妻の家にいる。そんなことを琴乃は想像すらしていないだろう。しかも別れた妻が殺人容疑で手配され、拳銃を所持して都内を逃亡しているなどと知ったら、琴乃は卒倒してしまうかもしれなかった。

「今日は帰ってこられるの？」

「どうかな。ちょっと難しいかもしれない。片づけたい仕事が山ほど残ってる。できれば来月に持ち越したくないからね」

来月になれば琴乃は臨月を迎える。できるだけ琴乃の傍についていたい。来月に仕事を持ち越したくないというのは本音だった。

「もし帰ってくるようなら、早めに連絡してね。夕飯を用意するから」

「ありがとう。また連絡するよ」

電話を切ってから、圭介は天井を見上げて息を吐いた。

まるで二重生活を送っているようだった。琴乃は圭介に別れた妻がいることは知っているし、息子が一人いることも知っている。正樹との面会にも理解を示してくれている。

問題は万季子だった。万季子は圭介が再婚していることを知らない。いずれ打ち明けるつもりで、ついつい先延ばしにしてしまっていた。

それに追い討ちをかけるような今の状況だ。このまま行けば万季子の逮捕は免れない。そのときに万季子や正樹の支えになってあげられるのは自分を置いてほかにいないと思うが、今の状況では難しい。離婚したから関係ない。そう割り切れるだけの身勝手さもなかった。

とにかく今は二人の無事を祈るしかない。それだけだ。圭介はそう自分に言い聞かせて、携帯電話をテーブルの上に置いた。

捜査本部に戻っても、進展はない様子だった。会議室の隅で情報が入るのを待つことにした。すぐにでも東京に向かって捜索に加わりたいという思いも強かったが、それもできずにいた。南良が動こうとしないからだ。

万季子が見つかれば、真相が見えてくる。南良はそう語っていた。南良の言う真相とは、二十三年前の事件のことだ。すでに時効を迎えた事件であるが、南良は執拗に拘《こだわ》っている様子だった。なぜ南良がそこまで執着するのか、淳一には理解できなかった。

万季子が所持している拳銃が真相を解く鍵になる。南良の言葉がずっと気になっていた。

実際に大島の遺体から摘出された銃弾は、圭介の親父さんが所持していた拳銃から発射された銃弾で間違いないはずだ。淳一が拳銃を構えたと同時に、隠れていた犯人が改造銃で大島を撃った。それが有力な推論だが、大島の遺体から清原巡査が所持していた拳銃の銃弾が摘出されている以上、その推理は成り立たないのだ。

思考はまとまりそうになかった。それどころか悪寒さえ感じる。自分が大島を殺していない可能性。それを南良に指摘されたときから、気が変になりそうだった。

長い間、自分は人殺しだと思い込んで生きてきた。それを今になって違うと言われても、困惑だけが先に立った。

大島を撃ったのは別の誰か。それが本当ならば喜んでしかるべきだ。しかし手放しで喜ぶことなどできるわけがない。

淳一は頭を振った。今は自分のことを考えている場合じゃない。万季子を捜す。それが先決だ。そう自分に言い聞かせて、淳一は会議室を見渡した。

十名ほどの捜査員が残っていた。その多くは捜査の指揮を執る幹部クラスだ。会議室の後方にはテーブルが置かれていて、その上に飲み物と軽食が並んでいた。淳一は南良に声をかけた。

「コーヒーでもいかがですか？」

「そうですね。一杯いただきます」

淳一は立ち上がり、後方のテーブルに向かった。コーヒーメーカーはちょうどドリップの最中だった。紙コップを二つ用意してから、淳一は携帯をとり出した。博美の番号を呼び出す。すでに何度も電話を入れているが、不在のメッセージが流れるだけだった。

通話ボタンを押す。今度はコールの音が聞こえた。五コールほど待つと通話が繋がった。

「もしもし、俺だ。どこにいるんだ、博美」

返事は聞こえてこなかった。ガサガサという何かが擦れ合う雑音が聞こえた。遠くで少年の声が聞こえた。「お姉ちゃん、電話だよ」

続けて博美の声が聞こえたが、それは淳一にではなく、電話の向こうの誰かに向けられた言葉だった。「こら、勝手に電話に出ちゃいけないでしょ」

淳一は辛抱強く待った。やがて博美の声が聞こえた。やや警戒するような声色だった。

「もしもし?」

「俺だ、淳一だ。今どこにいる? 急にいなくなって心配してたんだ」

電話の向こうで博美は沈黙した。淳一は声を押し殺して言った。

「本当にすまなかったと思ってる。後悔している。本当だ。俺を許してくれ」

返事はない。しかし博美が話を聞いていることだけは息遣いでわかった。やがて電話の向こうで小さな声が聞こえた。さきほどの子供の声だった。「お姉ちゃん。先に行ってるからね」

今の子供の声。どこかで聞いたような気がする。ここ最近のことだ。あれはたしか……。

淳一は思い至った。圭介の息子、正樹の声だ。キャッチボールをしたときに、何度か言葉を交わした。正樹の声によく似ている。しかしなぜ……博美が……。

慌てて淳一は博美を呼んだ。「頼む、博美。頼むから電話を切らないでくれ。一つだけ教えてほしい。正樹と一緒なのか？」

電話の向こうで博美が息を飲む気配が伝わってきた。ようやく博美が口を開いた。

「……なぜ？　なぜ淳一が正樹君のことを知ってるの？」

経緯はわからない。しかし博美が正樹と一緒にいることだけはたしかだった。正樹が一緒ということは、つまり万季子もそこにいるのだ。淳一は鼓動が高鳴るのを感じていた。

「教えてくれ、博美。正樹のお母さんも一緒なのか？」

「……今はここにいないけど、一緒に来ているわよ」

電話の向こうで電子音のような音楽が聞こえた。その音に淳一はゲームセンターを連想した。

「ちょっと待ってくれ。頼むから切らないでくれ」

淳一は弾かれたように走り出し、南良のもとに向かった。

「博美、お前たちはどこにいるんだ？　教えてくれ」

電話の向こうで博美は逡巡している様子だった。万季子が拳銃を所持して逃亡していることを打ち明けてしまうことも可能だ。しかしそれをしてしまうと、博美を混乱させてしまうだろうし、万季子に気づかれてしまっては元も子もない。淳一は携帯を強く耳に押し当てて、博美の言葉を待った。

南良が淳一を見上げていた。ただならぬ気配を察したらしく、その顔つきは真剣なものだった。淳一は黙って耳を澄ました。

やがて博美が小さく言った。

「……遊園地。後楽園の遊園地に来ているわ」

「ありがとう、博美。絶対にそこから出るんじゃないぞ」

淳一は電話を切って、声を張り上げた。

「岩本万季子の居場所が割れました。後楽園。後楽園にいる模様です」


平日だというのに、遊園地はそれなりに混雑していた。若いカップルの姿が多く目立った。あとは学生服を着た中学生らしき集団もいた。男の子はみんな丸刈りだった。地方から修学旅行でやって来たのかもしれなかった。

中に入ったはいいが、万季子は疲労を感じていた。昨晩はほとんど眠っていないし、食欲もなかった。ベンチに座り、目の前の風景を眺め続けた。正樹と博美は疲れもみせず、さきほどから元気に遊び回っている。今はジェットコースターに乗ると言って、園内の奥に姿を消していた。

博美と一緒で良かったと思う。正樹と二人きりだったら今頃どこで何をしていたか皆目見当もつかない。

昨日の夜の圭介からの電話。連行された直人が自供したと知ったとき、落雷に打たれたかのような衝撃を覚えた。直人の真意は何となく理解できた。自分をかばおうとしているのだ。そう察した。

佐久間のプレハブ小屋から拳銃とビデオテープが発見されなかったことを知ったとき、おそらく直人が持ち去ったのではないかと思った。佐久間に恐喝を受けていたことは留守番電話にも残していたし、佐久間のところから逃げている途中、直人とは短い会話を交わしていた。今にして思えば、あのときの自分の応対は明らかに不自然だった。

圭介との通話を終えてから、しばらくその場で呆然と佇んでいた万季子だったが、すぐに行動を開始した。すでに眠っていた正樹を起こし、車に乗せた。そのまま車を運転して直人の自宅に向かった。幸いなことに直人の家に警官の姿はなかった。

直人のお母さんは憔悴《しょうすい》し切っていた。無理もないことだった。長男が殺され、さらに次男が警察に連れて行かれてしまったのだから。直人に着替えを持っていくという口実で、直人の部屋に入った。

部屋中を探したが拳銃は見つからなかった。諦めて帰ろうとしたとき、車庫に停まっている直人の車が目に入った。直人のお母さんから車の鍵を借りた。トランクの中で拳銃を発見し、そのまま拳銃をハンドバッグにしまった。

自分の車に戻った。パトカーのサイレンが徐々に近づいてきた。慌てて車を発進させた。わずかな差だったと胸を撫で下ろした。

「お母さん」

顔を上げると正樹が立っていた。隣には博美の姿もあった。博美の顔色が悪いのが気になったが、おそらくジェットコースターの影響だろうと思った。正樹の世話を押しつけてしまって、本当に申し訳ない気持ちだった。

「今度はあれに乗ってくるから」

そう言って正樹は別の乗り物を指で差した。万季子は少し咎めるように言った。

「ねえ、正樹。少しは休憩したらどう？　お姉さんだって疲れているじゃないの」

「私なら平気です」博美は手を振った。「全然大丈夫ですから。子供の頃に戻ったみたいで楽しいんです」

万季子は財布をとり出して、千円札を一枚抜いて正樹に渡した。

「これで冷たいものでも買いなさい。お姉さんの分も買ってあげるのよ」

「すみません。ご馳走になります」博美が頭を下げた。

「行こう、お姉ちゃん」

そう言って正樹が再び走り出していく。その後ろを博美が小走りで追いかけていく。仲のいい姉弟のように見えなくもない。博美がいてくれて助かったと心底思った。

問題はこれからだった。このまま逃げ続けているわけにもいかない。いずれ自首をするつもりでいるが、残される正樹の気持ちを思い遣ると、なかなか踏ん切りがつかなかった。

とりあえず今晩はどこかのホテルに泊まるしかない。博美はどうするかわからなかったが、お礼に美味しい食事でも奢ってやってもいいかもしれない。正樹もその方が喜ぶだろう。

そんなことを考えていると、不意に視線を感じた。辺りを見回すと、五十メートルほど向こうにスーツを着た二人組の姿が見えた。まっすぐこちらに向かって歩いてくる。

場違いな二人だった。万季子はすぐに察した。あの二人は刑事に違いない。膝の上のハンドバッグを握り締めて、万季子は立ち上がった。

早足で歩く。二人の男がこちらに向かって走り出したのが視界の隅に映った。さらにペースを早める。どうしよう？　このままだと正樹たちと離れてしまう一方だ。焦りが募った。

突然、目の前に人が立ち塞がった。別の二人の男だった。男の一人が万季子に言った。

「岩本万季子さんですね。神奈川県警の者です」

背後からも足音が近づいている。万事休すだ。もう逃げ場は残されていないことを万季子は悟った。

「お母さん」

正樹の声で振り向いた。正樹と博美が並んでこちらに歩いてくるところだった。正樹は両手に紙コップを持っていた。

「正樹！」

そう叫んだ瞬間、思わず握っていたハンドバッグを落としてしまった。万季子はとっさにバッグを摑もうと腕を伸ばした。右手は空《くう》を切った。落ちたハンドバッグの中身が散乱した。

拳銃が地面に転がった。男の鋭い声が飛んだ。

「動くな。動くんじゃない」

顔を上げると、二つの銃口が万季子の胸に向けられていた。

捜査本部は重い緊張に包まれていた。今から十五分前に現場の捜査員から連絡が入った。十名の捜査員が後楽園に到着し、遊園地内の捜索を開始したとのことだった。警視庁からも応援が駆けつけるという。

息子も一緒だ。無茶をすることはないだろう。それでも不安だった。とにかく無事でいてくればいい。淳一はそう思った。

そのときだった。電話が鳴り響いた。幹部の一人が受話器をとった。

「はい、捜査本部」

報告に耳を傾けていた幹部が、いったん受話器を耳から離して言った。

「岩本万季子が無事確保された。息子さんも一緒だ。拳銃も押収されたらしい」

その言葉に会議室を包んでいた緊張が一気に緩んだ。短いやりとりをしたあと、幹部は受話器を置いた。

「これから彼女が護送されてくる。到着次第、取り調べだ。まだ彼女が犯人だと決まったわけじゃない。気を抜くんじゃないぞ」

気を抜くなと言っても無理な話だった。凶器の拳銃を所持していた容疑者が確保されたのだ。すでに捜査員の中には大きく伸びをしながら会議室を出て行こうとする者さえいた。

「飛奈刑事」

南良に呼ばれた。南良のもとに向かうと、彼は小声で言った。

「現場にいる捜査員と連絡をとってもらえますかね」

現場にいる捜査員。たしか盛田係長は東京へと捜索に向かったはずだ。現場にいる可能性も高い。淳一は携帯をとり出した。

「それで何を訊けばいいのですか？」

「押収された拳銃の残弾数です。弾は何発残っていたかを知りたいんです」

「わかりました。確認します」

携帯を耳に当てながら、淳一は思った。

万季子の所持している拳銃が謎の鍵を握っている。南良はそう語っていた。残りの弾数が事件の鍵を握っているということか。

「もしもし、飛奈です。お疲れ様です」

電話はすぐに繋がった。淳一は用件を告げた。

「残弾数？　そんなのを聞いてどうしようっていうんだよ」

移動中らしく、通話に雑音が混じった。時折聞こえてくる歓声はアトラクションに興じる客の声か。

「そこを何とかお願いします」

「わかった。ちょっと待ってろ」

電話の向こうで盛田が部下とやりとりする声が微かに聞こえた。やがて盛田が言った。

「残りは三発だそうだ。それでいいか」

「はい。ありがとうございました」

電話を切って南良に伝える。「三発です。残弾数は三発とのことです」

淳一の言葉を聞いて、南良は満足そうにうなずいた。南良は声をひそめて囁くように言った。

「すべてわかりました。飛奈刑事、あなたは拳銃を撃ってさえいなかったのです」

――総毛立った。がつんと殴られたような衝撃を受けた。何を言われたのか理解できなかった。淳一は南良の顔をまじまじと見つめた。

「当時あなたは小学六年生だった。清原巡査の遺体を発見した直後だったこともあり、かなり動揺していたはずです。近くで鳴り響いた銃声を、自分が撃ったものだと思い込んでしまった。そう考えることはできませんか？」

「待ってください、南良さん。いったい何を……」

言葉が続かなかった。深い混乱を覚えていた。思考が完全に停止していた。

「ここからが正念場です。飛奈刑事、行きましょう」

そう言って南良は歩き始めた。半ば呆然としたまま、淳一は南良のあとを追った。


玄関のチャイムを押しても、反応はなかった。直人はノブに手をかけた。鍵はかかっていなかった。直人はドアを開け、中に足を踏み入れた。

直人のもとに淳一から連絡があったのは、今から十分ほど前のことだった。後楽園で万季子は無事に確保されたとの話だった。これから三ツ葉警察署に護送されてくるという。

知らせを受けて、圭介のことが気になった。圭介のもとにも知らせは届いているはずだ。万季子の逮捕に最も心を痛めているのは圭介だと思った。すぐに家から出て、見張りをしている警官に事情を話した。警官は無線で何やら連絡したあと、覆面パトカーで万季子の自宅まで送ってくれた。

「いるんだろ、圭介」

そう言いながら靴を脱ぎ、直人は家の中に上がった。廊下を進んでリビングに入る。圭介は脱力したようにソファーに座り、呆然と天井を見上げていた。

「大丈夫か、圭介」

そう呼びかけると、圭介は力のない視線で直人を見て、つぶやくように言った。

「何年だ？」

質問の意味がわからず、直人はうろたえた。「何年？」

「人を殺した罪だよ。万季子は何年刑務所に入ることになるんだ？　十年か？　それとも二十年か？」

「待ちなよ、圭介。今はそんな話をしている場合じゃないだろ」

「じゃあ何を話せっていうんだよ」

圭介がテーブルを蹴った。テーブルの上のペットボトルが転がって、床に落ちた。

「万季子は確実に刑務所で罪を償うことになる。その間、正樹はどうなる？　一人ぼっちになってしまうだろ？」

「圭介がいるじゃないか。圭介は正樹君の父親だろ。圭介が育てればいいんだよ。万季ちゃんが帰ってくるまで」

「俺じゃ駄目なんだ」圭介は頭をかきむしった。「俺じゃ駄目なんだよ、直人。俺は正樹と一緒にいてやれないんだよ」

「どういうことだよ……圭介以外に誰が……」

「俺は再婚したんだ」

「えっ？」

直人は耳を疑った。圭介は何て言った？　再婚した。そう言ったのか。

「一年前のことだ。ある女性と籍を入れた。来月には子供も生まれるんだ」

「この状況で嘘なんて言うわけないだろうが。万季子は知らない。俺が再婚していることをな。ずっと言おうと思いながら今まで先延ばしにしてきたんだ。正樹にどう説明していいかわからなかった」

「……本当なのか？」

ようやく圭介の苦悩が理解できた。正樹の処遇について頭を悩ませているに違いなかった。万季子が刑に服している間、一人残されてしまう息子のことを。

「俺のせいだ。すべて俺のせいだ。俺が万季子を説得するべきだったんだ。佐久間との取引に応じるべきじゃなかった。進学を諦めてでも、あのとき警察に通報するべきだったんだ」

「今さら圭介が後悔したって何も始まらないだろ。万季ちゃんの気持ちにもなってみろよ。今、万季ちゃんはこっちに護送されている。着いたら辛い取り調べが待ってるんだ。苦しいのはお前だけじゃない」

一番辛いのは万季子だ。それは絶対に間違っていないと直人は思っていた。しかし圭介の苦悩も理解できた。理解できてしまうからこそ、余計に辛かった。

「再婚したのは仕方がないことだと思う。でも正樹君の父親は圭介だけだ。圭介は絶対に逃げてはいけない。圭介が逃げてしまったら万季ちゃんが悲しむ。正樹君もだ」

圭介が顔を上げた。

「そうだな……直人の言う通りだ。すまない、直人。取り乱して申し訳なかった。俺が逃げちゃいけないよな。正樹を育てるのは俺しかいないんだ、俺しか」

人を殺してしまった万季子の苦悩。別れた妻子の将来を案じる圭介の不安。ずっと人を殺した罪から逃げまどっていた淳一の懺悔。そして直人自身もずっと過去にとらわれ続けてきた。

四人が全員、心にそれぞれの闇を抱えていたのだった。闇に光が射し込んで、誰もがうろたえ、もがき苦しんでいる。今はそんな状態だった。

「今は万季ちゃんの帰りを待とう。それしか僕たちにできることはないんだから」

直人は静かにそう言って、床に転がるペットボトルを拾った。


部屋を出た南良は行き先を告げずに歩き始めた。淳一は南良に訊いた。

「どういうことですか？　俺が撃ってさえいないだなんて、なぜ断言できるんですか？」

「いいですか。あのとき、大島を狙って同時に拳銃を構えた二人の人物がいました。一人は飛奈刑事、もう一人は共犯者です。二人が同時に引き金を引き、共犯者の弾が大島に命中した。これがさきほど清原さんが語った推理でした」

それは憶えていた。森の中で圭介はそう話していた。

「しかし冷静に考えれば、相手の動きに合わせて見事に銃声を重ねることなど、できるわけがないのです」

絶句した。そうかもしれない……。いつ相手が引き金を引くのかわからない状況なのだ。完全に相手と同じタイミングで引き金を引くことなど、困難を極めるということか。

「つまり銃声は一発だけだったのです。そう考えると必然的に飛奈刑事は拳銃を撃っていないことになります。さきほども話したように、近くで鳴った銃声を自分が撃ったものだと勘違いした。それだけのことです」

あのとき本当に引き金を引いたのか。今となっては確信は持てない。想像を絶する事態に完全に自分を見失っていた。しかし――。

「それはおかしいですよ。実際に大島の遺体から摘出された銃弾は、清原巡査の所持していた拳銃から発射されたものだった。それが俺が撃ったという何よりの証拠じゃないですか」

「違います、飛奈刑事。ニュー・ナンブはもう一丁あったのです」

思わず足を止め、淳一はその場で立ち尽くした。それに気づいた南良が立ち止まって、振り向いた。

「二丁のニュー・ナンブがあの場所にあったのです。そして岩木さんの所持していた拳銃の残弾数から、二丁がある段階ですり替わっていたことがわかります」

意味がわからなかった。なぜ万季子の持っていた拳銃の残弾数から、そこまで飛躍した推理を立てることができるのか。しかも南良の推理は恐ろしいことを示唆していた。

「ちょっと待ってください。まさかあの場所にいたのは警察関係者……」

南良が淳一の言葉を遮った。

「さきほどのメモをもう一度見せてください。名簿から写しとった名前です」

二十三年前も三ツ葉警察署に配属され、今も同署に配属されている三人の警察官。淳一が開いたメモを見て、南良はある人物の名前の上に指を置いた。

「彼でしょうね、おそらく」

嘘だ……。淳一は南良の言葉が信じられなかった。

「二十三年前の事件発生時、最初に現場に駆けつけた警察官は彼でした。偶然で片づけることはできないでしょう。さらに彼は佐久間殺しの捜査本部に名を連ねています。彼ならマスコミに情報を流すことが可能です」

淳一は声を搾り出した。「どうやって……どうやってそれを立証するんですか?」

南良はこれまでにない真剣な顔つきで言った。

「だから会いに行くんですよ。すべてを知る人物にね」

署長室に入ると、署長の小杉はちょうど電話を置いたところだった。淳一の顔を見て、小杉は言った。

「捕まったらしいな」

「ええ。岩本万季子。自分の同級です」

「手柄を立てたらしいじゃないか。盛田から報告があった。その調子で頑張るがいい」

南良が一歩前に出て、軽く頭を下げた。

「県警捜査一課の南良と申します。いくつか確認したいことがあるのですが、少しお時間をいただけますでしょうか？」

「確認？　私に？」

怪訝そうな表情で、小杉は南良を見上げていた。手元の手帳に目を落としてから、小杉は言った。「あと三十分で記者会見の打ち合わせが始まる。それまでなら構わないが」

「ありがとうございます」南良が頭を下げた。「二十三年前の強盗事件についてですが、署長も憶えておいでですよね？」

「ああ。同僚だった清原が命を落とした事件だ。忘れるはずがない。それに今回の佐久間殺しとも絡んでいると聞いている。佐久間を撃った拳銃は、清原が持っていた拳銃とライフルマークが一致したようだな」

「その通りです。私はちょっと拳銃の出所に興味を持ちまして、いろいろと調べてみました。当時、総務課に配属されていた署長は、清原巡査が殺害された現場に一番先に到着された。それは間違いないですよね？」

「そうだ。あれは私が生活安全課から総務課に異動した年のことだ。基本的に総務課は内勤だったが、あの事件だけは別格だった」

昔を思い出すかのように、小杉は目を細めた。

「署内の人間が総動員されて、逃げた強盗犯の捜索に当たったたんだ。当然私も駆り出された。捜索している最中に、無線で知らせが入った。みはる台の市営住宅の住人が、森の方で銃声を耳にしたという通報だった」

淳一は小杉の様子を観察した。陽に焼けた肌。射抜くような眼つき。刑事課が長かったと耳にしている。二年後には退職を迎えるとの話だった。

「近くにいた私は、すぐにその場に急行した。森に入ったところで一人の少年を保護した。少年は満足に口も利けない状態だった。少年が歩いてきた方向に足を進めると、そこで清原の遺体を発見した。すでに息を引きとっていた。近くには三人の子供がいた。あとになって知ったが、清原の息子さんもいたらしい。そして……」

小杉が淳一を見上げた。淳一はうなずいた。

「ええ。私もいました」

「ところで署長はご存じでしたか？　さきほど捕まった岩本万季子ですが、彼女は死んだ清原和雄巡査の長男、清原圭介氏の別れた妻なんですよ」

小杉が眉を吊り上げた。「それは本当か？」

「間違いありません。さらに岩本万季子ですが、彼女もあの場にいた四人の子供のうちの一人です。その彼女が清原巡査の所持していた拳銃で佐久間を殺害した。これがどういうことかおわかりですか?」

考え込むように、小杉は視線を宙に彷徨わせた。これが演技だったらたいした役者だ。淳一はそう思った。

「私が清原の遺体を発見したとき、すでに拳銃は何者かによって持ち去られたあとだった。もしや……」

驚いたように、小杉が目を見開いた。

「あのとき岩本万季子が拳銃を持ち去った。そういうことなのか?」

小杉の質問は南良にではなく、淳一に向けられたものだった。真正面から小杉の視線を受けて、淳一はたじろいだ。すぐに隣から南良が口を挟んだ。

「まあまあ署長。ここは結論を急がずに。ところで二十三年前の事件ですが、署長は共犯者がいたと思いますか?」

「共犯者? まあな。金も見つからなかったことだし、当時の捜査本部の見方だと八割方は共犯者説に傾いていた。それがどうかしたのか?」

「私は確実に共犯者がいたと思っています。それも警察内部にいたのではないかと」

「警察内部に? それは確証があってのことか?」

徐々に南良は事件の核心に迫りつつあった。淳一は息を飲んで、二人のやりとりを見守った。

「当時の捜査資料を読みますと、複数の目撃証言から強盗犯は市内の南部に向かって逃走したとのことでした。しかし結局犯人は市内北部のみはる台で発見されました。私はこれは犯人の誘導だと考えています。一般市民を装って目撃情報を通報し、警察の注意を市内南部に向ける。そして隙の多い北部のあの森の中で、共犯者は実行犯の大島と合流したんです。目的はおそらく金の受け渡し」

当時のことを思い出す。犯人は南に逃げた。たしか担任の先生もそんなことを話していた。北部のこの辺りは安全だろう。そんな甘い認識があったからこそ、あの日四人は探検を決行したのだった。

「共犯者が警察関係者であれば、警察の包囲網を実行犯の大島に知らせ、あの森まで巧みに誘導できたはずです。森の中で落ち合い、共犯者は大島から金を受けとった。そこで思わぬハプニングが発生してしまいます。大島と一緒にいるところを、捜索中の駐在警官、清原和雄巡査に見つかってしまったのです」

圭介の親父さんにも、署から命令が出ていたに違いない。担当区域内の捜索。それが彼に与えられた使命だったはず。あの森を捜索していても不思議はない。

「清原巡査は驚いたことでしょう。犯人らしき男が警察官と一緒にいるんですからね。しかし清原巡査は職務を全うしようとします。二人に近づき、説得に応じるように呼びかけたはずです。しかし共犯者の決断は早く、残忍なものでした。共犯者は手にした改造銃を清原巡査に向けて発砲したのです。それを受けた清原巡査は、やむを得ず威嚇のために二発連続で発砲します」

あのときの情景がよみがえるようだった。あの森の空気。匂い。音。すべてが脳裏に焼きついていた。

「清原巡査の決断が間違っていた。私はそうは思いません。この時点で清原巡査は二人が共犯であるという確証を摑めていなかったはずですから。それに清原巡査には可能な限り人に向けて発砲してはいけないという心理的刷り込みがあった。それを逆手にとった共犯者は躊躇なく清原巡査に改造銃の銃口を向け、彼を撃ち殺しました」

ちょうどその頃、現場近くに二人の少年がいた。淳一と直人だった。怖がる直人を岩陰に隠し、淳一だけが森の中を進む。待ち受ける悲劇を知らないままに。

「共犯者が使用した改造銃は、おそらく金と一緒に共犯者の手に渡ったのでしょう。清原巡査を撃ち殺したあと、二人はその場で別れて、共犯者だけが清原巡査の遺体まで歩み寄りました。彼の死を確認してから、共犯者は大島に拳銃を向けたのです。最初から金を独り占めし、口を塞ぐつもりだったのでしょう。しかしここで予期せぬ闖入者が現れます。飛奈淳一。当時小学六年生の男の子です」

小杉の目が淳一に向けられた。淳一は見つめ返した。小杉の目に感情はなかった。

「とっさに共犯者は銃を構えたまま近くの木陰に身を潜めました。やって来た少年は清原巡査の遺体を目にして、事態を把握します。彼の目に大島の姿が映りました。そこで少年は驚くべき行動に出ます。落ちていた清原巡査の拳銃を拾い、銃口を大島に向けたのです。近くでその様子を見ていた共犯者は驚いたことでしょう。しかし共犯者はそのまま自らが持っていた制式拳銃で大島を撃ち殺した」

最後の銃声。その轟音は今も淳一の耳に残っている。悪夢の終わりはいつもそこだ。鳴り響く銃声。前のめりに倒れる男。男の背中で弾ける血飛沫《しぶき》。

「あなたが撃ったんですね」南良が静かに言った。「大島伸和の共犯者、いや実質的な主犯は小杉署長、あなただったんですね」


小杉は何も言わなかった。椅子に座ったまま南良を見上げていた。その顔つきに変化はみられない。長年刑事だった男だ。自分の感情を殺す術《すべ》くらいは身につけているということか。

やがて小杉が不敵な笑みを浮かべて言った。

「面白い。面白い絵空事だな。しかし証拠に欠ける。今のままだとお前の空想に過ぎない」

南良は反論せず、穏やかな顔で小杉を見ていた。

小杉は続けて言った。

「私が一番先に現場に駆けつけた警官だったから。それがお前の推理の根拠なんだろ。着想としては悪くないが、捜査というのは客観的事実の積み重ねだ。お前の推理にはそれがない」

「ありますよ」南良が平然と言い放った。「さきほど捕まった岩本万季子が所持していた拳銃ですが、あの拳銃は死んだ清原巡査のものではありません。それは客観的事実です。だとするとあの拳銃は誰のものなんでしょうか。ニュー・ナンブM六〇。一般市民が入手できる代物ではありません」

小杉が眉を吊り上げた。「拳銃が清原のものではないだと？　その根拠は？」

「押収された拳銃の残弾数です」

「残弾数？」

「そうです。あの日、森の中で五発の銃声が響き渡りました。最初の一発目は犯人が清原巡査を狙ったもの。次の二発は清原巡査が威嚇として発砲したもの。四発目は犯人が清原巡査を撃ち殺したもの。そして最後の一発は大島を殺したものです。ここまではいいですか？」

小杉は何も言わなかった。

「まずは大島が所持していた改造銃ですが、六連発のリボルバーでした。大島の遺体の脇に落ちていた改造銃は、三発の弾を発射したことが鑑識の記録にも残っています。弾も検出されています。一発は清原巡査の遺体から、もう一発は清原巡査が倒れていた近くの木の幹から。三発目は大島が逃亡時に放った銃弾で、不幸にも事件に巻き込まれた主婦の体内から摘出されています」

名前は栗原理恵。買い物の途中、大島が闇雲に放った銃弾に当たり、命を落とした不幸な犠牲者だった。

「次は清原巡査の拳銃です。ご存じの通りニュー・ナンブは五連発のリボルバーです。清原巡査による二発の威嚇射撃。それから二十三年という時を経て、今回の佐久間殺しで発射された弾。合計三発が使用されています。つまりこれで残りは二発ということになり、もしも飛奈刑事が発砲したのであれば、さらに一発少なくなければなりません」

淳一はすべてを理解した。南良の言わんとしていることがはっきりとわかった。

小杉の顔が心なしか青ざめてきているように見えた。やはりこの男が圭介の親父さんを殺した真犯人なのだ。淳一はそれを確信した。南良が小杉に言い聞かせるように、ゆっくりと言った。

「しかしですね、小杉署長。さきほど押収された岩本万季子が所持していた拳銃ですが、残弾数は三発だったんですよ。二発でも一発でもなく、三発だった。つまりあの拳銃は清原巡査のものではなかった。これは極めて重大な発見です。そう思いませんか？」

「くだらん」小杉は吐き捨てるように言った。「打ち合わせの時間が迫ってる。こんな茶番にこれ以上付き合ってたまるものか」

小杉が立ち上がろうとした。淳一は前に出て、小杉の肩を押さえつけた。「もう少しお付き合いくださいさい、署長」

「貴様、自分が何をしているかわかっているのか」

淳一は意に介さず、南良に目配せを送った。南良がうなずいて、再び語り始めた。

「話を少し前に戻しましょう。あの日何があったのか。飛奈刑事が拳銃を構えたのと同時に大島を殺害したあなたは、その場から少年の動きを見守った。おそらくあなたは改造銃で少年を狙っていたはずです。少年の出方次第で、彼の口を封じる必要があったからです。しかし少年は自分が拳銃を撃ち、それが当たったものと勘違いし、拳銃を落としてその場から立ち去ります。あなたはその隙に自分の拳銃と清原巡査の拳銃を入れ替えたのです」

拳銃を落としたあと、そのまま森を引き返して、直人と合流した。警察を呼ぶようにと直人に伝えてから、淳一はもう一度現場に戻った。その時点ですでに拳銃は入れ替わっていたというわけだった。

「そしてあなたは大きく迂回して森から出て、再び森に入って佐久間直人を保護した。そのまま現場に向かい、三人の子供と出会ったんです。しかしあなたにはやらなければならないことが残されていた」

小杉の顔が紅潮していた。淳一は全身の力を込めて、小杉の肩を押した。わずかに力を緩めただけで、小杉に押し返されるような気がした。

「署に戻ったあなたは、備品台帳を改竄《かいざん》します。清原巡査が所持していた拳銃と、あなたが大島を撃った拳銃。この二つの備品番号を書き換えたのです。さらに使用した銃弾記録も改竄した。総務課にいたあなただからできた芸当です。こうしてあなたの目論見《もくろみ》は成功しました。あの拳銃を少年たちが持ち去ってしまう。そんな予想外のハプニングはありましたが、当時の捜査本部では清原巡査が大島を射殺したという見解に至りました。まさにあなたのシナリオ通りに事は進んだわけです」

仮にあの場から拳銃を持ち出さなかった場合も、同じ結論に至っていたはずだ。もしも自分が名乗り出ていたらどうなっていただろう。淳一はそう仮定した。それでも小杉は安全圏にいただろう。強盗犯を殺したのは現場に居合わせた十二歳の少年。そんなショッキングなニュースが日本中を湧かせたことだろう。

「放せ、飛奈」

小杉がそう言った。もう抵抗しない。小杉の目はそんなことを訴えているようだった。淳一は小杉の肩から手を放した。

「お前の推理は悪くない。しかし今のままでは拳銃の入れ替えの可能性を示唆しているだけで、私自身の関与までは追及できない。そうではないのか」

南良は薄く笑った。

「ええ。まだまだですよ。私の戦いは始まったばかりです。私は最後まであなたを追い詰めてみせます。次は今日の新聞報道辺りを調べてみたいと思っています。情報をリークしたのはあなたですね、小杉署長。匿名の電話ですか？　それとも電子メールで？　あなたほどの地位になれば、懇意にしている記者がいるのではありませんか？」

小杉は答えなかった。その唇が細かく震えていた。

「さきほどの署長のお話の中で、総務課の前は生活安全課にいたとおっしゃいましたね。死んだ大島伸和には逮捕歴がありました。窃盗の容疑です。あなたが生活安全課にいた時代に、あなたと大島は接点を持ったのかもしれませんね。その辺りのことも調べ甲斐がある仕事です。当時の警察ＯＢを訪ね歩いて、一から証言をとらなくてはなりません」

「何が……何が目的なんだ？」小杉が唸るように言った。「もう時効を迎えた事件じゃないか。今さら掘り起こしてどうなるというんだ。お前たちに何の得があるんだ」

「俺たちには一文の得もない」

思わず淳一は言葉を発していた。小杉を見下ろして言った。

「何人死んだと思っているんですか。圭介の親父さん、大島伸和、栗原理恵。そして佐久間秀之。これだけの死者がいるのに、あなただけが何の罪にも問われずにのうのうと生き延びてる。それが俺には許せないんです」

死者だけではなかった。ずっと人を殺したと思い込んでいた自分自身も犠牲者の一人だと思った。さらに佐久間を殺した万季子もまた、加害者という立場でありながらも被害者の一人だった。圭介も直人も同じだった。

「俺も南良さんと同意見です。あなたが認めないなら、とことん調べてやるつもりです」

南良と視線が合った。満足そうにうなずいて、南良が言った。

「そういうわけです、小杉署長。今日が始まり。そうお考えください。最後に一つだけ教えてください。二十三年前のあの日、飛奈刑事は発砲していませんよね？　今となってはそれを証言できるのは現場にいたあなただけです」

小杉は何も答えなかった。眉間に深い皺を寄せて、南良を見上げていた。

「お答えできないなら結構です。今後の捜査で明らかになるでしょうから。私は県警本部に戻って、今回の件を上司に報告します。おそらく監査部も絡んでくると思います。いずれまたお会いできる日を楽しみにしておりますので」

机の上の電話が鳴り始めた。打ち合わせの開始を告げる呼び出しの電話だろう。南良は踵を返し、早々と署長室から出て行った。淳一もあとに続いた。

部屋を出る間際、小杉の姿に目をやった。鳴り続ける電話に出ようともせず、虚ろな視線を宙に泳がせていた。

「これでよかったんですかね？」

前を歩く南良に追いついて、淳一は訊いた。

「そうですね。よかったかどうかわかりません が。一矢報いることはできたはずです」

「さきほどの発言は本気ですか？　これからも捜査を続けるというやつです」

これは始まりに過ぎない。まだまだ捜査は続く。そんなことを南良はほのめかしていた。

「あの男の出方次第ですね。ああ見えて狡猾《こうかつ》な男です。彼の経歴を調べてみたんですが、あの事件から二年後、彼は刑事課に配属されています。そこで暴力団絡みの事件で活躍し、数多くの功績を上げました。奪った三千万円は情報と引き換えに暴力団に流れていたのではないか。私はそう考えています」

奪った金の使い道。小杉の射抜くような眼光を、淳一は思い出した。

「私は今から県警本部に戻り、上司に報告するつもりです。いずれにしても事件は私の手を離れることになるはずです。時効を迎えた事件ですし、あとは上層部がどう判断するかでしょう」

南良はエレベーターの前で立ち止まり、ボタンを押した。上昇してくるランプを見上げていると、隣で南良が言った。

「結局、飛奈刑事たちはどこに拳銃を隠していたんですか？」

「答えないといけませんか？」

エレベーターのドアが開いた。降りてきた同僚に道を譲ってから、二人でエレベーターに乗り込んだ。

「まあよしとしましょう」

の行方次第では本当のことを話していただくときが来るかもしれませんが」

「佐久間秀之が森で拾い、ずっと所持していた。そういうことにしておきましょう。しかし捜査
注目されるのは万季子の供述だった。果たして万季子がどんな供述をするのか。その発言が気になった。

淳一は驚いて南良を見た。南良は小さく笑っていた。

「いいんですか？」


エレベーターが一階に到着した。ロビーに出た。まだ入口には報道陣が押しかけていた。

「本当に県警本部に戻られるので？」

「ええ。私の役目は終わりました。飛奈刑事は一文の得にもならなかったとおっしゃっていましたが、私はそうは思っていません」

淳一は隣を歩く南良を見つめた。その横顔はどこか淋しげだった。

「二十三年前、森で銃声を聞いた四人と会って、話ができた。それが私には大事なことでした」

ロビーが騒々しくなり始めた。万季子が到着するにはまだ早い時間だった。十名ほどの刑事が正面玄関から入ってきた。彼らに囲まれるようにして、若い女と一人の少年の姿があった。博美と正樹だった。一足先に電車で到着したということか。

博美は怯えた様子で、周囲の様子を窺っていた。やがて淳一の姿が目に入ったようで、博美が目を見開いた。足を踏み出そうとして、淳一は躊躇した。罪悪感が込み上げた。

「恋人なんですよね？　飛奈刑事のほかに誰が彼女を出迎えるというんですか」

南良の言葉に背中を押された。淳一は一歩足を前に踏み出した。

玄関のチャイムが鳴った。玄関先に向かうと、そこには淳一の姿があった。正樹も一緒だった。

「圭介、正樹君が帰ってきたぞ」

リビングに向かって直人が大きな声を張り上げると、圭介がゆっくりと玄関先に顔を出した。

玄関に降り立ち、圭介は正樹を抱きしめた。

「ちょっと話がある」

そう言って淳一が靴を脱いだ。淳一を追ってリビングに向かった。ソファーに座った淳一に訊いた。

「万季ちゃんは？　万季ちゃんも戻ってきたのか？」

「まだだ」淳一は首を振った。「刑事に連れられて、正樹だけが先に戻った。万季子は車で護送されている。着くまでにはあと三十分ほどかかるだろう」

さきほどから時折テレビをつけてニュース番組を見ていたが、まだ万季子のことは報道されていなかった。それでも報道陣にはある程度の情報が洩れているに違いなかった。

報道陣にフラッシュを焚《た》かれる容疑者。よくニュースで見かけるおなじみの光景。あれが万季子の身に降りかかると思うと、胸が引き裂かれそうだった。

圭介がリビングに入ってきた。圭介が言った。

「正樹は二階の寝室だ。少し疲れているらしい。今はまだ何も言わない方がいいと判断した」

「すべてが解決した」淳一がそう切り出した。「二十三年前の事件もだ。大島を撃ったのは小杉という警官だった。小杉が実質的な主犯だったようだ。罪を否定しているが、落ちるのも時間の問題だろう」

小杉というのは、たしか最初に現場に駆けつけた警官だった。森を抜ける手前で、直人自身も彼から声をかけられた。小杉が犯人ということは、淳一が人を殺していないということが立証されたわけだった。直人は胸を撫で下ろした。

「謎が一つだけ残った。タイムカプセルを開けたのは誰なのか。その謎だけは今も解決されず、宙に浮いたままだ」

淳一の言葉に、直人は胸に小さな痛みを感じた。淳一は続けて言った。

「金曜の夜、圭介がタイムカプセルを掘り起こしていた。佐久間に脅され、護身用にあの拳銃を持っていくつもりだったらしい。そうだよな、圭介」

「ああ。たしかに」圭介はうなずいた。「俺はタイムカプセルを掘り起こした。しかしその時点ですでに拳銃は持ち去られたあとだった。おそらく遥か以前に拳銃は持ち去られていたと推測される」

「お前だろ、直人。お前しかいないんだ。お前が拳銃を持ち去った。そういうことなんだろ?」

直人は俯いた。フローリングに視線を落として、直人はつぶやくように言った。

「……話さないといけないか?」

「できれば話してほしい」淳一が言った。「これから万季子の取り調べが始まり、裁判になるのは避けられない。俺たちも証言台に立つことになるかもしれない。そういう状況を踏まえて、すべてを明らかにしておきたいんだ」

「それが万季ちゃんを傷つける結果になってもか？」

直人がそう言うと、圭介が顔を上げた。

「万季子を傷つける？　いったい何のことだ？」

一生心の中に閉じ込めておく。そう決意したはずだった。しかし淳一の言うことも理解できた。直人はゆっくりと語り始めた。

「高校三年のときだ。兄が万季ちゃんに乱暴したんだ。僕は森の中で万季ちゃんの姿を発見した。ひどい格好だった。万季ちゃんは平気だって気丈に振舞っていたけど、何をされたかは見当がついた。僕は兄に対して激しい殺意を覚えた」

「乱暴って……それは本当か？」

信じられないといった表情で、圭介がそう訊いてきた。直人は首を振った。

「詳しくはわからない。僕も現場を目撃したわけじゃない。万季ちゃんも深く語ろうとしなかったしね。僕は万季ちゃんを家まで送り届けてから、その足で廃校に向かった。兄を殺すつもりだったんだ。兄を許せなかった」

すぐにタイムカプセルのことが頭に浮かんだ。兄を殺すにはあの拳銃が必要だ。気がつくと廃校の校庭に立っていた。

「もし二人がいたらどうしただろう。僕はそんなことを考えた。圭介と淳一の二人がいたら、兄を叩きのめすはずだと思った。でも二人はいなかった。町には僕しかいなかった。万季ちゃんの仇《かたき》をとれるのは僕しかいなかったんだ。でも腕力で兄に勝てるわけがない。拳銃が必要だった」

タイムカプセルを掘り起こし、中から拳銃をとり出した。拳銃は重く、そして冷たかった。それを手に自宅に戻り、秀之の住む離れに向かった。

「兄は眠っている様子だった。僕は布団に向けて拳銃を構えた。震えが止まらなかった。なかなか引き金を引けなかった。勇気がなかったんだ。すると突然布団から兄が飛び出してきて、僕の前に立ちはだかったんだ」

拳銃を見て、秀之はたじろいだ様子だった。長い間、ずっと二人で見つめ合う状態が続いた。やがて秀之が鼻で笑った。撃たねえのか？　どうせ偽物だろ？　撃たねえなら俺によこせ。

「兄に拳銃を奪われてしまった。拳銃を弄《もてあそ》びながら、兄は気づいた様子だった。あの日、僕たちが拳銃を現場から持ち去ったことにね。それ以来、ずっと兄は拳銃を所持していたんだと思う。誰にも見つからないようにね。兄が拳銃を所持している。そう警察に通報しようと何度か思ったけど、怖くてできなかった」

あの拳銃は淳一が人を殺した拳銃。ずっと直人はそう思っていた。もしもあの拳銃が明るみに出てしまったら、淳一の犯行が露見してしまうのではないか。そんな不安があった。

「本当にすまないと思ってる」直人は頭を下げた。「僕のせいだ。僕のせいでこんなことになってしまった。みんなには迷惑をかけてしまったと思う」

「直人、お前だけのせいじゃない。俺がお前の立場だとしても、タイムカプセルを開けたかもしれない」

圭介が言った。直人は首を振った。

「違う。僕はそれを謝りたいんじゃない。兄を殺せなかったことを謝っているんだ。あのとき僕が引き金を引いていれば、万季ちゃんを人殺しにしないで済んだのに……」

言葉が続かなかった。その場で直人は膝をついた。肩に手を置かれるのを感じた。

「お前はよく頑張った。俺はそう思う」

頭上で淳一の声が聞こえた。

「俺はずっと自分が人を殺したと思い込んできた。何百回も夢に見た。悪夢だった。人を殺したという罪にずっと縛られて生きてきたんだ。本当に苦しかった」

顔を上げた。淳一の顔を見上げた。淳一は眉間に深い皺を寄せていた。

「これから先、今度は万季子が悪夢を背負い込むことになる。あいつの心中を思うと、俺は胸が潰されそうになる。そろそろ万季子が署に護送されてくる時間だ。俺は署で万季子を出迎えるつもりだ。俺にはそれくらいしかあいつにしてやれることがない」

そう言い残して淳一は立ち去っていった。

護送車が三ツ葉市内に入った。ワゴン車の後部座席に座り、万季子は窓の外の風景を眺めていた。隣には警官の姿があった。

膝に置いた手には手錠がはめられている。現時点での容疑は銃刀法違反。手錠をかけるとき、刑事はそんな風に話していた。まるで他人事のように刑事の言葉は万季子の耳を通り抜けた。

ワゴン車は国道を走っていた。〈フレッシュサクマ〉の看板が視界に入った。あの日の忌まわしい記憶がよみがえった。

圭介がファミレスを出て行ったあと、一度は店に戻ろうと思った万季子だったが、一人で佐久間のもとを訪ねようと考え直した。

ああ見えて、圭介は激昂し易い性格だった。万季子が怖れたのは、取引が中止されてしまうことだった。ただでさえ圭介は佐久間の態度に腹が立っている様子だった。二人が口論になって取引が中止されてしまう。十分に考えられる展開だった。

佐久間のプレハブ小屋に電気は点いていなかった。ドアにも鍵がかかっていた。エンジンを止めた車の中で、万季子は佐久間の帰りを待った。

一時間ほど待ったところで、車のヘッドライトが近づいてくるのが見えた。車はスーパーの裏手に停まった。車から降りた人影が近づいてくる。万季子も車から降りて、人影を出迎えた。

「早いな。十一時じゃなかったか」

万季子の姿を見て、佐久間は驚いたように言った。佐久間はドアの鍵を開けて、中に入っていった。中から呼ばれた。

「入ってくれ」

意を決して、万季子はプレハブ小屋に足を踏み入れた。すえたような臭いが鼻をついた。机の上に弁当の食べ残しがそのまま置かれている。ビールの空き缶も転がっていた。

「一人で来たってことは、覚悟ができたんだな」

そう言いながら佐久間が近づいてきた。

「てっきり清原の野郎も連れてくると思ったぜ。どうする？　俺はここでも構わないが」

背後に回った佐久間が、万季子の耳元で言った。すでに佐久間の手は万季子の尻を撫で回していた。佐久間の息は酒臭かった。悪寒が走った。

「ホテルでも行くか？　それともあの時みたいに森の中でもいいぞ」

悪夢がよみがえった。万季子は覚悟を決めた。佐久間の吐息を耳元で感じながら、万季子はゆっくりと右手を動かした。肩にかけたハンドバッグの中に右手を入れて、バッグの中をまさぐった。ナイフを摑んだと同時に、万季子は体を回転させた。佐久間に向き直って言う。

「テープを返して。今すぐに」

一瞬、佐久間は怯んだような表情を見せた。しかしすぐににやりと笑って、佐久間は言った。

「力ずくってわけか。まったく気の強さだけは変わってねえな」

「私は本気よ。あなたを刺せる自信があるの。早くテープを返してちょうだい」

万季子の迫力に押されたのか、佐久間が後退しながら言った。

「わかった……わかったよ。ちょっと待ってくれ」

スチール製の棚に向かい、佐久間はポケットから出した小さな鍵を棚の鍵穴に差し込んだ。棚を開けて中に手を入れた。棚から出した佐久間の右手に握られていたのはテープではなかった。

黒光りする拳銃だった。

「言っておくが玩具じゃないぞ。本物の拳銃だ」

佐久間の声は自信を取り戻していた。拳銃を万季子に向けながら、佐久間が近づいてきた。

「まずはナイフをしまえ。話はそれからだ」

はったりかもしれない。本物の拳銃を一般人が入手できるわけがない。しかし佐久間の顔つきを見ていると、あながち嘘でもないかもしれないと思った。

万季子はナイフをハンドバッグにしまった。佐久間は満足そうにうなずいて、銃口を万季子の胸に押し当てた。銃口で乳房を弄びながら、佐久間は下卑た笑いを浮かべていた。

「あなたに人が殺せるの?」

万季子がそう言うと、佐久間の笑みが凍りついた。

「撃ってみなさいよ。さあ早く。私は覚悟ができているんだから」

佐久間が戸惑ったような表情を浮かべた。銃口が胸元から離れた。その隙をついて、万季子は拳銃を両手で握った。二人でもつれるように床に倒れこんだ。

佐久間は必死に抵抗した。しかし万季子も必死だった。ここで死ぬわけにはいかない。正樹を残して死ぬわけにはいかない。拳銃を両手で握りながら、床の上を転がった。

突然、鼓膜が破れるような轟音が聞こえた。轟音とともに両手が吹き飛ばされたような感覚があった。佐久間を見下ろすと、その顔は苦悶の表情を浮かべていた。

佐久間の胸の辺りから大量の血が溢れ出していた。万季子は小さな悲鳴を上げ、すぐに佐久間から離れた。

撃ったのか……私が撃ってしまったのか……。呆然としながら、万季子は佐久間の胸から溢れる血を眺め続けた。


「そろそろ到着だ」

隣の警官にそう言われた。窓から三ツ葉警察署の建物が見えた。

警察署の前のロータリーは、多くの報道陣で賑わっていた。誰もがカメラを手にしている。彼らは私を撮るために集まったのか。万季子はそんなことを頭の隅で思った。

感情がなくなっていた。悲しみも悔しさも感じなかった。本当の自分は頭の上にいて、自分を見下ろしているような奇妙な感覚だった。

ワゴンが停車した。助手席から降りた警官が、回り込んで後部座席のドアを開けた。一斉にフラッシュが焚かれた。怒号のような声が飛び交っているが、それらは万季子にとって遠い国の出来事のように感じられた。

四人ほどの警官に囲まれて、フラッシュが焚かれる中を歩いた。光のトンネルの中を歩いているみたいだった。顔は伏せた。眩しかったからだ。正樹のことが頭をよぎった。正樹のことが唯一の気がかりだった。

あの子を一人にしてしまう。しかし圭介もいるし、実家の両親も協力してくれるはずだ。ただあの子が人殺しの息子というレッテルを貼られてしまうと思うと気の毒だった。学校でいじめられたりしなければいいが。それだけが心配だった。

最後に遊園地で会ったとき、正樹の両手には紙コップが二つ握られていた。私の分まで買ってきてくれたのだった。本当に優しい子に育ったと思う。

回転ドアを通過して、建物の中に入った。ずっと耳元で聞こえていた記者たちの声がなくなり、静寂に包まれた。

ロビーを歩く。今年の春、免許の更新で訪れて以来だった。懲役が確定したら、免許の更新はどうなってしまうのだろう。そんなどうでもいい疑問を覚えながら、万季子は足を進めた。

「すぐに取り調べを始めたい。体調は大丈夫ですか？」

隣を歩く刑事にそう訊かれた。万季子は感情のない声で答えた。

「はい。大丈夫です」

すべてを打ち明けるつもりでいた。潔く罪を認めるつもりだった。そして罰を受けて、一刻も早く正樹のもとに帰るつもりだった。

廊下を進んだ。先導する警官のあとを歩いた。廊下の角を曲がったところに、三人の男が立っていた。万季子は思わず足を止めていた。

淳一は真一文字に口を結び、万季子を見つめていた。圭介は口を押さえ、懸命に感情を押し殺している様子だった。直人はすでに涙を流していた。あんたが泣いてどうすんのよ、直人。万季子は心の中で少し笑った。

ずっと消え失せていた感情が、突如として万季子の中でよみがえった。万季子は三人のもとに向かって歩いた。警官に制止されることもなかった。

子供の頃に戻ったような気がした。この三人がいてくれたら大丈夫だ。そんな安堵を覚えた。涙で視界が霞んだ。万季子は両手を広げて、倒れ込むように三人に体を預けた。

# 最終章　再会

スコップを突き刺した。土はまだ柔らかかった。直人は土を持ち上げて、横に積み上げた。顔を上げると、淳一と目が合った。なぜか淳一は照れたように笑った。

秋の陽射しが校庭に降り注いでいた。万季子の逮捕から十日がたっていた。万季子は容疑を認め、今は検察による聴取を受けているところだった。年内に裁判が始まる可能性も高かった。直人が手配し、刑事事件に強い弁護士に万季子の弁護を引き受けてもらった。少しでも刑を軽くしたい。そう思っての配慮だった。

「悪い。ちょっと打ち合わせが長引いてな」

そう言って圭介が近づいてきた。ヘルメットを脱いでから、圭介は校庭を見回した。息子の姿を見つけてから、圭介は笑って目を細めた。

さきほどまで正樹もタイムカプセルを掘り起こす作業を眺めていたが、すぐに飽きてしまったようだった。今は校庭の真ん中で博美とキャッチボールをして遊んでいた。

博美というのは淳一の恋人らしい。若くて可愛い今時の女の子といった感じだが、何度か話してみた限りではしっかり者のようだった。正樹と仲がいいらしく、二人でいると年の離れた姉弟を見ているようでもあった。

「替わるぞ、直人」

圭介にそう言われたが、直人は首を振った。「僕は大丈夫。そろそろだと思う」

スコップの先に固い感触があった。淳一が足の裏を使ってスコップを奥まで差して、思い切り持ち上げた。土の中からタイムカプセルが姿を現した。

前に出た圭介が、タイムカプセルを一気に持ち上げて、そのまま地面に置いた。

「正樹、出てきたぞ」

圭介がそう声をかけると、正樹がキャッチボールを止めてこちらに走ってきた。博美もあとからついてくる。正樹が興味深そうにカプセルの中を覗き込んだ。

たいしたものは入っていない。それでもタイムカプセルという単語は、今でも子供心を刺激するようだった。カプセルから出てきた色褪せた写真を、正樹は食い入るように見つめていた。

「警察を辞めるって本当か？」

そう質問したのは圭介だった。淳一は笑って答えた。「ああ。本当だ」

「何も辞めることはないだろ。お前は撃っていなかったんだから」

圭介の父親を殺した真犯人、小杉に対する取り調べもすでに始まっているらしい。時効を迎えた事件ということもあり、取り調べの内容が詳しく報道されることはないが、淳一から話は聞いていた。

淳一は引き金を引いていない。小杉はそう証言しているとの話だった。

「ずっと考えていたんだ。お前たちを廃校に呼び出した夜からだ。俺は捜査の極秘情報をお前たちに洩らした。あのときから俺は刑事という身分を逸脱していた。心のどこかで警察を辞めようと漠然と思い始めていたんだ。俺は刑事としての職務よりも、四人で埋めたタイムカプセルを選んだ。刑事としてあるまじき行為だ」

淳一が自分を責める気持ちは痛いほど理解できた。しかし四人でタイムカプセルを開けるという淳一の選択を、直人は素直に嬉しいと感じた。やはり淳一は淳一のままなのだ。そう思った。

「それよりだ」淳一は努めて明るい口調で言った。「南良という刑事がいただろ。あの神奈川県警の刑事だ。憶えているか?」

答えたのは圭介だった。「忘れるわけがないだろ」

「あの人が二十三年前の事件に執着していたのを、ずっと疑問に思っていたんだ。なぜ時効を迎えた事件にあそこまで拘ったのか」

正樹と博美はタイムカプセルの中を物色している。時折二人の笑い声が聞こえてきた。警察を辞めたら正樹に剣道を教える。淳一はそう言って張り切っていた。

「あの人の本籍地はここだ。あの人は三ツ葉市で生まれている。名前は南良涼《りょう》。俺たちより五つ下の三十歳だ。実は十歳のときに養子に出され、横浜市に引っ越している。南良というのは養子に出されてからの苗字だ。養子に出される前の苗字は栗原だ」

「栗原?」圭介が怪訝そうな顔つきで言った。「まさか栗原って……あの栗原か?」

淳一は頷いた。

「そうだ。彼の母親は栗原理恵。二十三年前、大島に撃たれて命を落としたあの女性だ。母親が死んでから三年後、詳しい理由はわからないが、彼は母方の実家に養子に出されたようだ。あの人も事件に運命を翻弄された犠牲者の一人。つまりあの人の事件でもあったわけだ」

そう語る淳一の表情は、吹っ切れたように晴れ晴れとしたものだった。聡明そうな南良の顔が、一瞬だけ直人の脳裏をよぎった。

「あっ、お母さんだ」

正樹が叫ぶように言った。全員が正樹のもとに集まり、正樹が手にした写真に目をやった。四人で撮った集合写真だった。市民体育祭の団体戦で優勝したときに撮ったものだ。全員が首にメダルをぶら下げて、誇らしげに笑っていた。圭介が団体戦のトロフィーを、淳一が個人戦のトロフィーを手にしていた。

「これって淳一？　やだ、ちっとも変わってない」

博美がそう言って笑った。少し困ったように淳一が鼻の頭をかいていた。

「そうか……俺たちは何も変わってなかったんだな」

圭介が遠くを見ながらそう言った。直人は足元のタイムカプセルを見下ろして、それからゆっくりと蓋を閉じた。

## ●江戸川乱歩賞の沿革

江戸川乱歩賞は、一九五四年、故江戸川乱歩が還暦記念として日本探偵作家クラブ（社団法人日本推理作家協会の前身）に寄付した百万円を基金として創設された。

第一回が中島河太郎「探偵小説辞典」、第二回が早川書房早川清「早川ポケットミステリ」の出版に贈られたのち、第三回からは、書下ろしの長篇小説を募集して、その最高作品に贈るという現在の方向に定められた。

以後の受賞者と作品名は別表の通りだが、これら受賞者諸氏の活躍により、江戸川乱歩賞は次第に認められ、今や賞の権威は完全に確立したと言ってよいであろう。

この賞の選考は、二段階にわけて行われる。すなわち、日本推理作家協会が委嘱した予選委員七名が、全応募作品の中より、候補作数篇を選出する予選委員会、さらにその候補作から授賞作を決定する本選である。

## ●選考経過

本年度江戸川乱歩賞は、一月末日の締切りまでに応募総数三百八十七篇が集まり、予選委員（石井千湖、佳多山大地、香山二三郎、末國善己、杉江松恋、細谷正充、吉野仁の七氏）により最終的に左記の候補作五篇が選出された。

川瀬　七緒「ヘヴン・ノウズ」
伊兼源太郎「ベタ記事」
藤井　貴裕「警察と戦うという選択」
伊与原　新「ルカの方舟」
横関　大　「再会のタイムカプセル」

この五篇を五月十四日（金）、帝国ホテルにおいて、選考委員、内田康夫・恩田陸・今野敏・天童荒太・東野圭吾の五氏の出席のもとに、慎重なる審議の結果、横関大「再会」（「再会のタイムカプセル」を改題）を授賞作に決定。授賞式は九月九日（木）午後六時より帝国ホテルにて行われる。

社団法人　日本推理作家協会

## ●選評（五十音順）

### 選評

内田康夫

今回、最終選考に残った五作品はなかなかの粒揃いといってよかったと思う。粒揃いだが、それぞれに瑕《か》疵《し》もある。もう少し緻密《ちみつ》な推敲を加えていればと惜しまれるケースもあった。以下、その点を中心に選評する。

『ルカの方舟』

サイエンスミステリーと呼ぶべきものか。とにかく学術的な記述が多く、丁寧《ていねい》に読むにはかなりのエネルギーを要したが、この蘊蓄《うんちく》を面白いとすることもできるだろう。書き込んである膨大な情報の中に必要な情報が埋め込まれているだけに、それをどう伝えるかが見どころ。難しい話を会話形式で説明しているのは好感がもてた。たとえば、競馬中継を見ている背景として、秘密の会話を聞かせる設定は、かなり強引だが面白かった。隕石《いんせき》発見にまつわるトリックは、さほど目新しいものではない。ただし隕石周辺の氷の溶け具合から偽装を見破ったというのは、説得力があった。登場人物の造形はまあまあなのだが、肝心の探偵役のキャラクターをもう少し書き込んで欲しかった。学術的な部分に比べて、警察の捜査の話になると見劣りがする。刑事の高圧的な態度なども型通りで物足りない。文章はうまく、難しいテーマにしては読みやすい。乱歩賞候補に名を連ねるだけのことはあると思った。

『ヘヴン・ノウズ』

臓器移植にまつわる犯罪はいまや古典的といっていいテーマで目新しさはないが、法医昆虫学という未知の分野の話で、興味を惹《ひ》かれた。この作品の特色はそれに尽きる。順位を狂わされ娘を死なせた親と、ドナーになるために殺された娘の父親が、怨念に燃えて、不正を行った者どもに復讐するという、よくありそうなストーリーをいかに演出するかに作者は腐心している。舞台を牧歌的な山村に選んだのは面白い。澤木という人形作家を狂言まわしにして、人柱《ひとばしら》の言い伝えを掘り起こしたり、村の因習《いんしゅう》を背景に雰囲気づくりをして、ある程度成功している。ハッチョウトンボやサギソウを小道具に、犯行現場の特定に結びつけたこと。また カレッジリングのエピソードも効果的だった。ただし、なぜ田舎に集まってきたのか、それにまつわるエピソードに説得力がない。ロッカールームがらみの仕掛けについても、犯罪目的が「悪人」の罪業《ざいごう》を社会に暴くことというのであれば、もっと単純に晒《さら》し者にすれば事足りるのではないかと、いささか白けた。また、法医昆虫学の成果が、直接、事件解決に役立ったとも思えない点、羊頭狗肉《ようとうくにく》の感が否めない。犯人側の描写は希薄というより、あざといほど隠しすぎる。善人らしき人々が突然変異するのは相当無理なように思えた。総じて、文章は上手く、終始、面白く読めた。ラストにきて少しバタバタした観があるけれど、読後感も悪くなかった。物語を整理して、一本、筋の通った構成にすればと惜しまれる。

『ベタ記事』

前回応募作品の『七年誘拐』よりはるかにいい。新聞社の内情、記者と警察官の関係、四課の人間とやくざの関係など、記者経験が豊富でないと、なかなか書けないリアリティがある。その反面、事件全体はさほど新鮮味がない。事件の背景にあるものも、そういうことなのだろうなと納得と同時に予測のつくものだった。細かい点というか、基本的なことというべきなのだろうけれど、及川が殺害されたのではないかと考えるきっかけとなった、見通しのよい二車線道路で、「歩道に真《ま》っ直《す》ぐ突っ込んだ」「ブレーキとアクセルを間違えたという供述」などは、記者でなくても疑問に思うレベルの違和感であり、警察が早い時点で、単なる事故ではなく故意だと判断しそうなものだ。これが最後までひっかかった。探偵役の記者が何かに気づく場面がしばしばあるのだが、思わせぶりに終わって、何にどう気づいたのか先送りされる不満があった。文章におかしな表現が頻出《ひんしゅつ》する。たとえば、「しかし、繋《つな》がりは暗渠《あんきょ》となって存在していた」「舌先を常に錆《さび》で覆われたようなあの感覚」「沢村は炎症した感情を封じ込め」等々、やめたほうがいい。

『警察と戦うという選択』

タイトルがよくない。そもそものことをいうと、五億円という金額が老舗の菓子メーカーにとってどれほどの金額なのか疑問。これまでの蓄積で賄《まかな》える金額ではないだろうか。亀山の行為は詐欺とは言えない。現に株取引直後は利益が上がっている。暴落後も丸々消えてしまったわけではない。証券会社の甘言《かんげん》にのってその程度の損失を被《こうむ》った人は数知れず、殺害の動機としては弱い。それ以前に、出資の方法が不鮮明。作者は株取引のことをあまりよく知らないのではないかと思った。井本と亜紀子の会話を中心に不自然さを感じた。「御令嬢」という呼び方をしながら、時には呼び捨てにしたり、言葉遣いがなっていない。殺人を犯した後の亜紀子の言動が、あっけらかんとしているのもいかがなものか。二重誘拐事件の演出はそれなりに評価できるが、早い時点でそのカラクリが推測できてしまう。亜紀子が井本の娘であることも、読者側は早く気づいているにもかかわらず、亜紀子が気づくタイミングを引っ張りすぎだ。探偵不在で犯人側の視点でストーリーが進行するので、どういう落とし方をするのかが焦点になるのだが、これも破綻《はたん》の仕方が予測どおりで、虚《むな》しい気分だった。

『再会のタイムカプセル』

登場人物それぞれの視点でストーリーが進行するので、見えているものが信用できないという、いらいら感があるけれど、それも一つのレトリック効果と考えることはできる。文章は簡明で読みやすい。現在起きている事件と、二十三年前の事件とをからめて、複雑な人間模様を織り上げている。プロット作りが苦手な私の目から見ると、想像を絶するほどの苦心のあとが窺《うかが》える。ただ、それだけにややご都合主義的な面がないではない。ネタバレになるので、細かい部分は指摘しないが、登場人物の行動や心理の描写に、フェアとは言えないようなミスリードを感じた。家を飛び出した博美が偶然（！）東京へ向かう万季子親子と一緒になり、行動を共にするという設定はご都合主義の典型で、同じ行動を共にするにしても、ほかに方法がなかったのか気になった。過去と現在、タテ軸とヨコ軸を複雑に交錯させているのは、いささかサービス過剰ではないかとさえ思った。大きなウネリや衝撃的なクライマックスはなく、むしろたんたんと読ませるのだが、よく練られたプロットと平明な文章力に力を感じさせ、受賞にふさわしい作品ではあった。

## 選評　恩田　陸

今年も五作、ハイレベルでほとんど差が感じられなかった。逆に、やや決め手に欠けたかなという印象で、選ぶのにかなり迷った。『ヘヴン・ノウズ』は小説も上手だし、内容も盛りだくさん。法医昆虫学や湿地帯の植生がヒントになるなど細部は面白いのだが、田舎への都会人の移住、村の祟《たた》りの伝説、球体関節人形、移植医療と場面ごとにジャンルが変わる感があり、警察小説なのか伝奇モノなのか幻想系なのか社会派なのかと読みながら落ち着かず、乗り切れずに終わってしまった。タイトルの意味不明。『ベタ記事』は昨年に引き続き今回の作品も新聞記者の仕事を丁寧に描き、コツコツ事件の全容を掘り起こしていくところに読み応えがあり面白かった。が、こういう典型的ハードボイルドで典型的ハードボイルドタイプの人物しか書けないのではないかと一抹《いちまつ》の不安が。これしかないのは分かるけれど、だったらタイトルは『ベタトラ』のほうがよかったのでは。『ルカの方舟』、隕石発見場所捏造《ねつぞう》という真相は面白い。目に見える成果を求められる昨今の学問の世界、ポスドクの就職難問題や世界的に増える論文捏造事件など、タイムリーな話題満載で、科学的説明も無理なく分かりやすい。去年の選評をふまえてご自身の専門分野で勝負してきてくれたのだと思うが、小説としてのうまさが昨年よりも薄れた感じが。しかし、この学習能力と幅の広さはすごい。よそでも受賞されているので、ご活躍を期待します。『再会のタイムカプセル』、目新しい題材は何もないのに、面白く自然に読ませるところに感心した。話作りも丁寧で安定感は抜群。何度も落選すると相当凹《へこ》むものなのに、粘り強く書き続けてこられたのには本当に頭が下がる。受賞おめでとうございます。今後とも精進してください。さて、今回私がいちばん評価したのは『警察と戦うという選択』だった。読み始めた時は亜紀子というヒロインがあまりに変で身勝手だし、周りの人物も類型的なので期待しなかったのだが、ダブル誘拐を計画するあたりから、いったいこの先どうなるのかと一気に引っ張っていく異様なグルーヴ感に興奮した。他の選考委員からいろいろ誘拐計画の穴は指摘されたけれど、何より私が評価したのは、有り金全部はたいてでもこれを書く、みたいな潔《いさぎよ》さを感じた点だった。読み手をアッと言わせる作品を書ける人だと思うので、ぜひまた挑戦していただきたい。もちろん、プロデビュー後を見越して、ある程度そのあとの執筆計画を立てておくしたたかさ（出しおしみとも言う）も必要だけれど、すべてを吐き出さないと新たに吸い込めないのも事実。一作ごとに全力で勝負していかないと成長はないのだなあ、と自戒を含めて痛感させられた四年間の選考会だった。

## 選評

今野　敏

今回の、五作品は、いずれも一長一短あるものの、レベルは高かったと感じた。すべてを読み終わったときに感じたのは、今さらながらだが、ミステリーとは何かということだった。

　優秀なエンターテインメントでありながら、無理やりにミステリーに仕立てようとしたがために、破綻や物足りなさを感じる結果になった作品もあった。

受賞作の『再会のタイムカプセル』は、私以外の選考委員の評価が高かった。私は、持って回った言い回しや、読者に隠し事をしているような書き方が、実はあまり好きではなかったのだが、それは、本格推理や新本格ではよくある手法だと、他の選考委員に指摘された。ミステリーの読み方を勉強させられた気分だ。

『ヘヴン・ノウズ』と、『ルカの方舟』は、たいへん楽しく読んだ。双方とも、見事なエンターテインメントだと思う。情報とディテールに圧倒される思いだった。

ただ、『ヘヴン・ノウズ』については、警察の捜査があまりにいい加減だという他の選考委員の意見に、納得せざるを得なかった。

『ルカの方舟』は、殺人事件よりも、論文捏造の謎解きが面白かった。もっと殺人事件と捏造疑惑が有機的に絡めば、一級の作品となったに違いない。

『ベタ記事』は、新聞社の記事作りの臨場感に圧倒された。ただ、過去のこの応募者の作品に比べて、スケールダウンしているという指摘に、これも納得するしかなかった。文章表現にわかりにくいところが多々あるのも残念。

『警察と戦うという選択』については、感情的に人を殺してしまった人を、警察に捕まらないようにするという発想自体に、乗れないものを感じてしまった。犯罪を隠すためにさらに犯罪を重ねる主人公に、感情移入するのは難しいと感じた。

## 選評　天童荒太

今回の候補作はみな叙述が達者で、熱心な勉強のあともみられる。だが物語の肝《きも》となる謎の核心や発火点にミスや弱点を持つことも共通していた。新人の方々は、自分の発見した物語の源流を見極め、その部分にまず揺るぎない杭《くい》を打ち込んでほしい。

『ベタ記事』は、前回の候補作同様、新聞社の事情に関してとても面白く読める。会話の短いやりとりにはセンスも感じた。ただ、不要な語りが多過ぎる。ハードボイルド調の語りなのに、主人公の自嘲的《じちょうてき》な内面吐《と》露《ろ》が頻出し、全体のトーンが緩《ゆる》んでしまっている。

そして、末期がんの警官の妻が、麻薬系の鎮痛剤を拒否して、医者を遠ざけ、あげく覚醒剤《かくせいざい》を使った、という話は認めがたい。自宅療法でも医者が診察していないと、死亡の際に死亡診断書を書いてもらえないし、鎮痛剤は非麻薬系も多い。さらに覚醒剤は中枢神経を興奮させる薬で、鎮痛作用はない。物語の中心を貫く謎の答えだけに、看過できなかった。

『ヘヴン・ノウズ』は、虫や植物の話など、蘊蓄的な部分が面白く読める。死体の描写や情景描写、村の昔話、人形との会話なども、説得力を持ち、オリジナルな才能を感じた。ただ警察の捜査については不勉強が目立ち、また犯人の犯行意図は、世間に真実を知らせるためと書きながら、手がこみ過ぎて、知られない可能性のほうが高いのは矛盾する。

そしてこの物語の発端の肝に関し、「喘息《ぜんそく》の重積発作のため低酸素状態になる。救急搬送中に心停止と呼吸停止。搬送先の病院で脳死判定を受け、家族同意ののちに心臓摘出」と作者は書く。心停止した人を脳死判定し、止まった心臓を移植できるだろうか。

『ルカの方舟』は、冒頭から宇宙の壮大な物語へ広がる予感がして、わくわくした。けれど物語はどんどん縮小して、肝心の謎については、解決がやや粗《あら》いものとなった。主人公の教授や、サブキャラの言動、警察の捜査のあり方などには、テレビの脱力系推理ものの既視感《きしかん》が漂う。前のめりに読めたのは「科学小話」の部分で、「涙滴型の磁鉄鉱」は物語とからんで魅力があり、これを軸に謎の作り込みにしっかり取り組んだほうがよかったのではないか。別の大きな賞を受けた方だと聞く。前回の候補作も拝読し、筆力があるのはわかっている。才能をさらに磨き、独自の物語世界を開拓していただきたい。

『警察と戦うという選択』は、物語の発端が弱かった。あの程度で五億出すだろうか。ここが弱いので、つづく殺人にも読み手の共感を誘えない。そして身代金の引き出し方に難がある。警察も銀行も馬鹿ではない。アイデアを検証し、補強案を見つけてほしかった。

だが、この作者は全体を大きく構想し、その構想をなんとか「言いくるめよう」と骨を折っている。言いくるめるのが小説家の大事な能力だと、私は思っている。傷は小さくないものの、「言いくるめようとする努力」にチャンスを与えてもいいと思い、二作授賞の一篇に推《お》したが、上記の大きい弱点を多くの委員には看過してもらえなかった。

『再会のタイムカプセル』の作者の作品を拝読するのは三度目だが、格段に上達された。状況説明や人物説明など、地味な場面も端的《たんてき》な文章で表現できる力があり、章の転換も、以前はシナリオ風の「ここでCM」的な切り方だったが、今回はぽーんと前に弾む感がある。視点が変わるごとに、人物それぞれが隠し事をしていたことが明らかになり、視点転換がトリックのようなかたちで活《い》きている。さらには刑事を一人かませて、倒叙型の推理も加わり、次第に謎全体の形が変化し、人物関係も変化する。その変化の推移にカタルシスがある。事件の派手さではなく、語り口で引っ張ったことを、高く評価したい。

瑕疵はある。物語の発端が弱く、銃声のトリックも、真犯人の行動も、実はかなり苦しい。ただし読者の目にふれるときには、推敲によってほぼ解消されているものと信じる。

何度も繰り返し挑戦し、ついに大きな成果を得た受賞者に、心より拍手を送りたい。

## 選評

東野圭吾

『ヘヴン・ノウズ』

おそらく作者が強い思いを込めて書いたと想像される、法医昆虫学に関する蘊蓄と、まるでドラマ化を意識したかのような女性学者が、じつは本作品には全く不要だという点が最大の欠点だ。ここで描かれた事件は、警察が通常の捜査をすれば容易に真相に辿り着けるケースである。ストーリーが長くなったのは、無駄なエピソードが多い上に、作者が警察を無能にしたからにほかならない。専門知識や特殊な職業を扱ったからといって、小説としての評価が上がるわけではない。まずは一本筋の通ったミステリを書いてほしい。

『ベタ記事』

昨年の作品よりは現実感のある作品を扱っている。だがその分、スケールが小さくなってしまった。覚醒剤を巡《めぐ》るヤクザと警官の癒着《ゆちゃく》——大きな事件だとは思うが、小説の題材としては新鮮味を感じられない。また探偵役の新聞記者が、やたら内省的になり、後悔やら回想やらを繰り返すのは煩わしいだけだ。記者の探偵手法が、知り合いの警察官に話を聞いて回るだけ、というのも物足りなかった。記者経験を生かすのはいいが、新聞社以外の世界を描くことにも挑戦してみてはどうだろうか。

『警察と戦うという選択』

不自然な点や細かい傷はあるが、序盤から中盤までは非常に面白く読めた。二つの誘拐事件を、一方は犯人として、もう一方は被害者として同時に操るという発想には驚かされた。だが後半に入り、期待は失望に変わった。誘拐を扱った小説の場合、読者が最も期待するのは、犯人がいかにして身代金を奪うのかという点だ。銀行に振り込ませて、それを第三者に引き出してもらうという手法では、おそらく殆《ほとん》どの読者が納得しない。共犯者たちが都合よく殺し合ってくれる展開も白けてしまう。しかし小説の骨格は、受賞作に次いでしっかりしていた。書き上げた作品を、あら探しをするぐらいのつもりで客観視できれば、きっとうまくなると思う。

『ルカの方舟』

　この作品にも『ヘヴン・ノウズ』と同様、テレビドラマ化を見据えたような変人学者が出てくる。そういったキャラクター作りは、こうした賞選考の場合、決して有利には働かない。キャラクターを際立《きわだ》たせるために語られる蘊蓄も長すぎる。当然、事件が起きるのは遅くなり、小説全体のバランスが悪くなっている。警察が無能というのも、『ヘヴン・ノウズ』と共通している。変人学者が謎解きをするのはいいが、解明の手順にもっと工夫がほしかった。とはいえこの方はすでに他の新人賞を受賞されているそうで、たしかに小説を書く力は抜きん出ている。もうこちらに応募されることはないかもしれないが、どうか油断せず、常に賞を狙うぐらいのつもりで精進していってもらいたいと思う。

『再会のタイムカプセル』

　文章力という点では、『ルカの方舟』と双璧だった。幼なじみの男女四人に共通の憎むべき人間がいて、ある日何者かに射殺される。使用されたのは二十三年前に殉職した警官の銃で、じつは四人がタイムカプセルに隠したものだった——ここまでの展開で、すんなりと作品世界に入っていくことができた。現在進行形の事件で主人公たちが翻弄《ほんろう》されているはずが、じつは二十三年前の事件の謎が解かれようとしている、という流れにも快感を覚えた。この方の作品が最終候補に残るのは四度目らしい。背伸びすることをやめ、「乱歩賞の傾向と対策」のようなものから解放されたのが勝因だと思う。欠点は、万引き少年の心をフォローしていない点と、メイントリックに難がある点だが、解決策はあると思うので一考してもらいたい。

＊選考会の意見を踏まえ、刊行にあたり、応募作を加筆・修正いたしました。

## 江戸川乱歩賞授賞リスト（第3回より書下ろし作品を募集）

第1回（昭和30年）「探偵小説辞典」　中島河太郎
第2回（昭和31年）「ポケットミステリ」の出版　早川書房
第3回（昭和32年）「猫は知っていた」　仁木　悦子
第4回（昭和33年）「濡れた心」　多岐川　恭
第5回（昭和34年）「危険な関係」　新章　文子
第6回（昭和35年）授賞作品なし
第7回（昭和36年）「枯草の根」　陳　舜臣
第8回（昭和37年）「大いなる幻影」　戸川　昌子
「華やかな死体」　佐賀　潜
第9回（昭和38年）「孤独なアスファルト」　藤村　正太
第10回（昭和39年）「蟻の木の下で」　西東　登
第11回（昭和40年）「天使の傷痕」　西村京太郎
第12回（昭和41年）「殺人の棋譜」　斎藤　栄
第13回（昭和42年）「伯林―1888年」　海渡　英祐
第14回（昭和43年）授賞作品なし
第15回（昭和44年）「高層の死角」　森村　誠一
第16回（昭和45年）「殺意の演奏」　大谷羊太郎
第17回（昭和46年）授賞作品なし
第18回（昭和47年）「仮面法廷」　和久　峻三
第19回（昭和48年）「アルキメデスは手を汚さない」　小峰　元
第20回（昭和49年）「暗黒告知」　小林　久三
第21回（昭和50年）「蝶たちは今…」　日下　圭介
第22回（昭和51年）「五十万年の死角」　伴野　朗
第23回（昭和52年）「透明な季節」　梶　龍雄
「時をきざむ潮」　藤本　泉
第24回（昭和53年）「ぼくらの時代」　栗本　薫
第25回（昭和54年）「プラハからの道化たち」　高柳　芳夫
第26回（昭和55年）「猿丸幻視行」　井沢　元彦
第27回（昭和56年）「原子炉の蟹」　長井　彬
第28回（昭和57年）「黄金流砂」　中津　文彦
「焦茶色のパステル」　岡嶋　二人
第29回（昭和58年）「写楽殺人事件」　高橋　克彦
第30回（昭和59年）「天女の末裔」　鳥井加南子
第31回（昭和60年）「モーツァルトは子守唄を歌わない」　森　雅裕
「放課後」　東野　圭吾
第32回（昭和61年）「花園の迷宮」　山崎　洋子
第33回（昭和62年）「風のターン・ロード」　石井　敏弘

第34回（昭和63年）「白色の残像」坂本　光一
第35回（平成元年）「浅草エノケン一座の嵐」長坂　秀佳
第36回（平成2年）「剣の道殺人事件」鳥羽　亮
「フェニックスの弔鐘」阿部　陽一
第37回（平成3年）「連鎖」真保　裕一
「ナイト・ダンサー」鳴海　章
第38回（平成4年）「白く長い廊下」川田弥一郎
第39回（平成5年）「顔に降りかかる雨」桐野　夏生
第40回（平成6年）「検察捜査」中嶋　博行
第41回（平成7年）「テロリストのパラソル」藤原　伊織
第42回（平成8年）「左手に告げるなかれ」渡辺　容子
第43回（平成9年）「破線のマリス」野沢　尚
第44回（平成10年）「Twelve Y.O.」福井　晴敏
「果つる底なき」池井戸　潤
第45回（平成11年）「八月のマルクス」新野　剛志
第46回（平成12年）「脳男」首藤　瓜於
第47回（平成13年）「13階段」高野　和明
第48回（平成14年）「滅びのモノクローム」三浦　明博
第49回（平成15年）「マッチメイク」不知火京介
「翳りゆく夏」赤井　三尋
第50回（平成16年）「カタコンベ」神山　裕右
第51回（平成17年）「天使のナイフ」薬丸　岳
第52回（平成18年）「東京ダモイ」鏑木　蓮
「三年坂　火の夢」早瀬　乱
第53回（平成19年）「沈底魚」曽根　圭介
第54回（平成20年）「誘拐児」翔田　寛
「訣別の森」末浦　広海
第55回（平成21年）「プリズン・トリック」遠藤　武文

# 第57回
# 江戸川乱歩賞応募規定

**●選考委員●**

内田康夫／恩田陸／今野敏／天童荒太／東野圭吾（五十音順）

＊**種類と枚数**／広い意味の推理小説で、自作未発表のもの。縦書き、一段組を基本とし、四百字詰め原稿用紙で三百五十〜五百五十枚（超過した場合は失格）。ワープロ原稿の場合は一行三十字×四十行で作成し、百十五〜百八十五枚まで。Ａ４判のマス目のない紙に印字してください。

＊**原稿の綴じ方**／必ず通し番号を入れて、右肩を綴じる。一枚目にタイトル明記のこと。

＊**梗概**／四百字詰め原稿用紙換算で三〜五枚の梗概を添付のこと。一枚目にタイトル明記のこと。

＊**氏名等の明記**／別紙に住所、氏名（筆名）、生年月日、学歴、職業、電話番号及びタイトル、四百字詰め原稿用紙での換算枚数を明記し、原稿の一番上に添付してください。

＊**原稿の締切**／二〇一一年一月末日（当日消印有効）

＊**原稿の送り先**／〒一一二-八〇〇一　東京都文京区音羽二-十二-二十一　講談社文芸図書第二出版部「江戸川乱歩賞係」あて。

＊**入選発表**／二〇一一年五月号の「小説現代」誌上で第三次予選選考経過を寸評つきで掲載、七月号で受賞者を発表。

＊**賞**／正賞として江戸川乱歩像。副賞として賞金一千万円（複数受賞の場合は分割）ならびに講談社が出版する当該作の印税全額。

＊**諸権利**

（出版権）受賞作の出版権は、三年間講談社に帰属する。その際、規定の著作権使用料が著作権者に別途支払われる。また、文庫化の優先権は講談社が有する。（映像化権）テレビ・映画・ビデオ（ＤＶＤ等を含む）における映像化権は、フジテレビが独占利用権を有する。その期間は入選決定の日に始まり、契約の日から三年を経過した日に終わるものとする。但し映像化権料は受賞賞金に含まれる（作品の内容により映像化が困難な場合も賞金は規定通り支払われる）。

＊**応募原稿**／応募原稿は一切返却しませんので控えのコピーをお取りのうえご応募ください。二重投稿はご遠慮ください（失格条件となりうる）。なお、応募原稿に関する問い合わせには応じられません。

**主催／社団法人　日本推理作家協会**
**後援／講談社・フジテレビ**

**横関大（よこぜき・だい）**

1975年静岡県生まれ。武蔵大学人文学部卒業。８年連続で江戸川乱歩賞に応募し、本作にて第56回江戸川乱歩賞を受賞。現在は公務員。



**再会**《さいかい》

第一刷発行　二〇一〇年八月五日

著者　横関《よこぜき》　大《だい》

発行者　鈴木　哲

発行所　株式会社　講談社

〒112-8001　東京都文京区音羽二―一二―二一

電話　出版部　〇三―五三九五―三五〇五

販売部　〇三―五三九五―三六二二

業務部　〇三―五三九五―三六一五

印刷所　凸版印刷株式会社

製本所　黒柳製本株式会社

定価はカバーに表示してあります。



Printed in Japan　ISBN978-4-06-216465-8

N.D.C.913　342p　20cm